许地山精品选

中国书籍文学馆 大师经典

许地山◎著

中国书籍出版社
China Book Press

图书在版编目（CIP）数据

许地山精品选 / 许地山著.—北京：中国书籍出版社，2014.3
（中国书籍文学馆·大师经典）
ISBN 978-7-5068-3932-7

Ⅰ.①许… Ⅱ.①许… Ⅲ.①中国文学—现代文学—作品综合集 Ⅳ.①I216.2

中国版本图书馆CIP数据核字（2013）第306377号

许地山精品选

许地山　著

图书策划	武　斌　崔付建
责任编辑	戎　骞
责任印制	孙马飞　张智勇
出版发行	中国书籍出版社
地　　址	北京市丰台区三路居路97号（邮编：100073）
电　　话	（010）52257143（总编室）（010）52257153（发行部）
电子邮箱	chinabp@vip.sina.com
经　　销	全国新华书店
印　　刷	北京世纪雨田印刷有限公司
开　　本	710毫米×960毫米　1/16
字　　数	296千字
印　　张	23
版　　次	2014年6月第1版　2014年6月第1次印刷
书　　号	ISBN 978-7-5068-3932-7
定　　价	39.80元

版权所有　翻印必究

出版前言

我国现代文学是指用现代文学语言与文学形式，表达现代中国人思想、情感、心理的文学。是在20世纪初"五四"新文化运动的影响下，广泛接受外国文学影响而形成的新兴文学。其不仅用现代语言表现现代科学民主思想，而且在艺术形式和表现手法上都对传统文学进行了革新，建立了新的文学体裁，在叙述角度、抒情方式、描写手段以及结构组成等方面，都有新的创造。

我国现代文学的主流是人民的文学，集中表现为大大加强了文学与人民群众的结合，文学与进步社会思潮及民族解放、革命运动的自觉联系，构成了我国现代文学的基本历史特点与传统。此时的文学，以表现普通人民生活、改造民族性格和社会人生为根本任务。

在创作实践上，我国现代文学中出现了从未有过的彻底反封建的新主题和新人物，普通农民与下层人民，以及具有民主倾向的新式知识分子，成为了文学主人公，充分展示了批判封建旧道德、旧传统、旧制度以及表现下层人民不幸、改造国民性与争取个性解放等全新主题。也是通过这些内涵和元素，现代文学对推动历史进步起到了独特作用。

我们已经跨入21世纪，今天的历史状况和时代主题与现代文学的成长背景存在巨大差异，但文学表现人物、反映社会、推动进步的主旨并没有改变，在此背景下，我们非常有必要重温现代文学的经验，吸取其有益的因素，开创我们新世纪的文学春天。我们编选《中国书籍文学馆·大师经典》丛书，精选鲁迅、郁达夫、闻一多、徐志摩、朱自清、萧红、夏丏尊、邹韬奋、鲁彦、梁遇春、戴望舒、郑振铎、庐隐、许地山、石评梅、李叔同、朱湘、林徽因、苏曼殊、章衣萍等我国现代著名作家的文学作品，正是为了向今天的读者展示现代文学的成就，让当代文学在与现代文学的对话中开拓创新，生机盎然。因为这些著名作家都是我国现代文学的开拓者和各种文学形式的集大成者，他们的作品来源于他们生活的时代，包含了作家本人对社会、生活的体验与思考，影响着社会的发展进程，具有永恒的魅力。

中国书籍出版社

2014年1月

许地山简介

许地山（1893～1941年）名赞堃，号地山，笔名落华生、落花生。他是"五四"时期新文学运动先驱者之一，是我国现代著名小说家、散文家、学者，是我国20世纪20年代问题小说的代表人物之一，在梵文、宗教方面亦有研究硕果。

1895年，许地山随父迁入福建龙溪，13岁进入随宦学堂学习，课外补习经史。1911年，他担任漳州福建省立第二师范教员。1913年，他担任缅甸仰光侨校教师。1915年底，他回国任漳州华英学校教员。1917年，他考入燕京大学，攻读文学，曾积极参加"五四运动"。1920年，他取得文学士学位，毕业后入燕京大学宗教学院学习。1922年，他毕业取得神学学士学位，并留校任燕京大学助理，兼任平民大学教师。

1921年，许地山与现代著名作家茅盾、叶圣陶、郑振铎等人在北平发起成立文学研究会，创办《小说月报》，并积极参加燕京大学文学研究会活动。1922年，他进入美国哥伦比亚大学研究院哲学系，研究宗教史和宗教比较学。1924年，他获得文学硕士学位。同年，他进入牛津大学研究院，研究宗教史、印度宗教和哲学、人类学等。

1926年，许地山取得牛津大学文学硕士学位。同年归国，途经印度，便在此逗留研究梵文和佛学。归国后，他任教于燕京大学文学院和宗教学院，先后任助教、副教授、教授，同时兼任平民大学、北京大学、清华大学教员。

1933年，许地山应邀到中山大学讲授人类学。同年冬季，他再赴印度从事研究。一年后回国，他仍任教于燕京大学。1935年，他受聘任香港大学中文学院主任，兼任香港中英文化协会主席，中华全国文艺界抗敌协会香港协会常务理事等职。1941年8月4日，他因心脏病去世。

许地山是一位在新文学史上具有一定地位和影响且颇受好评的作家。他的早期小说取材独特，想象丰富奇特，情节曲折生动，感情深沉真挚，充满浪漫气息，呈现出浓郁的南国风味和异域情调。他创作的文学作品多以闽、台、粤和东南亚、印度为背景，学术研究主要集中在宗教比较学和宗教史方面，对哲学和文字改革也有深入研究。

许地山的著作有《达衷集》《印度文学》《中国道教史》《扶箕迷信底心理》《国粹与国学》《危巢坠简》《空山灵雨》《道教史》《达衷集》《印度文学》。译著有《二十夜问》《太阳底下降》《孟加拉民间故事》等。主要文学作品有《命命鸟》《缀网劳珠》《危巢坠简》《换巢鸾凤》《玉官》《空山灵雨》等。他后期小说现实主义倾向加重，社会不平等和阶级对立成为他小说的基本背景，如《在费总理的客厅里》《春桃》《铁鱼底鳃》等，很具有现实性。

许地山创作的最大艺术特色是鲜明的浪漫主义倾向。他侧重于表现自己的理智，因此好作冷静而富于哲理的议论，并力图用有头有尾的、离奇曲折的故事来证明它，他显然深受印度神话与佛教文学的熏陶。与众不同的人生观，与众不同的浪漫主义，使他成为"五四"新文化中最独特的作家之一。正是这种鲜明的创作个性，使他赢得了众多的读者，在文学史上占据了不可抹煞的一席地位。

目录

— 散文小品 —

蛇	2
笑	3
三　迁	5
愿	7
山　响	9
愚妇人	10
蜜蜂和农人	12
爱底痛苦	14
信仰底哀伤	16
暗　途	18
海	20
梨　花	22
难解决的问题	24
债	26
暾将出兮东方	29

鬼　赞	31
春底林野	33
花香雾气中底梦	35
荼　蘼	38
美底牢狱	41
补破衣底老妇人	43
再　会	45
桥　边	47
头　发	49
疲倦底母亲	51
处女底恐怖	53
我　想	56
乡曲底狂言	58
生	61
面　具	62
落花生	63
别　话	65

目录

上景山	68
先农坛	72
忆卢沟桥	75

短篇小说

命命鸟	80
商人妇	96
黄昏后	111
缀网劳蛛	123
无法投递之邮件（续）	141
危巢坠简	145
铁鱼底鳃	149
三博士	161
街头巷尾之伦理	170
归　途	175
无忧花	185
女儿心	196
人非人	230

春　桃	245
萤　灯	265
桃金娘	278
在费总理的客厅里	288

— 文化论述 —

我们要什么样的宗教	300
观音崇拜之由来	305
礼俗与民生	309
宗教的妇女观	313
国粹与国学	327
论"反新式风花雪月"	343
怡情文学与养性文学	347
创作底三宝和鉴赏底四依	349

文学馆

散文小品

许地山精品选

蛇

在高可触天底桄榔树下。我坐在一条石凳上,动也不动一下。穿彩衣底蛇也蟠在树根上,动也不动一下。多会让我看见他,我就害怕得很,飞也似地离开那里,蛇也和飞箭一样,射入蔓草中了。

我回来,告诉妻子说:"今儿险些不能再见你的面!"

"什么原故?"

"我在树林见了一条毒蛇:一看见他,我就速速跑回来;蛇也逃走了。……到底是我怕他,还是他怕我?"

妻子说,"若你不走,谁也不怕谁。在你眼中,他是毒蛇;在他眼中,你比他更毒呢。"

但我心里想着,要两方互相惧怕,才有和平。若有一方大胆一点,不是他伤了我,便是我伤了他。

(原刊1922年4月《小说月报》第13卷第4号)

笑

我从远地冒着雨回来。因为我妻子心爱底一样东西让我找着了；我得带回来给她。

一进门，小丫头为我收下雨具，老妈子也借故出去了。我对妻子说："相离好几天，你闷得慌吗？……呀，香得很！这是从哪里来底？"

"窗棂下不是有一盆素兰吗？"

我回头看，几箭兰花在一个汝窑钵上开着。我说："这盆花多会移进来底？这么大雨天，还能开得那么好，真是难得啊！……可是我总不信那些花有如此底香气。"

我们并肩坐在一张紫檀榻上。我还往下问，"良人，到底是兰花底香，是你底香？"

"到底是兰花底香，是你底香？让我闻一闻。"她说时，亲了我一下。小丫头看见了，掩着嘴笑，翻身揭开帘子，要往外走。

"玉耀，玉耀，回来。"小丫头不敢不回来，但，仍然抿着嘴笑。

"你笑什么?"

"我没有笑什么。"

我为她们排解说:"你明知道她笑什么,又何必问她呢,饶了她罢。"

妻子对小丫头说:"不许到外头瞎说。去罢,到园里给我摘些瑞香来。"小丫头抿着嘴出去了。

(原刊1922年4月《小说月报》第13卷第4号)

三 迁

花嫂子着了魔了！她只有一个孩子，舍不得教他入学。她说："阿同底父亲是因为念书念死的。"

阿同整天在街上和他底小伙伴玩：城市中应有的游戏，他们都玩过。他们最喜欢学警察、人犯、老爷、财主、乞丐。阿同常要做人犯，被人用绳子捆起来，带到老爷跟前挨打。

一天，给花嫂子看见了，说："这还了得！孩子要学坏了。我得找地方搬家。"

她带着孩子到村庄里住。孩子整天在阡陌间和他底小伙伴玩，村庄里应有的游戏，他们都玩过。他们最喜欢做牛、马、牧童、肥猪、公鸡。阿同常要做牛，被人牵着骑着，鞭着他学耕田。

一天，又给花嫂子看见了，就说："这还了得！孩子要变畜生了。我得找地方搬家。"

她带孩子到深山底洞里住。孩子整天在悬崖断谷间和他底小伙伴玩。他底小伙伴就是小生番、小猕猴、大鹿、长尾三娘、大蛱蝶。他最爱学鹿底跳跃,猕猴底攀缘,蛱蝶底飞舞。

有一天,阿同从悬崖上飞下去了。他底同伴小生番来给花嫂子报信,花嫂子说:"他飞下去么?那么,他就有本领了。"

呀,花嫂子疯了!

(原刊1922年4月《小说月报》第13卷第4号)

愿

南普陀寺里的大石，雨后稍微觉得干净，不过绿苔多长一些。天涯底淡霞好像给我们一个天晴底信。树林里底虹气，被阳光分成七色。树上，雄虫求雌底声，凄凉得使人不忍听下去。妻子坐在石上，见我来，就问，"你从哪里来？我等你许久了。"

"我领着孩子们到海边捡贝壳咧。阿琼捡着一个破贝，虽不完全，里面却像藏着珠子底样子。等他来到，我教他拿出来给你看一看。"

"在这树荫底下坐着，真舒服呀！我们天天到这里来，多么好呢！"

妻说："你哪里能够……？"

"为什么不能？"

"你应当作荫，不应当受荫。"

"你愿我作这样底荫么？"

"这样底荫算什么！我愿你作无边宝华盖，能普荫一切世间诸有情。愿你为如意净明珠，能普照一切世间诸有情。愿你为降魔金刚杵，能破坏一切世间诸障碍。愿你为多宝盂兰盆，能盛百味，滋养一切世间诸饥渴者。愿你有六手，十二手，百手，千万手，无量数那由他如意手，能成全一切世间等等美善事。"

我说："极善，极妙！但我愿做调味底精盐，渗入等等食品中，把自己底形骸融散，且回复当时在海里底面目，使一切有情得尝咸味，而不见盐体。"

妻子说："只有调味，就能使一切有情都满足吗？"

我说："盐底功用，若只在调味，那就不配称为盐了。"

（原刊1922年4月《小说月报》第13卷第4号）

山　响

群峰彼此谈得呼呼地响。它们底话语，给我猜着了。

这一峰说："我们底衣服旧了，该换一换啦。"

那一峰说："且慢罢，你看，我这衣服好容易从灰白色变成青绿色，又从青绿色变成珊瑚色和黄金色，——质虽是旧的，可是形色还不旧。我们多穿一会罢。"

正在商量底时候，它们身上穿底，都出声哀求说："饶了我们，让我们歇歇罢。我们底形态都变尽了，再不能为你们争体面了。"

"去罢，去罢，不穿你们也算不得什么。横竖不久我们又有新的穿。"群峰都出着气这样说。说完之后，那红的、黄的彩衣就陆续褪下来。

我们都是天衣，那不可思议的灵，不晓得甚时要把我们穿着得非常破烂，才把我们收入天橱。愿他多用一点气力，及时用我们，使我们得以早早休息。

（原刊1922年4月《小说月报》第13卷第4号）

愚妇人

从深山伸出一条蜿蜒的路,窄而且崎岖。一个樵夫在那里走着,一面唱:

鸧鹒,鸧鹒,来年莫再鸣!
鸧鹒一鸣草又生。
草木青青不过一百数十日,
到头来,又是樵夫担上薪。

鸧鹒,鸧鹒,来年莫再鸣!
鸧鹒一鸣虫又生。
百虫生来不过一百数十日,
到头来,又要纷纷扑红灯。

鸧鹒,鸧鹒,来年莫再鸣!
……

他唱时，软和的晚烟已随他底脚步把那小路封起来了，他还要往下唱，猛然看见一个健壮的老妇人坐在溪涧边，对着流水哭泣。

"你是谁？有什么难过的事？说出来，也许我能帮助你。"

"我么？唉！我……不必问了。"

樵夫心里以为她一定是个要寻短见底人，急急把担卸下，进前几步，想法子安慰她。他说："妇人，你有什么难处，请说给我听，或者我能帮助你。天色不早了，独自一人在山中是很危险的。"

妇人说："我从来就不知道什么叫做难过。自从我父母死后，我就住在这树林里。我底亲戚和同伴都叫我做石女。"她说到这里，眼泪就融下来了。往下她底话语就支离得怪难明白。过一会，她才慢慢说："我……我到这两天才知道石女底意思。"

"知道自己名字底意思，更应当喜欢，为何倒反悲伤起来？"

"我每年看见树林里底果木开花，结实；把种子种在地里，又生出新果木来。我看见我底亲戚、同伴们不上二年就有一个孩子抱在她们怀里。我想我也要像这样——不上二年就可以抱一个孩子在怀里。我心里这样说，这样盼望，到如今，六十年了！我不明白，才打听一下。呀，这一打听，叫我多么难过！我没有抱孩子底希望了，……然而，我就不能像果木，比不上果木么？"

"哈，哈，哈！"樵夫大笑了，他说："这正是你底幸运哪！抱孩子底人，比你难过得多，你为何不往下再向她们打听一下呢？我告诉你，不曾怀过胎底妇人是有福的。"

一个路旁素不相识底人所说底话，哪里能够把六十年底希望——迷梦——立时揭破呢？到现在，她底哭声，在樵夫耳边，还可以约略地听见。

（原刊1922年4月《小说月报》第13卷第4号）

蜜蜂和农人

雨刚晴,蝶儿没有蓑衣,不敢造次出来,可是瓜棚底四围,已满唱了蜜蜂底工夫诗:

彷彷,徨徨!徨徨,彷彷!
　生就是这样,徨徨,彷彷!
趁机会把蜜酿。
　大家帮帮忙;
　　别误了好时光。
彷彷,徨徨!徨徨,彷彷!

蜂虽然这样唱,那底下坐着三四个农夫却各人担着烟管在那里闲谈。

人底寿命比蜜蜂长,不必像它们那么忙么?未必如此。不过农夫们不懂它们底歌就是了。但农夫们工作时,也会唱底。他们唱底是:

村中鸡一鸣,
　　阳光便上升,
　太阳上升好插秧。
　禾秧要水养,
　各人还为踏车忙。
东家莫截西家水;
西家不借东家粮。
　各人只为各人忙——
　"各人自扫门前雪,
　不管他人瓦上霜。"

（原刊1922年4月《小说月报》第13卷第4号）

爱底痛苦

在绿荫月影底下，朗日和风之中，或急雨飘雪底时候，牛先生必要说他底真言，"啊，拉夫斯偏！"他在三百六十日中，少有不说这话底时候。

暮雨要来，带着愁容底云片，急急飞避；不识不知的蜻蜓还在庭园间遨游着。爱诵真言底牛先生闷坐在屋里，从西窗望见隔院底女友田和正抱着小弟弟玩。

姊姊把孩子底手臂咬得吃紧；擘他底两颊；摇他底身体；又掌他底小腿。孩子急得哭了。姊姊才忙忙地拥抱住他，推着笑说："乖乖，乖乖，好孩子，好弟弟，不要哭。我疼爱你，我疼爱你！不要哭。"不一会孩子底哭声果然停了，可是弟弟刚现出笑容，姊姊又该咬他、擘他、摇他、掌他咧。

檐前底雨好像珠帘，把牛先生眼中底对象隔住。但方才那种印象，却萦回在他眼中。他把窗户关上，自己一人在屋里踱来踱去。最后，他点点头，笑了一声，"哈，哈！这也是拉夫斯偏！"

他走近书桌子，坐下，提起笔来，像要写什么似地。想了半天，才写上一句七言诗。他念了几遍，就摇头，自己说："不好，不好。我不会做诗，还是随便记些起来好。"

牛先生将那句诗涂掉以后，就把他底日记拿出来写。那天他要记底事情格外多。日记里应用底空格，他在午饭后，早已填满了。他裁了一张纸，写着：

> 黄昏，大雨。田在西院弄她底弟弟，动起我一个感想，就是：人都喜欢见他们所爱者底愁苦；要想方法教所爱者难受。所爱者越难受，爱者越喜欢，越加爱。
>
> 一切被爱底男子，在他们底女人当中，直如小弟弟在田底膝上一样。他们也是被爱者玩弄底。
>
> 女人底爱最难给，最容易收回去。当她把爱收回去底时候，未必不是一种游戏的冲动；可是苦了别人哪。
>
> 唉，爱玩弄人底女人，你何苦来这一下！愚男子，你底苦恼，又活该呢！

牛先生写完，复看一遍，又把后面那几句涂去，说："写得太过了，太过了！"他把那张纸付贴在日记上，正要起身，老妈子把哭着底孩子抱出来，一面说："姊姊不好，爱欺负人。不要哭，咱们找牛先生去。"

"姊姊打我！"这是孩子所能对牛先生说底话。

牛先生装作可怜的声音，忧郁的容貌，回答说："是么？姊姊打你么？来，我看看打到哪步田地？"

孩子受他底抚慰，也就忘了痛苦，安静过来了。现在吵闹底，只剩下外间急雨底声音。

（原刊1922年4月《小说月报》第13卷第4号）

信仰底哀伤

在更阑人静底时候，伦文就要到池边对他心里所立底乐神请求说："我怎能得着天才呢？我底天才缺乏了，我要表现的，也不能尽地表现了！天才可以像油那样，日日添注入我这盏小灯么？若是能，求你为我，注入些少。"

"我已经为你注入了。"

伦先生听见这句话，便放心回到自己底屋里。他舍不得睡，提起乐器来，一口气就制成一曲。自己奏了又奏，觉得满意，才含着笑，到卧室去。

第二天早晨，他还没有盥漱，便又把昨晚上底作品奏过几遍；随即封好，教人邮到歌剧场去。

他底作品一发表出来，许多批评随着在报上登载八九天。那些批评都很恭维他：说他是这一派，那一派。可是他又苦起来了！

在深夜底时候，他又到池边去，垂头丧气地对着池水，从口中发出颤声说："我所用底音节，不能达我底意思么？呀，我底天才丢失了！

再给我注入一点罢。"

"我已经为你注入了。"

他屡次求，心中只听得这句回答。每一作品发表出来，所得底批评，每每使他忧郁不乐。最后，他把乐器摔碎了，说："我信我底天才丢了，我不再作曲子了。唉，我所依赖底，枉费你眷顾我了。"

自此以后，社会上再不能享受他底作品；他也不晓得往哪里去了。

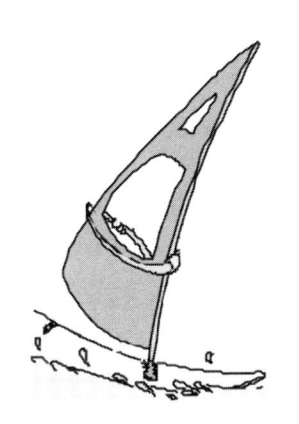

（原刊1922年4月《小说月报》第13卷第4号）

暗　途

"我底朋友，且等一等，待我为你点着灯，才走。"

吾威听见他底朋友这样说，便笑道："哈哈，均哥，你以我为女人么？女人在夜间走路才要用火；男子，又何必呢？不用张罗，我空手回去罢，——省得以后还要给你送灯回来。"

吾威底村庄和均哥所住底地方隔着几重山，路途崎岖得很厉害。若是夜间要走那条路，无论是谁，都得带灯。所以均哥一定不让他暗中摸索回去。

均哥说："你还是带灯好。这样底天气，又没有一点月影，在山中，难保没有危险。"

吾威说："若想起危险，我就回去不成了。……"

"那么，你今晚上就住在我这里，如何？"

"不，我总得回去，因为我底父亲和妻子都在那边等着我呢。"

"你这个人，太过执拗了。没有灯，怎么去呢？"均哥一面说，一面把点着底灯切切地递给他。他仍是坚辞不受。

他说:"若是你定要叫我带着灯走,那教我更不敢走。"

"怎么呢?"

"满山都没有光,若是我提着灯走,也不过是照得三两步远;且要累得满山底昆虫都不安。若凑巧遇见长蛇也冲着火光走来,可又怎办呢?再说,这一点的光可以把那照不着底地方越显得危险,越能使我害怕。在半途中,灯一熄灭,那就更不好办了。不如我空着手走,初时虽觉得有些妨碍,不多一会,什么都可以在幽暗中辨别一点。"

他说完,就出门。均哥还把灯提在手里,眼看着他向密林中那条小路穿进去,才摇摇头说:"天下竟有这样怪人!"

吾威在暗途中走着,耳边虽常听见飞虫、野兽底声音,然而他一点害怕也没有。在蔓草中,时常飞些萤火出来,光虽不大,可也够了。他自己说:"这是均哥想不到,也是他所不能为我点底灯。"

那晚上他没有跌倒;也没有遇见毒虫野兽;安然地到他家里。

(原刊1922年4月《小说月报》第13卷第4号)

海

我底朋友说:"人底自由和希望,一到海面就完全失掉了!因为我们太不上算,在这无涯浪中无从显出我们有限的能力和意志。"

我说:"我们浮在这上面,眼前虽不能十分如意,但后来要遇着底,或者超乎我们底能力和意志之外。所以在一个风狂浪骇底海面上,不能准说我们要到什么地方就可以达到什么地方;我们只能把性命先保持住,随着波涛颠来播去便了。"

我们坐在一只不如意的救生船里,眼看着载我们到半海就毁坏底大船渐渐沉下去。

我底朋友说:"你看,那要载我们到目的地底船快要歇息去了!现在在这茫茫的空海中,我们可没有主意啦。"

幸而同船底人,心忧得很,没有注意听他底话。我把他底手摇了一下说:"朋友,这是你纵谈底时候么?你不帮着划桨么?"

"划桨么?这是容易的事。但要划到哪里去呢?"

我说:"在一切的海里,遇着这样的光景,谁也没有带着主意下来,谁也脱不了在上面泛来泛去。我们尽管划罢。"

(原刊1922年5月《小说月报》第13卷第5号)

梨　花

　　她们还在园里玩，也不理会细雨丝丝穿入她们底罗衣。池边梨花底颜色被雨洗得更白净了，但朵朵都懒懒地垂着。

　　姊姊说："你看，花儿都倦得要睡了！"

　　"待我来摇醒他们。"

　　姊姊不及发言，妹妹底手早已抓住树枝摇了几下。花瓣和水珠纷纷地落下来，铺得银片满地，煞是好玩。

　　妹妹说："好玩啊，花瓣一离开树枝，就活动起来了！"

　　"活动什么？你看，花儿底泪都滴在我身上哪。"姊姊说这话时，带着几分怒气，推了妹妹一下。她接着说，"我不和你玩了，你自己在这里罢。"

　　"妹妹见姊姊走了，直站在树下出神。停了半晌，老妈子走来，牵着她，一面走着，说："你看，你底衣服都湿透了，在阴雨天，每日要换几次衣服，教人到哪里找太阳给你晒去呢？"

　　落下来底花瓣，有些被她们底鞋印入泥中；有些粘在妹妹身上，被她带走；有些浮在池面，被鱼儿衔入水里。那多情的燕子不歇把鞋印上的残瓣和软泥一同衔在口中，到梁间去，构成它们底香巢。

（原刊1922年5月《小说月报》第13卷第5号）

难解决的问题

我叫同伴到钓鱼矶去赏荷,他们都不愿意去,剩我自己走着。我走到清佳堂附近,就坐在山前一块石头上歇息。在瞻顾之间,小山后面一阵唧咕的声音夹着蝉声送到我耳边。

谁愿意在优游的天日中故意要找出人家底秘密呢?然而宇宙间底秘密都从无意中得来。所以在那时候,我不离开那里,也不把两耳掩住,任凭那些声浪在耳边荡来荡去。

劈头一声,我便听得,"这实是一个难解决的问题。……"

既说是难解决,自然要把怎样难底理由说出来。这理由无论是局内、局外人都爱听底。以前的话能否钻入我耳里,且不用说,单是这一句,使我不能不注意。

山后底人接下去说:"在这三位中,你说要哪一位才合适?……梅说要等我十年;白说要等到我和别人结婚那一天;区说非嫁我不可,——她要终身等我。"

"那么,你就要区罢。"

"但是梅底景况，我很了解。她底苦衷，我应当原谅。她能为了我牺牲十年底光阴，从她底境遇看来，无论如何，是很可敬底。设使梅居区底地位，她也能说，要终身等我。"

"那么，梅、区都不要，要白如何？"

"白么？也不过是她底环境使她这样达观。设使她处着梅底景况，她也只能等我十年。"

会话到这里就停了。我底注意只能移到池上，静观那被轻风摇摆的芰荷。呀，叶底那对小鸳鸯正在那里歇午哪！不晓得它们从前也曾解决过方才的问题没有？不上一分钟，后面底声音又来了。

"那么，三个都要如何？"

"笑话，就是没有理性底兽类也不这样办。"

又停了许久。

"不经过那些无用的礼节，各人快活地同过这一辈子不成吗？"

"唔……唔……唔……这是后来的话，且不必提，我们先解决目前底困难罢。我实不肯故意辜负了三位中底一位。我想用拈阄的方法瞎挑一个就得了。"

"这不更是笑话么？人间哪有这么新奇的事！她们三人中谁愿意遵你底命令，这样办呢？"

他们大笑起来。

"我们私下先拈一拈，如何？你权当做白，我自己权当做梅，剩下是区底份。"

他们由严重的密语化为滑稽的谈笑了。我怕他们要闹下坡来，不敢逗留在那里，只得先走。钓鱼矶也没去成。

（原刊1922年5月《小说月报》第13卷第5号）

债

他一向就住在妻子家里，因为他除妻子以外，没有别的亲戚。妻家底人爱他底聪明，也怜他底伶仃，所以万事都尊重他。

他底妻子早已去世，膝下又没有子女。他底生活就是念书、写字，有时还弹弹七弦。他决不是一个书呆子，因为他常要在书内求理解，不像书呆子只求多念。

妻子底家里有很大的花园供他游玩；有许多奴仆听他使令。但他从没有特意到园里游玩；也没有呼唤过一个仆人。

在一个阴郁的天气里，人无论在什么地方都不舒服底。岳母叫他到屋里闲谈，不晓得为什么缘故就劝起他来。岳母说："我觉得自从俪儿去世以后，你就比前格外客气。我劝你毋须如此，因为外人不知道都要怪我。看你穿成这样，还不如家里底仆人，若有生人来到，叫我怎样过得去？倘或有人欺负你，说你这长那短，尽可以告诉我，我责罚他给你看。"

"我哪里懂得客气？不过我只觉得我欠底债太多，不好意思多要什么。"

"什么债？有人向你算帐么？唉，你太过见外了！我看你和自己底子侄一样，你短了什么，尽管问管家底要去；若有人敢说闲话，我定不饶他。"

"我所欠底是一切的债。我看见许多贫乏人、愁苦人，就如该了他们无量数的债一般。我有好的衣食，总想先偿还他们。世间若有一个人吃不饱足，穿不暖和，住不舒服，我也不敢公然独享这具足的生活。"

"你说得太玄了！"她说过这话，停了半晌才接着点头说："很好，这才是读书人'先天下之忧而忧'的精神。……然而你要什么时候才还得清呢？你有清还底计划没有？"

"唔……唔……"他心里从来没有想到这个，所以不能回答。

"好孩子，这样的债，自来就没有人能还得清，你何必自寻苦恼？我想，你还是做一个小小的债主罢。说到具足生活，也是没有涯岸的：我们今日所谓具足，焉知不是明日底缺陷？你多念一点书就知道生命即是缺陷底苗圃，是烦恼底秧田；若要补修缺陷，拔除烦恼，除弃绝生命外，没有别条道路。然而，我们哪能办得到？个个人都那么怕死！你不要作这种非非想，还是顺着境遇做人去罢。"

"时间，……计划，……做人……"这几个字从岳母口里发出，他底耳鼓就如受了极猛烈的椎击。他想来想去，已想昏了。他为解决这事，好几天没有出来。

那天早晨，女佣端粥到他房里，没见他，心中非常疑惑。因为早晨，他没有什么地方可去：海边呢？他是不轻易到底。花园呢？他更不愿意在早晨去。因为丫头们都在那个时候到园里争摘好花去献给她们几位姑娘。他最怕见底是人家毁坏现成的东西。

女佣四围一望，蓦地看见一封信被留针刺在门上。她忙取下来，给别人一看，原来是给老夫人底。

她把信拆开，递给老夫人。上面写着：

亲爱的岳母：

　　你问我底话，教我实在想不出好回答。而且，因你这一问，使我越发觉得我所负底债更重。我想做人若不能还债，就得避债，决不能教债主把他揪住，使他受苦。若论还债，依我底力量、才能，是不济事底。我得出去找几个帮忙底人。如果不能找着，再想法子。现在我去了，多谢你栽培我这么些年。我底前途，望你记念；我底往事，愿你忘却。我也要时时祝你平安。

婿容融留字

老夫人念完这信，就非常愁闷。以后，每想起她底女婿，便好几天不高兴。但不高兴尽管不高兴，女婿至终没有回来。

（原刊1922年5月《小说月报》第13卷第5号）

暾将出兮东方

在山中住，总要起得早，因为似醒非醒地眠着，是山中各样的朋友所憎恶底。破晓起来，不但可以静观彩云底变幻；和细听鸟语底婉转；有时还从山巅、树表、溪影、村容之中给我们许多不可说的愉快。

我们住在山压檐牙阁里，有一次，在曙光初透底时侯，大家还在床上眠着，耳边恍惚听见一队童男女底歌声，唱道：

榻上人，应觉悟！
　　晓鸡频催三两度。
君不见——
　"暾将出兮东方"，
　微光已透前村树？
　　榻上人，应觉悟！

往后又跟着一节和歌：

　　暾将出兮东方！
　　暾将出兮东方！
　　　会见新曦被四表，
　　使我乐兮无央。

那歌声还接着往下唱，可惜离远了，不能听得明白。

啸虚对我说："这不是十年前你在学校里教孩子唱底么？怎么会跑到这里唱起来？"

我说："我也很诧异，因为这首歌，连我自己也早已忘了。"

"你底暮气满面，当然会把这歌忘掉。我看你现在要用赞美光明底声音去赞美黑暗哪。"

我说："不然，不然。你何尝了解我？本来，黑暗是不足诅咒，光明是毋须赞美底。光明不能增益你什么，黑暗不能妨害你什么，你以何因缘而生出差别心来？若说要赞美底话：在早晨就该赞美早晨；在日中就该赞美日中；在黄昏就该赞美黄昏；在长夜就该赞美长夜；在过去、现在、将来一切时间，就该赞美过去、现在、将来一切时间。说到诅咒，亦复如是。"

那时，朝曦已射在我们脸上，我们立即起来，计划那日底游程。

（原刊1922年5月《小说月报》第13卷第5号）

鬼　赞

你们曾否在凄凉的月夜听过鬼赞？有一次，我独自在空山里走，除远处寒潭底鱼跃出水声略可听见以外，其余种种，都被月下底冷露幽闭住。我底衣服极其润湿，我两腿也走乏了。正要转回家中，不晓得怎样就经过一区死人底聚落。我因疲极，才坐在一个祭坛上少息。在那里，看见一群幽魂高矮不齐，从各坟墓里出来。他们仿佛没有看见我，都向着我所坐底地方走来。

他们从这墓走过那墓，一排排地走着，前头唱一句，后面应一句，和举行什么巡礼一样。我也不觉得害怕，但静静地坐在一旁，听他们底唱和。

第一排唱："最有福底是谁？"

往下各排挨着次序应。

"是那曾用过视官，而今不能辨明暗底。"

"是那曾用过听官，而今不能辨声音底。"

"是那曾用过嗅官，而今不能辨香味底。"

"是那曾用过味官，而今不能辨苦甘底。"

"是那曾用过触官，而今不能辨粗细、冷暖底。"

各排应完，全体都唱："那弃绝一切感官底有福了！我们底骷髅有福了！"

第一排底幽魂又唱："我们底骷髅是该赞美底。我们要赞美我们底骷髅。"

领首底唱完，还是挨着次序一排排地应下去。

"我们赞美你，因为你哭底时候，再不流眼泪。"

"我们赞美你，因为你发怒底时候，再不发出紧急的气息。"

"我们赞美你，因为你悲哀底时候再不皱眉。"

"我们赞美你，因为你微笑底时候，再没有嘴唇遮住你底牙齿。"

"我们赞美你，因为你听见赞美底时候再没有血液在你底脉里颤动。"

"我们赞美你，因为你不肯受时间底播弄。"

全体又唱："那弃绝一切感官底有福了！我底骷髅有福了！"

他们把手举起来一同唱：

"人那，你在当生、来生底时候，有泪就得尽量流；有声就得尽量唱；有苦就得尽量尝；有情就得尽量施；有欲就得尽量取；有事就得尽量成就。等到你疲劳、等到你歇息底时候，你就有福了！"

他们诵完这段，就各自分散。一时，山中睡不熟底云直望下压，远地底丘陵都给埋没了。我险些儿也迷了路途，幸而有断断续续的鱼跃出水声从寒潭那边传来，使我稍微认得归路。

（原刊1922年5月《小说月报》第13卷第5号）

春底林野

　　春光在万山环抱里,更是泄漏得迟。那里底桃花还是开着;漫游底薄云从这峰飞过那峰,有时稍停一会,为底是挡住太阳,教地面底花草在它底荫下避避光焰底威吓。

　　岩下底荫处和山溪底旁边满长了薇蕨和其它凤尾草。红,黄、蓝、紫的小草花点缀在绿茵上头。

　　天中底云雀,林中底金莺,都鼓起它们底舌簧。轻风把它们底声音挤成一片,分送给山中各样有耳无耳底生物。桃花听得入神,禁不住落了几点粉泪,一片一片凝在地上。小草花听得大醉,也和着声音底节拍一会倒,一会起,没有镇定底时候。

　　林下一班孩子正在那里捡桃花底落瓣哪。他们捡着,清儿忽嚷起来,道:"嘎,爸爸来了!"众孩子住了手,都向桃林底尽头盼望。果然爸爸也在那里摘草花。

　　清儿道:"我们今天可要试试阿桐底本领子。若是他能办得到,我们都把花瓣穿成一串璎珞围在他身上,封他为大哥如何?"

众人都答应了。

阿桐走到邕邕面前，道，"我们正等着你来呢。"

阿桐底左手盘在邕邕底脖上，一面走一面说，"今天他们要替你办嫁妆，教你做我底妻子。你能做我底妻子么？"

邕邕狠视了阿桐一下，回头用手推开他，不许他底手再搭在自己脖上。孩子们都笑得支持不住了。

众孩子嚷道："我们见过邕邕用手推人了！阿桐赢了！"

邕邕从来不会拒绝人，阿桐怎能知道一说那话，就能使她动手呢？是春光底荡漾，把他这种心思泛出来呢？或者，天地之心就是这样呢？

你且看，漫游底薄云还是从这峰飞过那峰。

你且听：云雀和金莺底歌声还布满了空中和林中。在这万山环抱底桃林中，除那班爱闹的孩子以外，万物把春光领略得心眼都迷蒙了。

（原刊1922年5月《小说月报》第13卷5号）

花香雾气中底梦

在覆茅涂泥底山居里,那阻不住底花香和雾气从疏帘窜进来,直扑到一对梦人身上。妻子把丈夫摇醒,说:"快起罢,我们底被褥快湿透了。怪不得我总觉得冷,原来太阳被囚在浓雾底监狱里不能出来。"

那梦中底男子,心里自有他底温暖,身外底冷与不冷他毫不介意。他没有睁开眼睛便说,"嗳呀,好香!许是你桌上底素馨露洒了罢?"

"哪里?你还在梦中哪。你且睁眼看帘外底光景。"

他果然揉了眼睛,拥着被坐起来,对妻子说:"怪不得我净梦见一群女子在微雨中游戏。若是你不叫醒我,我还要往下梦哪。"

妻子也拥着她底绒被坐起来说:"我也有梦。"

"快说给我听。"

"我梦见把你丢了。我自己一人在这山中遍处找寻你,怎么也找不着。我越过山后,只见一个美丽的女郎挽着一篮珠子向各树底花叶上头乱撒。我上前去向她问你底下落,她笑着问我:'他是谁,找他干什么？'我当然回答，他是我底丈夫，——"

"原来你在梦中也记得他！"他笑着说这话，那双眼睛还显出很滑稽的样子。

妻子不喜欢了。她转过脸背着丈夫说："你说什么话！你老是要挑剔人家底话语，我不往下说了。她推开绒被，随即呼唤丫头预备脸水。

丈夫速把她揪住，央求说："好人，我再不敢了。你往下说罢。以后若再饶舌，情愿挨罚。"

"谁希罕罚你？"妻子把这次底和平画押了。她往下说，"那女人对我说，你在山前柚花林里藏着。我那时又像把你忘了。……"

"哦，你又………不，我应许过不再说什么的；不然，就要挨罚了。你到底找着我没有？"

"我没有向前走，只站在一边看她撒珠子。说来也很奇怪：那些珠子粘在各花叶上都变成五彩的零露，连我底身体也沾满了。我忍不住，就问那女郎。女郎说：'东西还是一样，没有变化，因为你底心思前后不同，所以觉得变了。你认为珠子，是在我撒手之前，因为你想我这篮子决不能盛得露水。你认为露珠时，在我撒手之后，因为你想那些花叶不能留住珠子。我告诉你：你所认底不在东西，乃在使用东西底人和时间；你所爱底，不在体质，乃在体质所表底情。你怎样爱月呢？是爱那悬在空中已经老死底暗球么？你怎样爱雪呢？是爱他那种砭人肌骨底凛冽么？'"

"她说到雪，我打了一个寒噤，便醒起来了。"

丈夫说："到底没有找着我。"

妻子一把抓住他底头发，笑说："这不是找着了吗？……我说，这梦怎样？"

"凡你所梦都是好的。那女郎底话也是不错。我们最愉快底时候岂不是在接吻后，彼此底凝视吗？"他向妻子痴笑，妻子把绒被拿起来，盖在他头上，说："恶鬼！这会可不让你有第二次底凝视了。"

（原刊1922年5月《小说月报》第13卷第5号）

茶　蘼

我常得着男子送给我底东西，总没有当他们做宝贝看。我底朋友师松却不如此，因为她从不曾受过男子底赠与。

自鸣钟敲过四下以后，山上礼拜寺底聚会就完了。男男女女像出圈底羊，争要下到山坡觅食一般。那边有一个男学生跟着我们走，他底正名字我忘记了，我只记得人家都叫他做"宗之"。他手里拿着一枝茶蘼，且行且嗅。茶蘼本不是香花，他嗅着，不过是一种无聊举动便了。

"松姑娘，这枝茶蘼送给你。"他在我们后面嚷着。松姑娘回头看见他满脸堆着笑容递着那花，就速速伸手去接。她接着说："很多谢，很多谢。"宗之只笑着点点头，随即从西边底山径转回家去。

"他给我这个，是什么意思？"

"你想他有什么意思，他就有什么意思。"我这样回答她。走不多远，我们也分途各自家去了。

她自下午到晚上不歇地弄那枝茶蘼。那花像有极大的魔力，不让她撒手一样。她要放下时，每觉得花儿对她说："为什么离夺我？我不是从宗之手里递给你，交你照管底吗？"

呀，宗之底眼、鼻、口、齿、手、足、动作，没有一件不在花心跳跃着，没有一件不在她眼前底花枝显现出来！她心里说："你这美男子，为甚缘故送给我这花儿？"她又想起那天经坛上底讲章，就自己回答说："因为他顾念他使女底卑微，从今而后，万代要称我为有福。"

这是她爱荼蘼花，还是宗之爱她呢？我也说不清，只记得有一天我和宗之正坐在榕树根谈话底时候，他家底人跑来对他说："松姑娘吃了一朵什么花，说是你给她底，现在病了她家底人要找你去问话咧。"

他吓了一跳，也摸不着头脑，只说："我哪时节给她东西吃？这真是……！"

我说，"你细想一想。"他怎么也想不起来。我才提醒他说，"你前个月在斜道上不是给了她一朵荼蘼吗？"

"对呀，可不是给了她一朵荼蘼！可是我哪里教她吃了呢？"

"为什么你单给她，不给别人？"我这样问他。

他很直截地说，"我并没有什么意思，不过随手摘下，随手送给别人就是了。我平素送了许多东西给人，也没有什么事；怎么一朵小小的荼蘼就可使她着了魔？"

他还坐在那里沉吟，我便促他说："你还能在这里坐着么？不管她是误会，你是有意，你既然给了她，现在就得去看她一看才是。"

"我哪有什么意思？"

我说："你且去看看罢。蚌蛤何尝立志要生珠子呢？也不过是外间的沙粒偶然渗入他底壳里，他就不得不用尽工夫分泌些粘液把那小沙裹起来罢了。你虽无心，可是你底花一到她手里，管保她不因花而爱起你来吗？你敢保她不把那花当做你所赐给爱底标识，就纳入她底怀中，用心里无限的情思把他围绕得非常严密吗？也许她本无心，但因你那美意底沙无意中掉在她爱底贝壳里,使她不得不如此。不用踌躇了,且去看看罢。"

宗之这才站起来,皱一皱他那副冷静的脸庞,跟着来人从林菁底深处走出去了。

(原刊1922年6月《小说月报》第13卷第6号)

美底牢狱

嫌求正在镜台边理她底晨妆，见她底丈夫从远地回来，就把头拢住，问道："我所需要底你都给带回来了没有？"

"对不起！你虽是一个建筑师，或泥水匠，能为你自己建筑一座'美底牢狱'；我却不是一个转运者，不能为你搬运等等材料。"

"你念书不是念得越糊涂，便是越高深了！怎么你底话，我一点也听不懂？"

丈夫含笑说："不懂么？我知道你开口爱美，闭口爱美、多方地要求我给你带等等装饰回来；我想那些东西都围绕在你底体外；合起来，岂不是成为一座监禁你底牢狱吗？"

她静默了许久，也不做声。她底丈夫往下说："妻呀，我想你还不明白我底意思。我想所有美丽的东西，只能让他们散布在各处，我们只能在他们底出处爱它们；若是把他们聚拢起来，搁在一处，或在身上，那就不美了。……"

她睁着那双柔媚的眼，摇着头说："你说得不对。你说得不对。若不剖蚌，怎能得着珠玑呢？若不开山，怎能得着金刚、玉石、玛瑙等等宝物呢？而且那些东西，本来不美，必得人把他们琢磨出来，加以装饰，才能显得美丽咧。若说我要装饰，就是建筑一所美底牢狱，且把自己监在里头，且问谁不被监在这种牢狱里头呢？如果世间真有美底牢狱，像你所说，那么，我们不过是造成那牢狱底一沙一石罢了。"

"我底意思就是听其自然，连这一沙一石也毋须留存。孔雀何为自己修饰羽毛呢？芰荷何尝把他底花染红了呢？"

"所以说他们没有美感！我告诉你，你自己也早已把你底牢狱建筑好了。"

"胡说！我何曾？"

"你心中不是有许多好的想象；不是要照你底好理想去行事么？你所有底，是不是从古人曾经建筑过底牢狱里检出其中底残片？或是在自己的世界取出来底材料呢？自然要加上一点人为才能有意思。若是我底形状和荒古时候的人一样，你还爱我吗？我准敢说，你若不好好地住在你底牢狱里头，且不时地把牢狱底墙垣垒得高高的，我也不能爱你。"

刚愎的男子，你何尝佩服女子底话？你不过会说："就是你会说话！等我思想一会儿，再与你决战。"

（原刊1922年6月《小说月报》第13卷第6号）

补破衣底老妇人

她坐在檐前,微微的雨丝飘摇下来,多半聚在她脸庞底皱纹上头。她一点也不理会,尽管收拾她底筐子。

在她底筐子里有很美丽的零剪绸缎;也有很粗陋的床头、布尾。她从没有理会雨丝在她头、面、身体之上乱扑;只提防着筐里那些好看的材料沾湿了。

那边来了两个小弟兄。也许他们是学校回来。小弟弟管她叫做"衣服底外科医生";现在见她坐在檐前,就叫了一声。

她抬起头来,望着这两个孩子笑了一笑。那脸上底皱纹虽皱得更厉害,然而生底痛苦可以从那里挤出许多,更能表明她是一个享乐天年底老婆子。

小弟弟说:"医生,你只用筐里底材料在别人底衣服上,怎么自己底衣服却不管了?你看你肩脖补底那一块又该掉下来了。"

老婆子摩一摩自己底肩脖,果然随手取下一块小方布来。她笑着对小弟弟说:"你底眼睛实在精明!我这块原没有用线缝住;因为早晨忙着要出来，只用浆子暂时糊着，盼望晚上回去弥补；不提防雨丝替我揭起来了！……这揭得也不错。我，既如你所说，是一个衣服底外科医生，那么，我是不怕自己底衣服害病底。"

她仍是整理筐里底零剪绸缎，没理会雨丝零落在她身上。

哥哥说："我看爸爸底手册里夹着许多的零剪文件，他也是像你一样，不时地翻来翻去。他……"

弟弟插嘴说："他也是另一样的外科医生。"

老婆子把眼光射在他们身上，说："哥儿们，你们说得对了。你们底爸爸爱惜小册里底零碎文件，也和我爱惜筐里底零剪绸缎一般。他凑合多少地方底好意思，等用得着时，就把他们编连起来，成为一种新的理解。所不同底，就是他用底头脑；我用底只是指头便了。你们叫他做……"

说到这里，父亲从里面出来，问起事由，便点头说："老婆子，你底话很中肯。我们所为，原就和你一样，东搜西罗，无非是些绸头、布尾，只配用来补补破衲袄罢了。"

父亲说完，就下了石阶，要在微雨中到葡萄园里，看看他底葡萄长芽了没有，这里孩子们还和老婆子争论着要号他们底爸爸做什么样医生。

（原刊1922年6月《小说月报》第13卷第6号）

再 会

靠窗棂坐着那位老人家是一位航海者,刚从海外归来底。他和萧老太太是少年时代底朋友,彼此虽别离了那么些年,然而他们会面时,直像忘了当中经过底日子。现在他们正谈起少年时代底旧话。

"蔚明哥,你不是二十岁底时候出海底么?"她屈着自己底指头,数了一数,才用那双被阅历染浊了底眼睛看着她底朋友说,"呀,四十五年就像我现在数着指头一样地过去了!"

老人家把手捋一捋胡子,很得意地说:"可不是!……记得我到你家辞行那一天,你正在园里饲你那只小鹿;我站在你身边一棵正开着花底枇杷树下,花香和你头上底油香杂窜入我底鼻中。当时,我底别绪也不晓得要从哪里说起;但你只低头抚着小鹿。我想你那时也不能多说什么,你竟然先问一句'要等到什么时候我们再能相见呢'?我就慢答道:'毋须多少时候。'那时,你……"

老太太接着说:"那时候底光景我也记得很清楚。当你说这句底时候,我不是说'要等再相见时,除非是黑墨有洗得白底时节'。哈哈!

你去时，那缕漆黑的头发现在岂不是已被海水洗白了么？"

老人家摩摩自己底头顶，说："对啦！这也算应验哪！可惜我总不（见）着芳哥，他过去多少年了？"

"唉，久了！你看我已经抱过四个孙儿了。"她说时，看着窗外几个孩子在瓜棚下玩，就指着那最高的孩子说，"你看鼎儿已经十二岁了，他公公就在他弥月后去世的。"

他们谈话时，丫头端了一盘牡蛎煎饼来。老太太举手嚷着蔚明哥说："我定知道你底嗜好还没有改变，所以特地为你做这东西。

"你记得我们少时，你母亲有一天做这样的饼给我们吃。你拿一块，吃完了才嫌饼里底牡蛎少，助料也不如我底多，闹着要把我底饼抢去。当时，你母亲说了一句话，教我常常忆起，就是'好孩子，算了罢。助料都是搁在一起渗匀底。做底时候，谁有工夫把分量细细去分配呢？这自然是免不了有些多，有些少底；只要饼底气味好就够了。你所吃底原不定就是为你做底，可是你已经吃过，就不能再要了。'蔚明哥，你说末了这话多么感动我呢！拿这个来比我们底境遇罢：境遇虽然一个一个排列在面前，容我们有机会选择，有人选得好，有人选得歹，可是选定以后，就不能再选了。"

老人家拿起饼来吃，慢慢地说："对啦！你看我这一生净在海面生活，生活极其简单，不像你这么繁复，然而我还是像当时吃那饼一样——也就饱了。"

"我想我老是多得便宜。我底'境遇底饼'虽然多一些助料，也许好吃一些，但是我底饱足是和你一样底。"

谈旧事是多么开心底事！看这光景，他们像要把少年时代底事迹一一回溯一遍似地。但外面底孩子们不晓得因什么事闹起来，老太太先出去做判官；这里留着一位矍铄的航海者静静地坐着吃他底饼。

（原刊1922年6月《小说月报》第13卷第6号）

桥　边

我们住底地方就在桃溪溪畔。夹岸遍是桃林：桃实、桃叶映入水中，更显出溪边底静谧。真想不到仓皇出走底人还能享受这明媚的景色！我们口日在林下游玩；有时蹀过溪桥，到朋友底蔗园里找新生的甘蔗吃。

这一天，我们又要到蔗园去，刚蹀过桥，便见阿芳——蔗园底小主人——很忧郁地坐在桥下。

"阿芳哥，起来领我们到你园里去。"他举起头来，望了我们一眼，也没有说什么。

我哥哥说："阿芳，你不是说你一到水边就把一切的烦闷都洗掉了吗？你不是说，你是水边底蜻蜓么？你看歇在水荭花上那只蜻蜓比你怎样？"

"不错。然而今天就是我第一次底忧闷。"

我们都下到岸边，围绕住他，要打听这回事。他说："方才红儿掉在水里了！"红儿是他底腹婚妻，天天都和他在一块儿玩底。我们听了他这话，都惊讶得很。哥哥说："那么，你还能在这里闷坐着吗？还不赶紧去叫人来？"

"我一回去，我妈心里底忧郁怕也要一颗一颗地结出来，像桃实一样了。我宁可独自在此忧伤，不忍使我妈妈知道。"

我底哥哥不等说完，一股气就跑到红儿家里。这里阿芳还在皱着眉头，我也眼巴巴地望着他，一声也不响。

"谁掉在水里啦？"

我一听，是红儿底声音，速回头一望，果然哥哥携着红儿来了！她笑眯眯地走到芳哥跟前，芳哥像很惊讶地望着她。很久，他才出声说："你底话不灵了么？方才我贪着要到水边看看我底影儿，把他搁在树芽上，不留神轻风一摇，把他摇落水里。他随着流水往下流去；我回头要抱他，他已不在了。"

红儿才知道掉在水里底是她所赠与底小囝。她曾对阿芳说那小囝也叫红儿，若是把他丢了，便是丢了她。所以芳哥这么谨慎看护着。

芳哥实在以红儿所说底话是千真万真的，看今天底光景，可就教他怀疑了。他说："哦，你底话也是不准的！我这时才知道丢了你底东西不算丢了你，真把你丢了才算。"

我哥哥对红儿说："无意的话倒能教人深信，芳哥对你底信念，头一次就在无意中给你打破了。"

红儿也不着急，只优游地说："信念算什么？要真相知才有用哪。……也好，我借着这个就知道他了。我们还是到蔗园去罢。"

我们一同到蔗园去，芳哥方才底忧郁也和糖汁一同吞下去了。

（原刊1922年8月《小说月报》第13卷第8号）

头　发

　　这村里底大道今天忽然点缀了许多好看的树叶，一直达到村外底麻栗林边。村里底人，男男女女都穿得很整齐，像举行什么大节期一样。但六月间没有重要的节期，婚礼也用不着这么张罗，到底是为甚事？

　　那边底男子们都唱着他们底歌，女子也都和着。我只静静地站在一边看。

　　一队兵押着一个壮年的比丘从大道那头进前。村里底人见他来了，歌唱得更大声。妇人们都把头发披下来，争着跪在道傍，把头发铺在道中；从远一望，直像整匹底黑练摊在那里。那位比丘从容地从众女人底头发上走过；后面底男子们都嚷着："可赞美的孔雀旗呀！"

　　他们这一嚷就把我提醒了。这不是倡自治底孟法师入狱底日子吗？我心里这样猜，赶到他离村里底大道远了，才转过篱笆底西边。刚一拐弯，便遇着一个少女摩着自己底头发，很懊恼地站在那里。我问她说："小姑娘，你站在此地，为你们底大师伤心么？"

　　"固然。但是我还咒诅我底头发为什么偏生短了，不能摊在地上，教大师脚下底尘土留下些少在上头。你说今日村里底众女子,哪一个不比我荣幸呢?"

"这有什么荣幸?若你有心恭敬你底国土和你底大师就够了。"

"咦!静藏在心里底恭敬是不够底。"

"那么,等他出狱底时候,你底头发就够长了。"

女孩子听了,非常喜欢,至于跳起来说:"得先生这一祝福,我底头发在那时定能比别人长些。多谢了!"

她跳着从篱笆对面底流连子园去了。我从西边一直走,到那麻栗林边;那里底土很湿。大师底脚印和兵士底鞋印在上头印得很分明。

(原刊1922年8月《小说月报》第13卷第8号)

疲倦底母亲

　　那边一个孩子靠近车窗坐着，远水，近水，一幅一幅，次第嵌入窗户，射到他底眼中。他手画着，口中还咿咿哑哑地，唱些没字曲。

　　在他身边坐着一个中年妇人，支着头瞌睡。孩子转过脸来，摇了她几下，说："妈妈，你看看，外面那座山很像我家门前底呢。"

　　母亲举起头来，把眼略睁一睁；没有出声，又支着颐睡去。

　　过一会，孩子又摇她，说："妈妈，不要睡罢，看睡出病来了。你且睁一睁眼看看外面八哥和牛打架呢。"

　　母亲把眼略略睁开，轻轻打了孩子一下；没有做声，又支着头睡去。

　　孩子鼓着腮，很不高兴。但过一会，他又唱起来了。

　　"妈妈，听我唱歌罢。"孩子对着她说了，又摇她几下。

　　母亲带着不喜欢的样子说："你闹什么？我都见过，都听过，都知道了；你不知道我很疲乏，不容我歇一下么？"

　　孩子说："我们是一起出来底，怎么我还顶精神，你就疲乏起来？

难道大人不如孩子么？"

　　车还在深林平畴之间穿行着。车中底人，除那孩子和一二个旅客以外，少有不像他母亲那么酣睡底。

　　　　　　　（原刊1922年8月《小说月报》第13卷第8号）

处女底恐怖

深沉院落，静到极地；虽然我底脚步走在细草之上，还能惊动那伏在绿丛里底蜻蜓。我每次来到庭前，不是听见投壶底音响，便是闻得四弦底颤动；今天，连窗上铁马底轻撞声也没有了！

我心里想着这时候小坡必定在里头和人下围棋；于是轻轻走着，也不声张，就进入屋里。出乎主人底意想，跑去站在他后头，等他蓦然发觉，岂不是很有趣？但我轻揭帘子进去时，并不见小坡，只见他底妹子伏在书案上假寐。我更不好声张，还从原处蹑出来。

走不远，方才被惊底蜻蜓就用那碧玉琢成底一千只眼瞧着我。一见我来，它又鼓起云母的翅膀飞得飒飒作响。可是破沉寂底，还是屋里大踏大步底声音。我心知道小坡底妹子醒了，看见院里有客，紧紧要回避，所以不敢回头观望，让她安然走入内衙。

"四爷，四爷，我们太爷请你进来坐。"我听得是玉笙底声音，回头便说："我已经进去了；太爷不在屋里。"

"太爷随即出来，请到屋里一候。"她揭开帘子让我进去。果然他底妹子不在了！丫头刚走到衙内院子底光景，便有一股柔和而带笑的声音送到我耳边说："外面伺候底人一个也没有；好在是西衙底四爷，若是生客，教人怎样进退？"

"来底无论生熟，都是朋友，又怕什么？"我认得这是玉笙回答她小姐底话语。

"女子怎能不怕男人，敢独自一人和他们应酬么？"

"我又何尝不是女子？你不怕，也就没有什么。"

我才知道她并不曾睡去，不过回避不及，装成那样底。我走近案边，看见一把画未成底纨扇搁在上头。正要坐下，小坡便进来了。

"老四，失迎了。舍妹跑进去，才知道你来。"

"岂敢，岂敢。请原谅我底莽撞。"我拿起纨扇问道，"这是令妹写底？"

"是。她方才就在这里写画。笔法有什么缺点，还求指教。"

"指教倒不敢，总之，这把扇是我捡得底，是没有主底，我要带它回去。"我摇着扇子这样说。

"这不是我底东西，不干我事。我叫她出来与你当面交涉。"小坡笑着向帘子那边叫，"九妹，老四要把你底扇子拿去了！"

他妹子从里面出来；我忙趋前几步——赔笑，行礼。我说："请饶恕我方才底唐突。"她没做声，尽管笑着。我接着说："令兄应许把这扇送给我了。"

小坡抢着说："不！我只说你们可以直接交涉。"

她还是笑着，没有做声。

我说："请九姑娘就案一挥，把这画完成了，我好立刻带走。"

但她仍不做声。她哥哥不耐烦，促她说："到底是允许人家是不允许，尽管说，害什么怕？"妹子扫了他一眼，说："人家就是这么害怕哩。"她对我说："这是不成东西底，若是要，我改天再奉上。"

我速速说,"够了,我不要更好的了。你既然应许,就将这一把赐给我罢。"于是她仍旧坐在案边,用丹青来染那纨扇。我们都在一边看她运笔。小坡笑着对妹子说:"现在可不怕人了。"

"当然。"她含笑对着哥哥。自这声音发出以后,屋里、庭外,都非常沉寂;窗前也没有铁马底轻撞声。所能听见底只有画笔在笔洗里拨水底微响,和颜色在扇上底运行声。

(原刊1922年8月《小说月报》第13卷第8号)

我　想

我想什么？

我心里本有一条达到极乐园地底路，从前曾被那女人走过底；现在那人不在了。这条路不但是荒芜，并且被野草、闲花、棘枝、绕藤占据得找不出来了！

我许久就想着这条路，不单是开给她走底，她不在，我岂不能独自来往？

但是野草、闲花这样美丽、香甜，我怎舍得把他们去掉呢？棘枝、绕藤又那样横逆、蔓延，我手里又没有器械，怎敢惹他们呢？我想独自在那路上徘徊，总没有实行底日子。

日子一久，我连那条路底方向也忘了。我只能日日跑到路口那个小池底岸边静坐，在那里怅惘，和沉思那草掩、藤封底道途。

狂风一吹，野花乱坠，池中锦鱼道是好饵来了，争着上来喋喋。我所想底，也浮在水面被鱼喋入口里；复幻成泡沫吐出来，仍旧浮回空中。

鱼还是活活泼泼地游；路又不肯自己开了；我更不能把所想底撇在一边。呀！

我定睛望着上下游泳底锦鱼；我底回想也随着上下游荡。

呀，女人！你现在成为我"记忆底池"中底锦鱼了。你有时浮上来，使我得以看见你；有时沉下去，使我费神猜想你是在某片落叶底下，或某块沙石之间。

但是那条路底方向我早忘了，我只能每日坐在池边，盼望你能从水底浮上来。

（原刊1922年8月《小说月报》第13卷第8号）

乡曲底狂言

在城市住久了,每要害起村庄底相思病来。我喜欢到村庄去,不单是贪玩那不染尘垢底山水;并且爱和村里底人攀谈。我常想着到村里听庄稼人说两句愚拙的话语,胜过在郡邑里领受那些智者底高谈大论。

这日,我们又跑到村里拜访耕田底隆哥。他是这小村底长者,自己耕着几亩地,还艺一所菜园。他底生活倒是可以羡慕底。他知道我们不愿意在他矮陋的茅茆〔屋〕里,就让我们到篱外底瓜棚底下坐坐。

横空地长虹从前山底凹处吐出来,七色底影印在清潭底水面。我们正凝神看着,蓦然听得隆哥好像对着别人说:"冲那边走罢,这里有人。"

"我也是人,为何这里就走不得?"我们转过脸来,那人已站在我们跟前。那人一见我们,应行底礼,他也懂得。我们问过他底姓名,请他坐。隆哥看见这样,也就不做声了。

我们看他不像平常人;但他有什么毛病,我们也无从说起。他对我们说:"自从我回来,村里底人不晓得当我做个什么。我想我并没有坏意思，我也不打人，也不叫人吃亏，也不占人便宜，怎么他们就这般地欺负我——连路也不许我走？"

和我同来底朋友问隆哥说："他底职业是什么？"隆哥还没作声，他便说："我有事做，我是有职业底人。"说着，便从口袋里掏出一本小折子来，对我底朋友说："我是做买卖底。我做了许久了，这本折子里所记底账不晓得是人该我底，还是我该人底，我也记不清楚，请你给我看看。"他把折子递给我底朋友，我们一同看，原来是同治年间底废折！我们忍不住大笑起来，隆哥也笑了。

隆哥怕他招笑话，想法子把他哄走。我们问起他底来历，隆哥说他从小在天津做买卖，许久没有消息，前几天刚回来底。我们才知道他是村里新回来底一个狂人。

隆哥说："怎么一个好好的人到城市里就变成一个疯子回来？我听见人家说城里有什么疯人院，是造就这种疯子底。你们住在城里，可知道有没有这回事？"

我回答说："笑话！疯人院是人疯了才到里边去；并不是把好好的人送到那里教疯了放出来底。"

"既然如此，为何他不到疯人院里住，反跑回来，到处骚扰？"

"那我可不知道了。"我回答时，我底朋友同时对他说："我们也是疯人，为何不到疯人院里住？"

隆哥很诧异地问："什么？"

我底朋友对我说："我这话，你说对不对？认真说起来，我们何尝不狂？要是方才那人才不狂呢。我们心里想什么，口又不敢说，手也不敢动，只会装出一副脸孔；倒不如他想说什么便说什么，想做什么就做什么，那分诚实，是我们做不到底。我们若想起我们那些受拘束而显出来底动作，比起他那真诚的自由行动，岂不是我们倒成了狂人？这样看来，我们才疯，他并不疯。"

隆哥不耐烦地说:"今天我们都发狂了,说那个干什么?我们谈别的罢。"

瓜棚底下闲谈,不觉把印在水面长虹惊跑了。隆哥底儿子赶着一对白鹅向潭边来。我底精神又贯注在那纯净的家禽身上。鹅见着水也就发狂了。他们互叫了两声,便拍着翅膀趋入水里,把静明的镜面踏破。

(原刊1922年8月《小说月报》第13卷第8号)

生

我底生活好像一棵龙舌兰,一叶一叶慢慢地长起来。某一片叶在一个时期曾被那美丽的昆虫做过巢穴;某一片叶曾被小鸟们歇在上头歌唱过。现在那些叶子都落掉了!只有瘢楞的痕迹留在干上,人也忘了某叶某叶曾经显过底样子;那些叶子曾经历过底事迹惟有龙舌兰自己可以记忆得来,可是他不能说给别人知道。

我底生活好像我手里这管笛子。他在竹林里长着底时候,许多好鸟歌唱给他听;许多猛兽长啸给他听;甚至天中底风雨雷电都不时教给他发音底方法。

他长大了,一切教师所教底都纳入他底记忆里。然而他身中仍是空空洞洞,没有什么。

做乐器者把他截下来,开几个气孔,搁在唇边一吹,他从前学底都吐露出来了。

(原刊1922年8月《小说月报》第13卷第8号)

面 具

人面原不如那纸制底面具哟！你看那红的，黑的，白的，青的，喜笑的、悲哀的，目眦怒得欲裂底面容，无论你怎样褒奖，怎样弃嫌，他们一点也不改变。红的还是红，白的还是白，目眦欲裂底还是目眦欲裂。

人面呢？颜色比那纸制底小玩意儿好而且活动，带着生气。可是你褒奖他底时候，他虽是很高兴，脸上却装出很不愿意底样子；你指摘他底时候，他虽是懊恼，脸上偏要显出勇于纳言底颜色。

人面到底是靠不住呀！我们要学面具，但不要戴他，因为面具后头应当让他空着才好。

（原刊1922年8月《小说月报》第13卷第8号）

落花生

我们屋后有半亩隙地。母亲说:"让他荒芜着怪可惜,既然你们那么爱吃花生,就辟来做花生园罢。"我们几姊弟和几个小丫头都很喜欢——买种底买种,动土底动土,灌园底灌园;过不了几个月,居然收获了。

妈妈说:"今晚我们可以做一个收获节,也请你们爹爹来尝尝我们底新花生,如何?"我们都答应了。母亲把花生做成好几样底食品,还吩咐这节期要在园里底茅亭举行。

那晚上底天色不大好,可是爹爹也到来,实在很难得。爹爹说:"你们爱吃花生么?"

我们都争着答应:"爱!"

"谁能把花生底好处说出来?"

姊姊说:"花生底气味很美。"

哥哥说:"花生可以制油。"

我说:"无论何等人都可以用贱价买他来吃;都喜欢吃他。这就是他底好处。"

爹爹说,"花生底用处固然很多;但有一样是很可贵的。这小小的豆不像那好看的苹果、桃子、石榴,把他们底果实悬在枝上,鲜红嫩绿的颜色,令人一望而发生羡慕底心。他只把果子埋在地底,等到成熟,才容人把他挖出来。你们偶然看见一棵花生瑟缩地长在地上,不能立刻辨出他有没有果实,非得等到你接触他才能知道。"

我们都说:"是的。"母亲也点点头。爹爹接下去说:"所以你们要像花生,因为他是有用的,不是伟大、好看的东西。"我说:"那么,人要做有用的人,不要做伟大、体面的人了。"爹爹说:"这是我对于你们底希望。"

我们谈到夜阑才散,所有花生食品虽然没有了,然而父亲底话现在还印在我心上。

(原刊1922年8月《小说月报》第13卷第8号)

别　话

　　素辉病得很重，离她停息底时候不过是十二个时辰了。她丈夫坐在一边，一手支颐，一手把着病人底手臂，宁静而恳挚的眼光都注在他妻子底面上。

　　黄昏底微光一分一分地消失，幸而房里都是白的东西，眼睛不至于失了他们底辨别力。屋里底静默，早已充满了死底气色；看护妇又不进来，她底脚步声只在门外轻轻地跳过去，好像告诉屋里的人说："生命底步履不望这里来，离这里渐次远了。"

　　强烈的电光忽然从玻璃泡里底金丝发出来。光底浪把那病人底眼睑冲开。丈夫见她这样，就回复他底希望，恳挚地说："你——你醒过来了！"

　　素辉好像没听见这话，眼望着他，只说别的。她说，"嗳，珠儿底父亲，在这时候，你为什么不带她来见见我？"

　　"明天带她来。"

　　屋里又沉默了许久。

"珠儿底父亲哪，因为我身体软弱、多病底缘故，教你牺牲许多光阴来看顾我，还阻碍你许多比服事我更要紧的事，我实在对你不起。我底身体实不容我……"

"不要紧的，服事你也是我应当做底事。"

她笑。但白的被窝中所显出来底笑容并不是欢乐底标识。她说，"我很对不住你，因为我不曾为我们生下一个男儿。"

"哪里底话！女孩子更好。我爱女的。"

凄凉中底喜悦把素辉身中预备要走底魂拥回来。她底精神似乎比前强些，一听丈夫那么说，就接着道："女的本不足爱：你看许多人——连你——为女人惹下多少烦恼！……不过是——人要懂得怎样爱女人，才能懂得怎样爱智慧。不会爱或拒绝爱女人底，纵然他没有烦恼，他是万灵中最愚蠢的人。珠儿底父亲，珠儿底父亲哪，你佩服这话么？"

这时，就是我们——旁边底人——也不能为珠儿底父亲想出一句答辞。

"我离开你以后，切不要因为我，就一辈子过那鳏夫底生活。你必要为我底缘故，依我方才的话爱别的女人。"她说到这里把那只几乎动不得底右手举起来，向枕边摸索。

"你要什么？我替你找。"

"戒指。"

丈夫把她底手扶下来，轻轻在她枕边摸出一只玉戒指来递给她。

"珠儿底父亲，这戒指虽不是我们订婚用底，却是你给我底；你可以存起来，以后再给珠儿底母亲，表明我和她底连属。除此以外，不要把我底东西给她，恐怕你要当她是我；不要把我们底旧话说给她听，恐怕她要因你底话就生出差别心，说你爱死的妇人甚于爱生的妻子。"她把戒指轻轻地套在丈夫左手底无名指上。丈夫随着扶她底手与他底唇边略一接触。妻子对于这番厚意，只用微微睁开底眼睛看着他。除掉这样的回报，她实在不能表现什么。

丈夫说："我应当为你做底事，都对你说过了。我再说一句，无论如何，我永久爱你。"

"咦，再过几时，你就要把我底尸体扔在荒野中了！虽然我不常住在我底身体内，可是人一离开，再等到什么时候，在什么地方才能互通我们恋爱底消息呢？若说我们将要住在天堂底话，我想我也永无再遇见你底日子，因为我们底天堂不一样。你所要住底，必不是我现在要去底。何况我还不配住在天堂？我虽不信你底神，我可信你所信底真理。纵然真理有能力，也不为我们这小小的缘故就永远把我们结在一块。珍重罢，不要爱我于离别之后。"

丈夫既不能说什么话，屋里只可让死的静寂占有了。楼底下恍惚敲了七下自鸣钟。他为尊重医院底规则，就立起来，握着素辉底手说："我底命，再见罢，七点钟了。"

"你不要走，我还和你谈话。"

"明天我早一点来，你累了，歇歇罢。"

"你总不听我底话。"她把眼睛闭了，显出很不愿意底样子。丈夫无奈，又停住片时，但她实在累了，只管躺着，也没有什么话说。

丈夫轻轻蹑出去。一到楼口，那脚步又退后走，不肯下去。他又蹑回来，悄悄到素辉床边，见她显着昏睡的形态，枯涩的泪点滴不下来，只挂在眼睑之间。

（原刊1922年8月《小说月报》第13卷第8号）

上景山

　　无论哪一季，登景山最合宜的时间是在清早或下午三点以后。晴天，眼界可以望到天涯的朦胧处；雨天，可以赏雨脚底长度和电光底迅射；雪天，可以令人咀嚼着无色界底滋味。

　　在万春亭上坐着，定神看北上门后底马路（从前路在门前，如今路在门后），尽是行人和车马，路边底梓树都已掉了叶子。不错，已经立冬了，今年天气可有点怪，到现在还没冻冰。多谢芰荷底业主把残茎都去掉，教我们能看见紫禁城外护城河底水光还在闪烁着。

　　神武门上是关闭得严严地。最讨厌的是楼前那枝很长的旗杆，侮辱了全个建筑底庄严。门楼两旁树它一对，不成吗？禁城上时时有人在走着，恐怕都是外国的旅人。

　　皇宫一所一所排列着非常整齐。怎么一个那么不讲纪律底民族，会建筑这么严整的宫廷？我对着一片黄瓦这样想着。不，说不讲纪律未免有点过火，我们可以说这民族是把旧的纪律忘掉，正在找一个新的咧。新的找不着，终究还要回来的。北京房子，皇宫也算在里头，主要的建筑都是向南的，谁也没有这样强迫过建筑者，说非这样修不可。但纪律因为利益所在，在不言中被遵守了夏天受着解愠的熏风，冬天接着可爱的暖日，只要守着盖房子底法则，这利益是不用争而自来的。所以我们要问，在我们的政治社会里有这样的熏风和暖日吗？

最初在崖壁上写大字铭功底是强盗底老师，我眼睛看着神武门上底几个大字，心里想着李斯。皇帝也是强盗底一种，是个白痴强盗。他抢了天下把自己监禁在宫中，把一切宝物聚在身边，以为他是富有天下。这样一代过一代，到头来还是被他底糊涂奴仆，或贪婪臣宰，讨、瞒、偷、换，到连性命也不定保得住。这岂不是个白痴强盗？在白痴强盗底下才会产出大盗和小偷来。一个小偷，多少总要有一点跳女墙钻狗洞底本领，有他的禁忌，有他底信仰和道德。大盗只会利用他的奴性去请托攀缘，自赞赞他，禁忌固然没有，道德更不必提。谁也不能不承认盗贼是寄生人类底一种，但最可杀的是那班为大盗之一的斯文贼。他们不像小偷为延命去营鼠雀底生活；也不像一般的大盗，凭着自己的勇敢去抢天下。所以明火打劫底强盗最恨底是斯文贼。这里我又联想到张献忠。有一次他开科取士，檄诸州举贡生员，后至者妻女充院，本犯剥皮，有司教官斩，连坐十家。诸生到时，他要他们在一丈见方底大黄旗上写个帅字，字画要像斗底粗大，还要一笔写成。一个生员王志道缚草为笔，用大缸贮墨汁将草笔泡在缸里；三天，再取出来写，果然一笔写成了。他以为可以讨献忠底喜欢，谁知献忠说："他日图我必定是你。"立即把他杀来祭旗。献忠对待念书人是多么痛快。他知道他们是寄生底寄生。他底使命是来杀他们。

东城西城底天空中，时见一群一群旋飞的鸽子。除去打麻雀，逛窑子，上酒楼以外，这也是一种古典的娱乐。这种娱乐也来得群众化一点。它能在空中发出和悦的响声，翩翩地飞绕着，教人觉得在一个灰白色的冷天，满天乱飞乱叫底老鸹底讨厌。然而在刮大风底时候，若是你有勇气上景山底最高处，看看天安门楼屋脊上底鸦群，噪叫底声音是听不见，它们随风飞扬，直像从什么大树飘下来底败叶，凌乱得有意思。

万春亭周围被挖得东一沟，西一窟，据说是管宫底当局挖来试看煤山是不是个大煤堆，像历来的传说所传底，我心里暗笑信这说底人们。是不是因为北宋亡国底时候，都人在城被围时，拆毁艮岳底建筑木材去充柴火，所以计画建筑北京底人预先堆起一大堆煤，万一都城被围底时，人民可以不拆宫殿。这是笨想头。若是我来计画，最好来一个米山。米在万急的时候，也可以生吃，煤可无论如何吃不得。又有人说景山是太行的最终一峰。这也是瞎说。从西山往东几十里平原，可怎么不偏不颇在北京城当中出了一座景山？若说北京底建设就是对着景山底子午，为什么不对北海底琼岛？我想景山明是开紫禁城外底护河所积底土，琼岛也是垒积从北海挖出来底土而成的。

从亭后底树缝里远远看见鼓楼。地安门前后底大街，人马默默地走，城市底喧嚣声，一点也听不见。鼓楼是不让正阳门那样雄壮地挺着。它底名字，改了又改，一会是明耻楼，一会又是齐政楼，现在大概又是明耻楼吧。明耻不难，雪耻得努力。只怕市民能明白那耻底还不多，想来是多么可怜。记得前几年"三民主义"、"帝国主义"这套名词随着北伐军到北平底时候，市民看些篆字标语，好像都明白各人蒙着无上的耻辱，而这耻辱是由于帝国主义底压迫。所以大家也随声附和唱着打倒和推翻。

从山上下来，崇祯殉国底地方依然是那么半死的槐树。据说树上原有一条链子锁着，庚子联军入京以后就不见了，现在那枯槁的部分，还有一个大洞，当时的链痕还隐约可以看见。义和团运动的结果，从解放这棵树发展到解放这民族。这是一件多么可以发人深思底对象呢？山后的柏树发出清恬底香气，好像是对于这地方底永远供物。

寿皇殿锁闭得严严地，因为谁也不愿意努尔哈赤底种类再做白痴的梦。每年底祭祀不举行了,庄严的神乐再也不能听见,只有从乡间进城来唱秧歌的孩子们,在墙外打的锣鼓,有时还可以送到殿前。

到景山门,回头仰望顶上方才所坐底地方,人都下来了。树上几只很面熟却不认得底鸟在叫着。亭里残破的古佛还坐在结那没人能懂底手印。

(原刊1934年12月《太白》第1卷第6期,收入《杂感集》)

先农坛

曾经一度繁华过底香厂，现在剩下些破烂不堪的房子，偶尔经过，只见大兵们在广场上练国技。望南再走，摆地摊底犹如往日，只是好东西越来越少，到处都看见外国来底空酒瓶，香水樽，胭脂盒，乃至簇新的东洋瓷器，估衣摊上的不入时底衣服，"一块八""两块四"叫卖底伙计连翻带地兜揽，买主没有。看主却是很多。

在一条凹凸得格别底马路上走，不觉进了先农坛底地界。从前在坛里惟一新建筑，"四面钟"，如今只剩一座空洞的高台，四围的柏树早已变成富人们底棺材或家私了。东边一座礼拜寺是新的。球场上还有人在那里练习。绵羊三五群，遍地披着枯黄的草根。风稍微一动，尘土便随着飞起，可惜颜色太坏，若是雪白或朱红，岂不是很好的国货化妆材料？

到坛北门，照例买票进去。古柏依旧，茶座全空。大兵们住在大殿里，很好看底门窗，都被拆作柴火烧了。希望北平市游览区划定以后，可以有一笔大款来修理。北平底旧建筑，渐次少了，房主不断地卖折货。像最近的定王府，原是明朝胡大海底府邸，论起建筑的年代足有五百多年。假若政府有心保存北平古物，决不致于让市民随意拆毁。拆一间是少一间。现在坛里，大兵拆起公有建筑来了。爱国得先从爱惜公共的产业做起，得先从爱惜历史的陈迹做起。

观耕台上坐着一男一女，正在密谈，心情的热真能抵御环境底冷。桃树柳树都脱掉叶衣，做三冬底长眠，风摇鸟唤，都不听见。雩坛边的鹿，伶俐的眼睛瞭望着过路底人。游客本来有三两个，它们见了格外相亲。在那么空旷的园囿，本不必拦着它们，只要四围开上七八尺深底沟，斜削沟的里壁，使当中成一个圆丘，鹿放在当中，虽没遮栏也跳不上来。这样，园景必定优美得多。星云坛比岳渎坛更破烂不堪。干蒿败艾，满布在砖缝瓦罅之间，拂人衣裙，便发出一种清越的香味。老松在夕阳底下默然站着。人说它像盘旋的虬龙，我说它像开屏的孔雀，一颗一颗底松球，衬着暗绿的针叶，远望着更像得很。松是中国人底理想性格，画家没有不喜欢画它。孔子说它后凋还是屈了它，应当说它不凋才对。英国人对于橡树底情感就和中国对于松树底一样，中国人爱松并不尽是因为它长寿，乃是因它当飘风行雪底时节能够站得住，生机不断，可发荣底时间一到，便又青绿起来。人对着松树是不会失望的，它能给人一种兴奋；虽然树上留着许多枯枝丫，看来越发增加它底壮美。就是枯死，也不像别的树木等闲地倒下来。千年百年是那么立者，藤萝缠它，薜荔粘它，都不怕，反而使它更优越更秀丽。古人说松籁好听得像龙吟，龙吟我们没有听过，可是它所发出底逸韵，真能使人忘掉名利，动出生底想头。可是要记得这样的声音，决不是一寸一尺底小松所能发出，非要经得百千年底磨练，受过风霜或者吃过斧斤底亏，能够立得定以后，是做不到的。所似当年壮底时候，应学松柏底抵抗的，忍耐力，和增进力；到年衰的时候，也不妨送出清越的籁。

对着松树坐了半天。金黄色的霞光已经收了，不免离开雩坛直出大门。门外前几年挖的战壕,还没填满。羊群领着我向着归路。道边放着一担菊花,卖花人站在一家门口与那淡妆底女郎讲价,不提防担里底黄花教羊吃了几棵。那人索性将两棵带泥丸底菊花向羊群猛掷过去,口里骂"你等死的羊孙子!"可也没奈何。吃剩底花散布在道上,也教车轮碾碎了。

(原刊1935年1月《太白》第Ⅰ卷第9期,收入《杂感集》)

忆卢沟桥

　　记得离北平以前，最后到卢沟桥，是在二十二年底春天。我与同事刘兆蕙先生在一个清早由广安门顺着大道步行，经过大井村，已是十点多钟。参拜了义井庵底千手观音，就在大悲阁外少憩。那菩萨像有三丈多高，是金铜铸成底，体相还好，不过屋宇倾颓，香烟零落，也许是因为求愿底人们发生了求财赔本求子丧妻底事情罢。这次底出游本是为访求另一尊铜佛而来底。我听见从宛平城来底人告诉我那城附近有所古庙塌了，其中许多金铜佛像，年代都是很古的。为知识上的兴趣，不得不去采访一下。大井村底千手观音是有著录底，所以也顺便去看看。

　　出大井村，在官道上，巍然立着一座牌坊，是乾隆四十年建底。坊东面额书"经环同轨"，西面是"荡平归极"。建坊底原意不得而知，将来能够用来做凯旋门那就最合宜不过了。

　　春天底燕郊，若没有大风，就很可以使人流连。树干上或土墙边蜗牛在画着银色底涎路。它们慢慢移动，像不知道它们底小介壳以外还有什么宇宙似地。柳塘边底雏鸭披着淡黄色底氄毛，映着嫩绿的新叶；游泳时，微波随蹼翻起，泛成一弯一弯动着底曲纹，这都是生趣底示现。走乏了，且在路边底墓园少住一回。刘先生站在一座很美丽的窣堵波上，要我给他拍照。在榆树荫覆之下，我们没感到路上太阳底酷烈。寂静的墓园里，虽没有什么名花，野卉倒也长得顶得意地。忙碌的蜜蜂，两只小腿粘着些少花粉，还在采集着。蚂蚁为争一条烂残的蚱蜢腿，在枯藤底根本上争斗着。落网底小蝶，一片翅膀已失掉效用，还在挣扎着。这也是生趣底示现，不过意味有点不同罢了。

闲谈着，已见日丽中天。前面宛平城也在域之内了。宛平城在卢沟桥北，建于明崇祯十年，名叫"拱北城"，周围不及二里，只有两个城门，北门是顺治门，南门是永昌门。清改拱北为拱极，永昌门为威严门。南门外便是卢沟桥。拱北城本来不是县城，前几年因为北平改市，县衙才移到那里去，所以规模极其简陋。从前它是个卫城，有武官常驻镇守着，一直到现在，还是一个很重要的军事地点。我们随着骆驼队进了顺治门，在前面不远，便见了永昌门。大街一条，两边多是荒地。我们到预定的地点去探访，果见一个庞大的铜佛头和些铜像残体横陈在县立学校里底地上。拱北城内原有观音庵与兴隆寺，兴隆寺内还有许多已无可考底广慈寺底遗物，那些铜像究竟是属于哪寺底也无从知道。我们摩挲了一回，才到卢沟桥头底一家饭店午膳。

自从宛平县署移到拱北城，卢沟桥便成为县城底繁要街市。桥北底商店民居很多，还保存着从前中原数省入京孔道底规模。桥上底碑亭虽然朽坏，还矗立着。自从历年底内战，卢沟桥更成为戎马往来底要冲，加上长辛店战役底印象，使附近的居民都知道近代战争底大概情形，连小孩也知道飞机，大炮，机关枪都是做什么用底。到处墙上虽然有标语贴着底痕迹，而在色与量上可不能与卖药底广告相比。推开窗户，看着永定河底浊水穿过疏林，向东南流去，想起陈高底诗："卢沟桥西车马多，山头白日照清波。毡卢亦有江南妇，愁听金人出塞歌。"清波不见，浑水成潮，是记述与事实底相差，抑昔日与今时底不同，就不得而知了。但想象当日桥下雅集亭底风景，以及金人所掠江南妇女，经过此地底情形，感慨便不能不触发了。

　　从卢沟桥上经过底可悲可恨可歌可泣的事迹，岂止被金人所掠底江南妇女那一件？可惜桥栏上蹲着底石狮子个个只会张牙咧眦结舌无言，以致许多可以稍留印迹底史实，若不随蹄尘飞散，也教轮辐压碎了。我又想着天下最有功德的是桥梁。它把天然的阻隔连络起来，它从这岸度引人们到那岸。在桥上走过底是好是歹，于它本来无关，何况在上面走底不过是长途中底一小段，它哪能知道何者是可悲可恨可泣呢？它不必记历史，反而是历史记着它。卢沟桥本名广利桥，是金大定二十七年始建，至明昌二年（公元一一八九至一一九二）修成底。它拥有世界的声名是因为曾入马哥博罗底记述。马哥博罗记作"普利桑乾"，而欧洲大都称它做"马哥博罗桥"，倒失掉记者赞叹桑乾河上一道大桥底原意了。中国人是擅于修造石桥底，在建筑上只有桥与塔可以保留得较为长久。中国底大石桥每能使人叹为鬼役神工，卢沟桥底伟大与那有名的泉州洛阳桥和漳州虎渡桥有点不同。论工程，它没有这两道桥底宏伟，然而在史迹上，它是多次系着民族安危。纵使你把桥拆掉，卢沟桥底神影是永不会被中国人忘记底。这个在"七七"事件发生以后，更使人觉得是如此。当时我只想着日军许会从古北口入北平，由北平越过这道名桥侵入中原，决想不到火头就会在我那时所站底地方发出来。

　　在饭店里，随便吃些烧饼，就出来，在桥上张望。铁路桥在远处平行地架着。驼煤底骆驼队随着铃铛底音节整齐地在桥上迈步。小商人与农民在雕栏下作交易上很有礼貌的计较。妇女们在桥下浣衣，乐融融地交谈。人们虽不理会国势底严重，可是从军队里宣传员口里也知道强敌已在门口。我们本不为做间谍去底，因为在桥上向路人多问了些话，便教警官注意起来，我们也自好笑。我是为当事官吏底注意而高兴，觉得他们时刻在提防着，警备着。过了桥，便望见实拓山，苍翠的山色，指示着日斜多了几度，在砾原上流连片时，暂觉晚风拂衣，若不回转，就得住店了。"卢沟晓月"是有名的。为领略这美景，到店里住一宿，本来也值得，不过我对于晓风残月一类的景物素来不大喜爱。我爱月在黑夜里所显底光明。晓月只有垂死的光，想来是很凄凉的。还是回家罢。

我们不从原路去，就在拱北城外分道。刘先生沿着旧河床，向北回海甸去。我捡了几块石头，向着八里庄那条路走。进到阜城门，望见北海底白塔已经成为一个剪影贴在洒银底暗蓝纸上。

（原刊1939年7月《大风》旬刊第42期，收入《杂感集》）

文学馆

短篇小说

许地山精品选

命命鸟

敏明坐在席上，手里拿着一本《八大人觉经》，流水似地念着。她底席在东边的窗下，早晨底日光射在她脸上，照得她底身体全然变成黄金的颜色。她不理会日光晒着她，却不歇地抬头去瞧壁上底时计，好像等什么人来似的。

那所屋子是佛教青年会底法轮学校。地上满铺了日本花席，八九张矮小的几子横在两边的窗下。壁上挂的都是释迦应化的事迹，当中悬着一个卐字徽章和一个时计。一进门就知那是佛教底经堂。

敏明那天来得早一点，所以屋里还没有人。她把各样功课念过几遍，瞧壁上底时计正指着六点一刻。她用手挡住眉头，望着窗外低声地说："这还不来上学，莫不是还没有起床？"

敏明所等的是一位男同学加陵。他们是七八年的老同学，年纪也是一般大。他们底感情非常的好，就是新来同学也可以瞧得出来。

"铿铛……铿铛……"一辆电车循着铁轨从北而来，驶到学校门口停了一会。一个十五六岁的美男子从车上跳下来。他底头上包着一条苹果绿的丝巾；上身穿着一件雪白的短褂；下身围着一条紫色的丝裙；脚下踏着一双芒鞋，俨然是一位缅甸底世家子弟。这男子走进院里，脚下底芒鞋拖得拍答拍答地响。那声音传到屋里，好像告诉敏明说："加陵来了！"

敏明早已瞧见他，等他走近窗下，就含笑对他说："哼哼，加陵！请你的早安。你来得算早，现在才六点一刻咧。"加陵回答说："你不要讥诮我，我还以为我是第一早的。"他一面说一面把芒鞋脱掉，放在门边，赤着脚走到敏明跟前坐下。

加陵说："昨晚上父亲给我说了好些故事，到十二点才让我去睡，所以早晨起得晚一点。你约我早来，到底有什么事？"敏明说："我要向你辞行。"加陵一听这话，眼睛立刻瞪起来，显出很惊讶的模样，说："什么？你要往哪里去？"敏明红着眼眶回答说："我底父亲说我年纪大了，书也念够了；过几天可以跟着他专心当戏子去，不必再像从前念几天唱几天那么劳碌。我现在就要退学，后天将要跟他上普朗去。"加陵说："你愿意跟他去吗？"敏明回答说："我为什么不愿意？我家以演剧为职业是你所知道的。我父亲虽是一个很有名、很能赚钱的俳优，但这几年间他底身体渐渐软弱起来，手足有点不灵活，所以他愿意我和他一块儿排演。我在这事上很有长处，也乐得顺从他底命令。"加陵说："那么，我对于你底意思就没有挽回的余地了。"敏明说："请你不必为这事纳闷。我们底离别必不能长久的。仰光是一所大城，我父亲和我必要常在这里演戏。有时到乡村去，也不过三两个星期就回来。这次到普朗去，也是要在那里耽搁八九天。请你放心……"

加陵听得出神，不提防外边早有五六个孩子进来，有一个顽皮的孩子跑到他们底跟前说："请'玫瑰'和'蜜蜂'的早安。"他又笑着对敏明说："'玫瑰'花里底甘露流出咧。"——他瞧见敏明脸上有一点泪痕，所以这样说。西边一个孩子接着说："对呀！怪不得'蜜蜂'舍不得离开她。"加陵起身要追那孩子，被敏明拦住。她说："别和他们胡闹。我们还是说我们的罢。"加陵坐下，敏明就接着说："我想你不久也得转入高等学校，盼望你在念书的时候要忘了我，在休息的时候要记念我。"加陵说："我决不会把你忘了。你若是过十天不回来，或者我会到普朗去找你。"敏明说："不必如此。我过几天准能回来。"

说的时候，一位三十多岁的教师由南边的门进来。孩子们都起立向他行礼。教师蹲在席上，回头向加陵说："加陵，昙摩蜱和尚叫你早晨和他出去乞食。现在六点半了，你快去罢。"加陵听了这话，立刻走到门边，把芒鞋放在屋角的架上，随手拿了一把油伞就要出门。教师对他说："九点钟就得回来。"加陵答应一声就去了。

加陵回来，敏明已经不在她底席上。加陵心里很是难过，脸上却不露出什么不安的颜色。他坐在席上，仍然念他底书。晌午的时候，那位教师说："加陵，早晨你走得累了，下午给你半天假。"加陵一面谢过教师，一面检点他底文具，慢慢地走回家去。

加陵回到家里，他父亲婆多瓦底正在屋里嚼槟榔。一见加陵进来，忙把沫红唾出，问道："下午放假么？"加陵说："不是，是先生给我的假。因为早晨我跟昙摩蜱和尚出去乞食，先生说我太累，所以给我半天假。"他父亲说："哦，昙摩蜱在道上曾告诉你什么事情没有？"加陵答道："他告诉我说：我底毕业期间快到了，他愿意我跟他当和尚去。他又说：这意思已经向父亲提过了。父亲啊，他实在向你提过这话么？"婆多瓦底说："不错，他曾向我提过。我也很愿意你跟他去。不知道你怎样打算？"加陵说："我现时有点不愿意。再过十五六年，或者能够从他。我想再入高等学校念书，盼望在其中可以得着一点西洋底学问。"他父亲诧异说："西洋底学问！啊！我底儿，你想差了。西洋底学问不是好，是毒药哟。你若是有了那种学问，你就要藐视佛法了。你试瞧瞧在这里的西洋人，多半是干些杀人的勾当，做些损人利己的买卖，和开些诽谤佛法的学校。什么圣保罗因斯提丢啦、圣约翰海斯苦尔啦，没有一间不是诽谤佛法的。我说你要求西洋底学问会发生危险就在这里。"加陵说："诽谤与否，在乎自己，并不在乎外人底煽惑。若是父亲许我入圣约翰海斯苦尔，我准保能持守得住，不会受他们底诱惑。"婆多瓦底说："我是很爱你的，你要做的事情，若是没有什么妨害，我一定允许你。要记得昨晚上我和你说的话。我一想起当日你叔叔和你底白象主（缅甸王尊号）提婆底事，就不由得我不恨西洋人。我最沉痛的是他们在蛮得勒将白象主掳去；又在瑞大光塔设驻防营。瑞大光塔是我们底圣地，他们竟然叫些行凶的人在那里住，岂不是把我们底戒律打破了吗？……我盼望你不要入他们底学校，还是清清净净去当沙门。一则可以为白象主忏悔；二则可以为你底父母积福；三则为你将来往生极乐的预备。出家能得这几种好处，总比西洋底学问强得多。"加陵说："出家修行，我也很愿意。但无论如何，现在决不能办。不如一面入学，一面跟着昙摩蜱学些经典。"婆多瓦底知道劝不过来，就说："你既是决意要入别的学校，我也无可奈何。我很喜欢你跟昙摩蜱学习经典。你毕业后就转入仰光高等学校罢，那学校对于缅甸底风俗比较保存一点。"加陵说："那么，我明天就去告诉昙摩蜱和法轮学校底教师。"婆多瓦底说："也好。今天的天气很清爽，下午你又没有功课，不如在午饭后一块儿到湖里逛逛。你就叫他们开饭罢。"婆多瓦底说完，就进卧房换衣服去了。

原来加陵住的地方离绿绮湖不远。绿绮湖是仰光第一大、第一好的公园，缅甸人叫他做干多支；"绿绮"的名字是英国人替它起的。湖边满是热带植物。那些树木底颜色、形态，都是很美丽，很奇异。湖西远远望见瑞大光，那塔底金色光衬着湖边的椰树、蒲葵，直像王后站在水边，后面有几个宫女持着羽葆随着她一样。此外好的景致，随处都是。不论什么人，一到那里，心中的忧郁立刻消灭。加陵那天和父亲到那里去，能得许多愉快是不消说的。

过了三个月，加陵已经入了仰光高等学校。他在学校里常常思念他最爱的朋友敏明。但敏明自从那天早晨一别，老是没有消息。有一天，加陵回家，一进门仆人就递封信给他。拆开看时，却是敏明底信。加陵才知道敏明早已回来，他等不得见父亲底面，翻身出门，直向敏明家里奔来。

敏明底家还是住在高加因路，那地方是加陵所常到的。女仆玛弥见他推门进来，忙上前迎他说："加陵君，许久不见啊！我们姑娘前天才回来的。你来得正好，待我进去告诉她。"她说完这话就速速进里边去，大声嚷道："敏明姑娘，加陵君来找你呢。快下来罢。"加陵在后面慢慢地走，待要踏入厅门，敏明已迎出来。

敏明含笑对加陵说："谁教你来的呢？这三个月不见你底信，大概因为功课忙的缘故罢？"加陵说："不错，我已经入了高等学校，每天下午还要到昙摩蜱那里……唉，好朋友，我就是有工夫，也不能写信给你。因为我抓起笔来就没了主意，不晓得要写什么才能叫你觉得我底心常常有你在里头。我想你这几个月没有信给我，也许是和我一样地犯了这种毛病。"敏明说："你猜的不错。你许久不到我屋里了，现在请你和我上去坐一会。"敏明把手搭在加陵底肩胛上，一面吩咐玛弥预备槟榔、淡巴菰和些少细点，一面携着加陵上楼。

敏明底卧室在楼西。加陵进去，瞧见里面的陈设还是和从前差不多。楼板上铺的是土耳其绒毯。窗上垂着两幅很细致的帷子。她底奁具就放在窗边。外头悬着几盆风兰。瑞大光底金光远远地从那里射来。靠北是卧榻，离地约一尺高，上面用上等的丝织物盖住。壁上悬着一幅提婆和率装雅洛观剧的画片。还有好些绣垫散布在地上。加陵拿一个垫子到窗边，刚要坐下，那女仆已经把各样吃的东西捧上来。"你嚼槟榔啵。"敏明说完这话，随手送了一个槟榔到加陵嘴里，然后靠着她底镜台坐下。

加陵嚼过槟榔，就对敏明说："你这次回来，技艺必定很长进；何不把你最得意的艺术演奏起来，我好领教一下。"敏明笑说："哦，你是要瞧我演戏来的。我死也不演给你瞧。"加陵说："有什么妨碍呢？你还怕我笑你不成？快演罢，完了咱们再谈心。"敏明说："这几天我父亲刚刚教我一套雀翎舞，打算在涅槃节期到比古演奏，现在先演给你瞧罢。我先舞一次，等你瞧熟了再奏乐和我。这舞蹈的谱可以借用'达撒罗撒'，歌调借用'恩斯民'。这两支谱，你都会吗？"加陵忙答应说："都会，都会。"

加陵擅于奏巴打位（一种竹制的乐器，详见《大清会典图》），他一听见敏明叫他奏乐，就立刻叫玛弥把那种乐器搬来。等到敏明舞过一次，他就跟着奏起来。

敏明两手拿住两把孔雀翎，舞得非常的娴熟。加陵所奏的巴打拉也还跟得上，舞过一会，加陵就奏起"恩斯民"底曲调，只听敏明唱道：

孔雀！孔雀！你不必赞我生得俊美；
我也不必嫌你长得丑劣。
咱们是同一个身心，
　同一副手脚。
我和你永远同在一个身里住着。
我就是你啊，你就是我。
　别人把咱们底身体分做两个，
是他们把自己底指头压在眼上，
　所以会生出这样的错。
你不要像他们这样的眼光。
要知道我就是你啊，你就是我。

敏明唱完，又舞了一会。加陵说："我今天才知道你底技艺精到这个地步。你所唱的也是很好。且把这歌曲底故事说给我听。"敏明说："这曲倒没有什么故事，不过是平常的恋歌，你能把里头的意思听出来就够了。"加陵说："那么，你这支曲是为我唱的。我也很愿意对你说：我就是你，你就是我。"

他们二人底感情几年来就渐渐浓厚。这次见面的时候，又受了那么好的感触，所以彼此底心里都承认他们求婚底机会已经成熟。

敏明愿意再帮父亲二三年才嫁，可是她没有向加陵说明。加陵起先以为敏明是一个很信佛法的女子，怕她后来要到尼庵去实行她底独身主义，所以不敢动求婚底念头。现在瞧出她底心志不在那里，他就决意回去要求婆多瓦底底同意，把她娶过来。照缅甸底风俗，子女底婚嫁本没有要求父母同意底必要。加陵得尊重他父亲底意见，所以要履行这种手续。

他们谈了半晌工夫，敏明底父亲宋志从外面进来，抬头瞧见加陵坐在窗边，就说："加陵君，别后平安啊！"加陵忙回答他，转过身来对敏明说："你父亲回来了。"敏明待下去，她父亲已经登楼。他们三人坐过一会，谈了几句客套，加陵就起身告辞。敏明说："你来的时间不短，也该回去了。你且等一等，我把这些舞具收拾清楚，再陪你在街上走几步。"

宋志眼瞧着他们出门，正要到自己屋里歇一歇，恰好玛弥上楼来收拾。宋志就对她说："你把那盘槟榔送到我屋里去罢。"玛弥说："这是他们剩下的，已经残了。我再给你拿些新鲜的来。"

玛弥把槟榔送到宋志屋里，见他躺在席上，好像想什么事情似的。宋志一见玛弥进来，就起身对她说："我瞧他们两人实在好得太厉害。若是敏明跟了他，我必要吃亏。你有什么好方法教他们二人底爱情冷淡没有？"玛弥说："我又不是蛊师，那有好方法离间他们？我想主人你也不必想什么方法，敏明姑娘必不致于嫁他。因为他们一个是属蛇，一个是属鼠的（缅甸底生肖是算日的，礼拜四生的属鼠，礼拜六生的属蛇），就算我们肯将姑娘嫁给他，他底父亲也不愿意。"宋志说："你说的虽然有理，但现在生肖相克的话，好些人都不注重了。倒不如请一位蛊师来，请他在二人身上施一点法术更为得计。"

印度支那有一种人叫做蛊师，专用符咒替人家制造命运。有时叫没有爱情的男女，忽然发生爱情；有时将如胶似漆的夫妻化为仇敌。操这种职业的人以暹罗底僧侣最多，且最受人信仰。缅甸人操这种职业的也不少。宋志因为玛弥底话提醒他，第二天早晨他就出门找蛊师去了。

晌午的时候，宋志和蛊师沙龙回来。他让沙龙进自己底卧房。玛弥一见沙龙进来，木鸡似的站在一边。她想到昨天在无意之中说出蛊师，引起宋志今天的实行，实在对不起她底姑娘。她想到这里，就一直上楼去告诉敏明。

敏明正在屋里念书，听见这消息，急和玛弥下来。蹑步到屏后，倾耳听他们底谈话。只听沙龙说："这事很容易办。你可以将她常用的贴身东西拿一两件来，我在那上头画些符，念些咒，然后给回她用，过几天就见功效。"宋志说："恰好这里有她一条常用的领巾，是她昨天回来的时候忘记带上去的。这东西可用吗？"沙龙说："可以的，但是能够得着……"

敏明听到这里已忍不住，一直走进去向父亲说："阿爸，你何必摆弄我呢？我不是你底女儿吗？我和加陵没有什么意，请你放心。"宋志蓦地里瞧见他女儿进来，简直不知道要用什么话对付她。沙龙也停了半晌才说："姑娘，我们不是谈你底事。请你放心。"敏明斥他说："狡猾的人，你底计我已知道了。你快去办你底事罢。"宋志说："我底儿，你今天疯了吗？你且坐下，我慢慢给你说。"

敏明哪里肯依父亲底话，她一味和沙龙吵闹，弄得她父亲和沙龙很没趣。不久，沙龙垂着头走出来；宋志满面怒容蹲在床上吸烟；敏明也忿忿地上楼去了。

敏明那一晚上没有下来和父亲用饭。她想父亲终久会用蛊术离间他们，不由得心里难过。她躺在床上翻来覆去，绣枕早已被她底眼泪湿透了。

第二天早晨，她到镜台梳洗，从镜里瞧见她满面都是鲜红色，——因为绣枕褪色，印在她底脸上——不觉笑起来。她把脸上那些印迹洗掉的时候，玛弥已捧一束鲜花、一杯咖啡上来。敏明把花放在一边，一手倚着窗棂，一手拿住茶杯向窗外出神。

她定神瞧着围绕瑞大光的彩云，不理会那塔底金光向她底眼睑射来，她精神因此就十分疲乏。她心里的感想和目前的光融洽，精神上现出催眠底状态。她自己觉得在瑞大光塔顶站着，听见底下的塔铃叮叮当当地响。她又瞧见上面那些王侯所献的宝石，个个都发出很美丽的光明。她心里喜欢得很，不歇用手去摩弄，无意中把一颗大红宝石摩掉了。她忙要俯身去捡时，那宝石已经掉在地上。她定神瞧着那空儿，要求那宝石掉下的缘故，不觉有一种更美丽的宝光从那里射出来。她心里觉得很奇怪，用手扶着金壁，低下头来要瞧瞧那空儿里头的光景。不提防那壁被她一推，渐渐向后，原来是一扇宝石的门。

那门被敏明推开之后，里面的光直射到她身上。她站在外边，望里一瞧，觉得里头的山水、树木，都是她平生所不曾见过的。她在不知不觉中，已经向前走了几十步。耳边恍惚听见有人对她说："好啊！你回来啦。"敏明回头一看，觉得那人很熟悉，只是一时不能记出他底名字。她听见"回来"这两字，心里很是纳闷，就向那人说："我不住在这里，为何说我回来？你是谁？我好像在哪里与你会过似的。这是什么地方？"那人笑说："哈哈！去了这些日子，连自己家乡和平日间往来的朋友也忘了。肉体底障碍真是大哟。"敏明听了这话，简直莫明其妙。又问他说："我是谁？有那么好福气住在这里。我真是在这里住过吗？"那人回答说："你是谁？你自己知道。若是说你不曾住过这里，我就领你到处逛一逛，瞧你认得不认得。"

敏明听见那人要领她到处去逛逛，就忙忙答应。但所见的东西，敏明一点也记不清楚，总觉得样样都是新鲜的。那人瞧见敏明那么迷糊，就对她说："你既然记不清，待我一件一件告诉你。"

敏明和那人走过一座碧玉牌楼。两边的树罗列成行，开着很好看的花。红的、白、紫的、黄的，各色都备。树上有些鸟声，唱得很好听。走路时，有些微风慢慢吹来，吹得各色的花瓣纷纷掉下：有些落在人底身上；有些落在地上；有些还在空中飞来飞去。敏明底头上和肩膀上也被花瓣贴满，遍体熏得很香。那人说："这些花木都是你底老朋友，你常和它们往来。它们底花是长年开放的。"敏明说："这真是好地方，只是我总记不起来。"

走不多远，忽然听见很好的乐音。敏明说："谁在那边奏乐？"那人回答说："那里有人奏乐，这里的声音都是发于自然的。你所听的是前面流水底声音。我们再走几步就可以瞧见。"进前几步果然有些泉水穿林而流。水面浮着奇异的花草，还有好些水鸟在那里游泳。敏明只认得些荷花、溪鹅；其余都不认得。那人很不惮烦，把各样的东西都告诉她。

他们二人走过一道桥，迎面立着一片琉璃墙。敏明说："这墙真好看，是谁在里面住？"那人说："这里头是乔答摩宣讲法要的道场。现时正在演说，好些人物都在那里聆听法音。转过这个墙角就是正门。到的时候，我领你进去听一听。"敏明贪恋外面的风景，不愿意进去。她说："咱们逛会儿再进去罢。"那人说："你只会听粗陋的声音，看简略的颜色和闻污劣的香味。那更好的、更微妙的，你就不理会了。……好，我再和你走走，瞧你了悟不了悟。"

二人走到墙底尽头，还是穿入树林。他们踏着落花一直进前；树上底鸟声，叫得更好听。敏明抬起头来，忽然瞧见南边的树枝上有一对很美丽的鸟呆立在那里，丝毫的声音也不从他们底嘴里发出。敏明指着问那人说："只只鸟儿都出声吟唱，为什么那对鸟儿不出声音呢？那是什么鸟？"那人说："那是命命鸟。为什么不唱，我可不知道。"

敏明听见"命命鸟"三字，心里似乎有点觉悟。她注神瞧着那鸟，猛然对那人说："那可不是我和我底好朋友加陵么，为何我们都站在那里？"那人说："是不是，你自己觉得。"敏明抢前几步，看来还是一对呆鸟。她说："还是一对鸟儿在那里，也许是我底眼花了。"

他们绕了几个弯，当前现出一节小溪把两边的树林隔开。对岸的花草，似乎比这边更新奇。树上底花瓣也是常常掉下来。树下有许多男女：有些躺着的，有些站着的，有些坐着的。各人在那里说说笑笑，都现出很亲密的样子。敏明说："那边的花瓣落得更妙，人也多一点，我们一同过去逛逛罢。"那人说："对岸可不能去。那落的叫做情尘；若是望人身上落得多了就不好。"敏明说："我不怕。你领我过去逛逛罢。"那人见敏明一定要过去，就对她说："你必要过那边去，我可不能陪你了。你可以自己找一道桥过去。"他说完这话就不见了。敏明回头瞧见那人不在，自己循着水边，打算找一道桥过去。但找来找去总找不着，只得站在这边瞧过去。

她瞧见那些花瓣越落越多，那班男女几乎被葬在底下。有一个男子坐在对岸的水边，身上也是满了落花。一个紫衣的女子走到他跟前说："我很爱你，你是我底命。我们是命命鸟。除你以外，我没有爱过别人。"那男子回答说："我对于你底爱情也是如此。我除了你以外不曾爱过别的女人。"紫衣女子听了，向他微笑，就离开他。走不多远，又遇着一位男子站在树下，她又向那男子说："我很爱你，你是我的命。我们是命命鸟，除你以外，我没有爱过别人。"那男子也回答说："我对于你的爱情也是如此。我除了你以外不曾爱过别的女人。"

敏明瞧见这个光景，心里因此发生了许多问题，就是：那紫衣女子为什么当面撒谎；和那两位男子底回答为什么不约而同？她回头瞧那坐在水边底男子还在那里。又有一个穿红衣的女子走到他面前，还是对他说紫衣女子所说的话。那男子底回答和从前一样，一个字也不改。敏明再瞧那紫衣女子，还是挨着次序向各个男子说话。她走远了，话语底内容虽然听不见，但她底形容老没有改变。各个男子对她也是显出同样的表情。

敏明瞧见各个女子对于各个男子所说的话都是一样；各个男子底回答也是一字不改，心里正在疑惑，忽然来了一阵狂风把对岸底花瓣刮得干干净净，那班男女立刻变成很凶恶的容貌，互相啮食起来。敏明瞧见这个光景，吓得冷汗直流。她忍不住就大声喝道："嗳呀！你们底感情真是反复无常。"

敏明手里那杯咖啡被这一喝，全都泻在她底裙上。楼下底玛弥听见楼上底喝声，也赶上来。玛弥瞧见敏明周身冷汗，仆在镜台上头，忙上前把她扶起，问道："姑娘你怎样啦？烫着了没有？"敏明醒来，不便对玛弥细说，胡乱答应几句就打发她下去。

敏明细想刚才的异象，抬头再瞧窗外底瑞大光，觉得那塔还是被彩云绕住，越显得十分美丽。她立起来，换过一条绛色的裙子，就坐在她底卧榻上头。她想起在树林里忽然瞧见命命鸟变做她和加陵那回事情，心中好像觉悟他们两个是这边的命命鸟，和对岸自称为命命鸟的不同。她自己笑着说："好在你不在那边。幸亏我不能过去。"

她自经过这一场恐慌，精神上遂起了莫大的变化。对于婚姻另有一番见解，对于加陵的态度更是不像从前。加陵一点也觉不出来，只猜她是不舒服。

自从敏明回来，加陵没有一天不来找她。近日觉得敏明底精神异常，以为自己没有向她求婚，所以不高兴。加陵觉得他自己有好些难解决的问题，不能不对敏明说。第一，是他父亲愿意他去当和尚；第二，纵使准他娶妻，敏明底生肖和他不对，顽固的父亲未必承认。现在瞧见敏明这样，不由得不把衷情吐露出来。

　　加陵一天早晨来到敏明家里，瞧见她底态度越发冷静，就安慰她说："好朋友，你不必忧心，日子还长呢。我在咱们底事情上头已经有了打算。父亲若是不肯，咱们最终的办法就是'照例逃走'。你这两天是不是为这事生气呢？"敏明说："这倒不值得生气。不过这几晚睡得迟，精神有一点疲倦罢了。"

　　加陵以为敏明底话是真，就把前日向父亲要求的情形说给她听。他说："好朋友，你瞧我底父亲多么固执。他一意要我去当和尚，我前天向他说些咱们底事，他还要请人来给我说法，你说好笑不好笑？"敏明说："什么法？"加陵说："那天晚上，父亲把昙摩蜱请来。我以为有别的事要和他商量，谁知他叫我到跟前教训一顿。你猜他对我讲什么经呢？好些我都忘记了。内中有一段是很有趣、很容易记的。我且念给你听：

　　"佛问摩邓曰：'女爱阿难何似？'女言：'我爱阿难眼；爱阿难鼻；爱阿难口；爱阿难耳；爱阿难声音；爱阿难行步。'佛言：'眼中但有泪；鼻中但有唾；口中但有涕；耳中但有垢；身中但有屎尿，臭气不净。'"

　　"昙摩蜱说得天花乱坠，我只是偷笑。因为身体上的污秽，人人都有，哪能因着这些小事，就把爱情割断呢？况且这经本来不合对我说；若是对你念，还可以解释得去。"

　　敏明听了加陵末了那句话，忙问道："我是摩邓吗？怎样说对我念就可以解释得去？"加陵知道失言，忙回答说："请你原谅，我说错了。我底意思不是说你是摩邓，是说这本经合于对女人说。"加陵本是要向敏明解嘲，不意反触犯了她。敏明听了那几句经，心里更是明白。他们两人各有各底心事，总没有尽情吐露出来。加陵坐不多会，就告辞回家去了。

涅槃节近啦。敏明底父亲直催她上比古去，加陵知道敏明明日要动身，在那晚上到她家里，为的是要给她送行。但一进门，连人影也没有。转过角门，只见玛弥在她屋里缝衣服。那时候约在八点钟底光景。

加陵问玛弥说："姑娘呢？"玛弥抬头见是加陵，就陪笑说："姑娘说要去找你，你反来找她。她不曾到你家去吗？她出门已有一点钟工夫了。"加陵说："真的么？"玛弥回了一声："我还骗你不成。"低头还是做她底活计。加陵说："那么，我就回去等她。……你请。"

加陵知道敏明没有别处可去，她一定不会趁瑞大光底热闹。他回到家里，见敏明没来，就想着她一定和女伴到绿绮湖上乘凉。因为那夜底月亮亮得很，敏明和月亮很有缘；每到月圆的时候，她必招几个朋友到那里谈心。

加陵打定主意，就向绿绮湖去。到的时候，觉得湖里静寂得很。这几天是涅槃节期，各庙里都很热闹；绿绮湖底冷月没人来赏玩，是意中底事。加陵从爱德华第七底造像后面上了山坡，瞧见没人在那里，心里就有几分诧异。因为敏明每次必在那里坐，这回不见她，谅是没有来。

他走得很累，就在凳上坐一会。他在月影朦胧中瞧见地下有一件东西；捡起来看时，却是一条蝉翼纱的领巾。那巾底两端都绣一个吉祥海云的徽识，所以他认得是敏明的。加陵知道敏明还在湖边，把领巾藏在袋里，就抽身去找她。他踏一弯虹桥，转到水边底乐亭，瞧没有人，又折回来。他在山丘上注神一望，瞧见西南边隐隐有个影；忙上前去，见有几分像敏明。加陵蹑步到野蔷薇垣后面，意思是要吓她。他瞧见敏明好像是找什么东西似的，所以静静伏在那里看她要做什么。

敏明找了半天，随在乐亭旁边摘了一枝优钵昙花，走到湖边，向着瑞大光合掌礼拜。加陵见了，暗想她为什么不到瑞大光膜拜去？于是再蹑足走近湖边底蔷薇垣。那里离敏明礼拜的地方很近。

加陵恐怕再触犯她，所以不敢做声。只听她底祈祷：

女弟子敏明，稽首三世诸佛：我自万劫以来，迷失本来智性；因此堕入轮回，成女人身。现在得蒙大慈，示我三生因果。我今悔悟，誓不再恋天人，致受无量苦楚。愿我今夜得除一切障碍，转生极乐国土。愿勇猛无畏阿弥陀，俯听恳求接引我。南无阿弥陀佛。

加陵听了她这番祈祷，心里很受感动。他没有一点悲痛，竟然从蔷薇垣里跳出来，对着敏明说："好朋友，我听你刚才的祈祷，知道你厌弃这世间，要离开它。我现在也愿意和你同行。"

敏明笑道："你什么时候来的？你要和我同行，莫不你也厌世吗？"加陵说："我不厌世。因为你底原故，我愿意和你同行。我和你分不开。你到哪里，我也到哪里。"敏明说："不厌世，就不必跟我去。你要记得你父亲愿你做一个转法轮的能手。你现在不必跟我去，以后还有相见的日子。"加陵说："你说不厌世就不必死，这话有些不对。譬如我要到蛮得勒去，不是嫌恶仰光，不过我未到过那城，所以愿意去瞧一瞧。但有些人很厌恶仰光，他巴不得立刻离开才好。现在，你是第二类底人，我是第一类底人。为什么不让我和你同行？"敏明不料加陵会来；更不料他一下就决心要跟从她。现在听他这一番话语，知道他与自己底觉悟虽然不同，但她常感得他们二人是那世界底命命鸟，所以不甚阻止他。到这时，她才把前几天的事告诉加陵。加陵听了，心里非常的喜欢，说："有那么好的地方，为何不早告诉我？我一定离不开你了，我们一块儿去罢。"

那时月光更是明亮。树林里萤火无千无万地闪来闪去，好像那世界底人物来赴他们底喜筵一样。

加陵一手搭在敏明底肩上，一手牵着她。快到水边的时候，加陵回过脸来向敏明底唇边啜了一下。他说："好朋友，你不亲我一下么？"敏明好像不曾听见，还是直地走。

  他们走入水里，好像新婚的男女携手入洞房那般自在，毫无一点畏缩。在月光水影之中，还听见加陵说："咱们是生命底旅客，现在要到那个新世界，实在叫我快乐得很。"

  现在他们去了！月光还是照着他们所走的路；瑞大光远远送一点鼓乐底声音来；动物园底野兽也都为他们唱很雄壮的欢送歌；惟有那不懂人情的水，不愿意替他们守这旅行底秘密，要找机会把他们底躯壳送回来。

（原载1921年《小说月报》12卷1号）

商人妇

"先生，请用早茶。"这是二等舱底侍者催我起床的声音。我因为昨天上船的时候太过忙碌，身体和精神都十分疲倦，从九点一直睡到早晨七点还没有起床。我一听侍者底招呼，就立刻起来；把早晨应办的事情弄清楚，然后到餐厅去。

那时节餐厅里满坐了旅客。个个在那里喝茶，说闲话有些预言欧战谁胜谁负的；有些议论袁世凯该不该做皇帝的；有些猜度新加坡印度兵变乱是不是受了印度革命党鼓动的；那种唧唧咕咕的声音，弄得一个餐厅几乎变成菜市。我不惯听这个，一喝完茶就回到自己底舱里，拿了一本《西青散记》跑到右舷找一个地方坐下，预备和书里底双卿谈心。

我把书打开，正要看时，一位印度妇人携着一个七八岁的孩子来到跟前，和我面对面地坐下。这妇人，我前天在极乐寺放生池边曾见过一次；我也瞧着她上船；在船上也是常常遇见她在左右舷乘凉。我一瞧见她，就动了我底好奇心；因为她底装束虽是印度的，然而行动却不像印度妇人。

我把书搁下，偷眼瞧她，等她回眼过来瞧我的时候，我又装做念书。我好几次是这样办，恐怕她疑我有别的意思，此后就低着头，再也不敢把眼光射在她身上。她在那里信口唱些印度歌给小孩听，那孩子也指东指西问她说话。我听她底回答，无意中又把眼睛射在她脸上。她见我抬起头来，就顾不得和孩子周旋，急急地用闽南土话问我说："这位老叔，你也是要到新加坡去么？"她底口腔很像海澄底乡人，所问的也带着乡人底口气。在说话之间，一字一字慢慢地拼出来，好像初学说话的一样。我被她这一问，心里底疑团结得更大，就回答说："我要回厦门去。你曾到过我们那里么？为什么能说我们底话？""呀！我想你瞧我底装束像印度妇女，所以猜疑我不是唐山（华侨叫祖国做唐山）人。我实在告诉你，我家就在鸿渐。"

那孩子瞧见我们用土话对谈，心里奇怪得很，他摇着妇人底膝头，用印度话问道："妈妈，你说的是什么话？他是谁？"也许那孩子从来不曾听过她说这样的话，所以觉得希奇。我巴不得快点知道她底底蕴，就接着问她："这孩子是你养的么？"她先回答了孩子，然后向我叹一口气说："为什么不是呢！这是我在麻德拉斯养的。"

我们越谈越熟，就把从前的畏缩都除掉。自从她知道我底里居、职业以后，她再也不称我做"老叔"，便转口称我做"先生"。她又把麻德拉斯大概的情形说给我听。我因为她底境遇很希奇，就请她详详细细的告诉我。她谈得高兴，也就应许了。那时，我才把书收入口袋里，注神听她诉说自己底历史。

我十六岁就嫁给青礁林荫乔为妻。我底丈夫在角尾开糖铺。他回家的时候虽然少，但我们底感情决不因为这样就生疏。我和他过了三四年的日子，从不曾拌过嘴，或闹过什么意见。有一天，他从角尾回来，脸上现出忧闷的容貌。一进门就握着我底手说："惜官（闽俗：长辈称下辈或同辈底男女彼此相称，常加'官'字在名字之后），我底生意已经倒闭，以后我就不到角尾去啦。"我听了这话，不由得问他："为什么呢？是买卖不好吗？"他说："不是，不是，是我自己弄坏的。这几天那里赌局，有些朋友招我同玩，我起先赢了许多，但是后来都输得精光，甚至连店里底生财家伙，也输给人了。……我实在后悔，实在对你不住。"我怔了一会，也想不出什么合适的话来安慰他；更不能想出什么话来责备他。

他见我底泪流下来，忙替我擦掉，接着说："哎！你从来不曾在我面前哭过；现在你向我掉泪，简直像熔融的铁珠一滴一滴地滴在我心坎儿上一样。我底难受，实在比你更大。你且不必担忧，我找些资本再做生意就是了。"

当下我们二人面面相觑，在那里静静地坐着。我心里虽有些规劝底话要对他说，但我每将眼光射在他脸上的时候，就觉得他有一种妖魔的能力，不容我说，早就理会了我底意思。我只说："以后可不要再耍钱，要知道赌钱……"

他在家里闲着，差不多有三个月。我所积的钱财倒还够用，所以家计用不着他十分挂虑。他镇日出外借钱做资本，可惜没有人信得过他，以致一文也借不到。他急得无可奈何，就动了过番（闽人说到南洋为过番）的念头。

他要到新加坡去的时候，我为他摒挡一切应用的东西，又拿了一对玉手镯教他到厦门兑来做盘费。他要趁早潮出厦门，所以我们别离的前一夕足足说了一夜的话。第二天早晨，我送他上小船，独自一人走回来，心里非常烦闷，就伏在案上，想着到南洋去的男子多半不想家，不知道他会这样不会。正这样想,蓦然一片急步声达到门前,我认得是他,忙起身开了门,问:"是漏了什么东西忘记带去么?"他说:"不是,我有一句话忘记告诉你:我到那边的时候,无论什么事,总得给你来信。若是五六年后我不能回来,你就到那边找我去。"我说:"好罢。这也值得你回来叮咛,到时候我必知道应当怎样办的。天不早了,你快上船去罢。"他紧握着我底手,长叹了一声,翻身就出去了。我注目直送到榕荫尽处,瞧他下了长堤,才把小门关上。

我与林荫乔别离那一年,正是二十岁。自他离家以后,只来了两封信,一封说他在新加坡丹让巴葛开杂货店,生意很好。一封说他底事情忙,不能回来。我连年望他回来完聚,只是一年一年的盼望都成虚空了。

邻舍底妇人常劝我到南洋找他去。我一想,我们夫妇离别已经十年,过番找他虽是不便,却强过独自一人在家里挨苦。我把所积的钱财检妥,把房子交给乡里底荣家长管理,就到厦门搭船。

我第一次出洋,自然受不惯风浪底颠簸,好容易到了新加坡。那时节,我心里底喜欢,简直在这辈子里头不曾再遇见。我请人带我到丹让巴葛义和诚去。那时我心里喜欢更不能用言语来形容。我瞧店里底买卖很热闹,我丈夫这十年间的发达,不用我估量,也就罗列在眼前了。

但是店里底伙计都不认识我,故得对他们说明我是谁,和来意。有一位年轻的伙计对我说:"头家(闽人称店主为头家)今天没有出来,我领你到住家去罢。"我才知道我丈夫不在店里住;同时我又猜他定是再娶了,不然,断没有所谓住家的。我在路上就向伙计打听一下,果然不出所料!

人力车转了几个弯,到一所半唐半洋的楼房停住。伙计说:"我先进去通知一声。"他撇我在外头,许久才出来对我说:"头家早晨出去，到现在还没有回来哪。头家娘请你进去里头等他一会儿，也许他快要回来。"他把我两个包袱——那就是我底行李——拿在手里，我随着他进去。

我瞧见屋里底陈设十分华丽。那所谓头家娘的，是一个马来妇人，她出来，只向我略略点了一个头。她底模样，据我看来很不恭敬，但是南洋底规矩我不懂得，只得陪她一礼。她头上戴的金刚钻和珠子，身上缀的宝石、金、银，衬着那副黑脸孔，越显出丑陋不堪。

她对我说了几句套话，又叫人递一杯咖啡给我，自己在一边吸烟、嚼槟榔，不大和我攀谈。我想是初会生疏的缘故，所以也不敢多问她底话。不一会，得得的马蹄声从大门直到廊前，我早猜着是我丈夫回来了。我瞧他比十年前胖了许多，肚子也大起来了。他口里含着一枝雪茄，手里扶着一根象牙杖，下了车，踏进门来，把帽子挂在架上。见我坐在一边，正要发问，那马来妇人上前向他唧唧咕咕地说了几句。她底话我虽不懂得，但瞧她底神气像有点不对。

我丈夫回头问我说："惜官，你要来的时候，为什么不预先通知一声？是谁叫你来的？"我以为他见我以后，必定要对我说些温存的话，哪里想到反把我诘问起来！当时我把不平的情绪压下，陪笑回答他，说："唉，荫哥，你岂不知道我不会写字么？咱们乡下那位写信的旺师常常给人家写别字，甚至把意思弄错了；因为这样，所以不敢央求他替我写。我又是决意要来找你的，不论迟早总得动身，又何必多费这番工夫呢？你不曾说过五六年后若不回去，我就可以来吗？"我丈夫说："吓！你自己倒会出主意。"他说完，就横横地走进屋里。

我听他所说的话，简直和十年前是两个人。我也不明白其中的缘故：是嫌我年长色衰呢，我觉得比那马来妇人还俊得多；是嫌我德行不好呢，我嫁他那么多年，事事承顺他，从不曾做过越出范围的事。荫哥给我这个闷葫芦,到现在我还猜不透。

他把我安顿在楼下,七八天的工夫不到我屋里,也不和我说话。那马来妇人倒是很殷勤,走来对我说:"荫哥这几天因为你底事情很不喜欢。你且宽怀,过几天他就不生气了。晚上有人请咱们去赴席,你且把衣服穿好,我和你一块儿去。"

她这种甘美的语言,叫我把从前猜疑她的心思完全打消。我穿的是湖色布衣,和一条大红绉裙,她一见了,不由得笑起来。我觉得自己满身村气,心里也有一点惭愧。她说:"不要紧,请咱们的不是唐山人,定然不注意你穿的是不是时新的样式。咱们就出门罢。"

马车走了许久,穿过一丛椰林,才到那主人底门口。进门是一个很大的花园,我一面张望,一面随着她到客厅去。那里果然有很奇怪的筵席摆设着。一班女客都是马来人和印度人。她们在那里叽哩咕噜地说说笑笑,我丈夫底马来妇人也撇下我去和她们谈话。不一会,她和一位妇人出去,我以为她们逛花园去了,所以不大理会。但过了许多的工夫,她们只是不回来,我心急起来,就向在座的女人说:"和我来的那位妇人往哪里去?"她们虽能会意,然而所回答的话,我一句也懂不得。

我坐在一个垫子上,心头跳动得很厉害。一个仆人拿了一壶水来,向我指着上面的筵席作势。我瞧见别人洗手,知道这是食前的规矩,也就把手洗了。她们让我入席,我也不知道哪里是我应当坐的地方,就顺着她们指定给我的坐位坐下。她们祷告以后,才用手向盘里取自己所要的食品。我头一次掬东西吃,一定是很不自然,她们又教我用指头的方法。我在那时,很怀疑我丈夫底马来妇人不在座,所以无心在筵席上张罗。

筵席撤掉以后,一班客人都笑着向我亲了一下吻就散了。当时我也要跟她们出门,但那主妇叫我等一等。我和那主妇在屋里指手画脚做哑谈，正笑得不可开交，一位五十来岁的印度男子从外头进来。那主妇忙起身向他说了几句话，就和他一同坐下。我在一个生地方遇见生面的男子，自然羞缩到了不得。那男子走到我跟前说："喂，你已是我底人啦。我用钱买你。你住这里好。"他说的虽是唐话，但语格和腔调全是不对的。我听他说把我买过来，不由得恸哭起来。那主妇倒是在身边殷勤地安慰我。那时已是入亥时分，他们教我进里边睡，我只是和衣在厅边坐了一宿，那里肯依他们底命令！

先生，你听到这里必定要疑我为什么不死。唉！我当时也有这样的思想，但是他们守着我好像囚犯一样，无论什么时候都有人在我身旁。久而久之，我底激烈的情绪过了，不但不愿死，而且要留着这条命往前瞧瞧我底命运到底是怎样的。

买我的人是印度麻德拉斯底回教徒阿户耶。他是一个琶琶商，因为在新加坡发了财，要多娶一个姬妾回乡享福。偏是我底命运不好，趁着这机会就变成他底外国骨董。我在新加坡住不上一个月，他就把我带到麻德拉斯去。

阿户耶给我起名叫利亚。他叫我把脚放了，又在我鼻上穿了一个窟窿，带上一只钻石鼻环。他说照他们底风俗，凡是已嫁的女子都是带鼻环，因为那是妇人底记号。他又把很好的"克尔塔"（回妇上衣）、"马拉姆"（胸衣）和"埃撒"（裤）教我穿上。从此以后，我就变成一个回回婆子了。

阿户耶有五个妻子，连我就是六个。那五人之中，我和第三妻的感情最好。其余的我很憎恶她们，因为她们欺负我不会说话；又常常戏弄我。我底小脚在她们当中自然是希罕的，她们虽是不歇地摩挲，我也不怪。最可恨的是她们在阿户耶面前拨弄是非，教我受委屈。

阿噶利马是阿户耶第三妻底名字，就是我被卖时张罗筵席的那个主妇。她很爱我，常劝我用"撒马"来涂眼眶，用指甲花来涂指甲和手心。回教底妇人每日用这两种东西和我们唐人用脂粉一样。她又教我念孟加里文和亚剌伯文。我想起自己因为不能写信的缘故，致使荫哥有所借口，现在才到这样的地步；所以愿意在这举目无亲的时候用功学习些少文字。她虽然没有什么学问，但当我底教师是绰绰有余的。

我从阿噶利马念了一年，居然会写字了！她告诉我他们教里有一本天书，本不轻易给女人看的，但她以后必要拿那本书来教我。她常对我说："你底命运会那么蹇涩，都是阿拉给你注定的。你不必想家太甚，日后或者有大快乐临到你身上，叫你享受不尽。"这种定命的安慰，在那时节很可以教我底精神活泼一点。

我和阿户耶虽无夫妻底情，却免不了有夫妻底事。哎！我这孩子（她说时把手抚着那孩子底顶上）就是到麻德拉斯的第二年养的。我活了三十多岁才怀孕，那种痛苦为我一生所未经过。幸亏阿噶利马能够体贴我，她常用话安慰我，教我把目前的苦痛忘掉。有一次她瞧我过于难受，就对我说："呀！利亚，你且忍耐着罢。咱们没有无花果树底福分（《可兰经》戴阿丹浩挖被天魔阿扎贼来引诱，吃了阿拉所禁的果子，当时他们二人底天衣都化没了。他们觉得赤身底羞耻，就向乐园里底树借叶子围身。各种树木因为他们犯了阿拉底戒命，都不敢借，惟有无花果树瞧他们二人怪可怜的，就慷慨借些叶子给他们。阿拉嘉许无花果树底行为，就赐它不必经过开花和受蜂蝶搅扰的苦而能结果），所以不能免掉怀孕底苦。你若是感得痛苦的时候，可以默默向阿拉求恩，他可怜你，就赐给你平安。"我在临产的前后期，得着她许多的帮助，到现在还是忘不了她底情意。

自我产后，不上四个月，就有一件失意的事教我心里不舒服；那就是和我底好朋友离别。她虽不是死掉，然而她所去的地方，我至终不能知道。阿噶利马为什么离开我呢？说来话长，多半是我害她的。

我们隔壁有一位十八岁的小寡妇名叫哈那，她四岁就守寡了。她母亲苦待她倒罢了，还要说她前生的罪业深重，非得叫她辛苦，来生就不能超脱。她所吃所穿的都跟不上别人，常常在后园里偷哭。她家底园子和我们底园子只隔一度竹篱，我一听见她哭，或是听见她在那里，就上前和她谈话，有时安慰她，有时给东西她吃，有时送她些少金钱。

阿噶利马起先瞧见我周济那寡妇，很不以为然。我屡次对她说明，在唐山不论什么人都可以受人家底周济，从不分什么教门。她受我底感化，后来对于那寡妇也就发出哀怜的同情。

有一天，阿噶利马拿些银子正从篱间递给哈那，可巧被阿户耶瞥见。他不声不张，蹑步到阿噶利马后头，给她一掌，顺口骂说："小母畜，贱生的母猪，你在这里干什么？"他回到屋里，气得满身哆嗦，指着阿噶利马说："谁教你把钱给那婆罗门妇人？岂不把你自己玷污了吗？你不但玷污了自己，更是玷污我和清真圣典。'马赛拉'（是阿拉禁止的意思）！快把你底'布卡'（面幕）放下来罢。"

我在里头听得清楚，以为骂过就没事。谁知不一会的工夫，阿噶利马珠泪承睫地走进来，对我说："利亚，我们要分离了！"我听这话吓了一跳，忙问道："你说的是什么意思，我听不明白。"她说："你不听见他叫我把'布卡'放下来罢？那就是休我的意思。此刻我就要回娘家去。你不必悲哀，过两天他气平了，总得叫我回来。"那时我一阵心酸，不晓得要用什么话来安慰她，我们抱头哭了一场就分散了。唉！"杀人放火金腰带；修桥整路长大癞"，这两句话实在是人间生活底常例呀！

自从阿噶利马去后，我底凄凉的历书又从"贺春王正月"翻起。那四个女人是与我素无交情的。阿户耶呢，他那副黝黑的脸，猬毛似的胡子，我一见了就憎厌，巴不得他快离开我。我每天的生活就是乳育孩子，此外没有别的事情。我因为阿噶利马底事，吓得连花园也不敢去逛。

这几个月，我底苦生涯快尽了！因为阿户耶借着病回他底乐园去了。我从前听见阿噶利马说过：妇人于丈夫死后一百三十日后就得自由，可以随便改嫁。我本欲等到那规定的日子才出去，无奈她们四个人因为我有孩子，在财产上恐怕给我占便宜，所以多方窘迫我。她们底手段，我也不忍说了。

哈那劝我先逃到她姊姊那里。她教我送一点钱财给她姊夫，就可以得到他们底容留。她姊姊我曾见过，性情也很不错。我一想，逃走也是好的，她们四个人底心肠鬼蜮到极，若是中了她们底暗算，可就不好。哈那底姊夫在亚可特住。我和她约定了，教她找机会通知我。

一星期后，哈那对我说她底母亲到别处去，要夜深才可以回来，教我由篱笆逾越过去。这事本不容易，因事后须得使哈那不致于吃亏。而且篱上界着一行铁线，实在教我难办。我抬头瞧见篱下那棵波罗蜜树有一桠横过她那边，那树又是斜着长上去的。我就告诉她，叫她等待人静的时候在树下接应。

原来我底住房有一个小门通到园里。那一晚上，天际只有一点星光，我把自己细软的东西藏在一个口袋里，又多穿了两件衣裳，正要出门，瞧见我底孩子睡在那里。我本不愿意带他同行，只怕他醒时瞧不见我要哭起来，所以暂住一下，把他抱在怀里，让他吸乳。他吸的时节，才实在感得我是他底母亲，他父亲虽与我没有精神上的关系，他却是我养的。况且我去后，他不免要受别人底折磨。我想到这里，不由得双泪直流。因为多带一个孩子，会教我底事情越发难办。我想来想去，还是把他驼起来，低声对他说："你是好孩子，不要哭，还是乖乖地睡。"

幸亏他那时好像理会我底意思，不大作声。我留一封信在床上，说明愿意抛弃我应得的产业和逃走的理由，然后从小门出去。

我一手往后托住孩子，一手拿着口袋，蹑步到波罗蜜树下。我用一条绳子拴住口袋，慢慢地爬上树，到分桠的地方少停一会。那时孩子哼了一两声，我用手轻轻地拍着，又摇他几下，再把口袋扯上来，抛过去给哈那接住。我再爬过去，摸着哈那为我预备的绳子，我就紧握着，让身体慢慢坠下来。我底手耐不得摩擦，早已被绳子锉伤了。

我下来之后，谢过哈那，忙忙出门，离哈那底门口不远就是爱德耶河，哈那和我出去雇船，她把话交代清楚就回去了。那舵工是一个老头子，也许听不明白哈那所说的话。他划到塞德必特车站，又替我去买票。我初次搭车，所以不大明白行车底规矩；他叫我上车，我就上去。车开以后，查票人看我底票才知道我搭错了。

车到一个小站，我赶紧下来，意思是要等别辆车搭回去。那时已经夜半，站里底人说上麻德拉斯的车要到早晨才开。不得已就在候车处坐下。我把"马以拉"（回妇外衣）披好，用手支住袋假寐，约有三四点钟的工夫。偶一抬头，瞧见很远一点灯光由栅栏之间射来，我赶快到月台去，指着那灯问站里底人。他们当中有一个人笑说："这妇人连方向也分不清楚了。她认启明星做车头底探灯哪。"我瞧真了，也不觉得笑起来，说："可不是！我底眼真是花了。"

我对着启明星，又想起阿噶利马底话。她曾告诉我那星是一个擅于迷惑男子的女人变的。我因此想起荫哥和我底感情本来很好，若不是受了番婆底迷惑，决不忍把他最爱的结发妻卖掉。我又想着自己被卖的不是不能全然归在荫哥身上。若是我情愿在唐山过苦日子，无心到新加坡去依赖他，也不会发生这事。我想来想去，反笑自己逃得太过唐突。我自问既然逃得出来，又何必去依赖哈那底姊姊呢？想到这里，仍把孩子抱回候车处，定神解决这问题。我带出来的东西和现银共值三千多卢比，若是在村庄里住，很可以够一辈子底开销；所以我就把独立生活底主意拿定了。

天上底诸星陆续收了它们底光，惟有启明星仍在东方闪烁着。当我瞧着它的时候，好像一种声音从它的光传出来，说："惜官，此后你别再以我为迷惑男子的女人。要知道凡光明的事物都不能迷惑人。在诸星之中，我最先出来，告诉你们黑暗快到了；我最后回去，为的是领你们紧接受着太阳底光亮；我是夜界最光明的星。你可以当我做你心里底殷勤的警醒者。"我朝着它，心花怒开，也形容不出我心里底感谢。此后我一见着它，就有一番特别的感触。

我向人打听客栈所在的地方，都说要到贞葛布德才有。于是我又搭车到那城去。我在客栈住不多的日子，就搬到自己底房子住去。

那房子是我把钻石鼻环兑出去所得的金钱买来的。地方不大，只有二间房和一个小园，四面种些露兜树当做围墙。印度式的房子虽然不好，但我爱它靠近村庄，也就顾不得它底外观和内容了。我雇了一个老婆子帮助料理家务，除养育孩子以外，还可以念些印度书籍。我在寂寞中和这孩子玩弄，才觉得孩子的可爱，比一切的更甚。

每到晚间，就有一种很庄重的歌声送到我耳里。我到园里一望，原来是从对门一个小家庭发出来。起先我也不知道他们唱来干什么，后来我才晓得他们是基督徒。那女主人以利沙伯不久也和我认识，我也常去赴他们底晚祷会。我在贞葛布德最先认识的朋友就算他们那一家。

以利沙伯是一个很可亲的女人，她劝我入学校念书，且应许给我照顾孩子。我想偷闲度日也是没有什么出息，所以在第二年她就介绍我到麻德拉斯一个妇女学校念书。每月回家一次瞧瞧我底孩子，她为我照顾得很好，不必我担忧。

我在校里没有分心的事，所以成绩甚佳。这六七年的工夫，不但学问长进，连从前所有的见地都改变了。我毕业后直到于今就在贞葛布德附近一个村里当教习。这就是我一生经历底大概。若要详细说来，虽用一年的工夫也说不尽。

现在我要到新加坡找我丈夫去。因为我要知道卖我的到底是谁。我很相信荫哥必不忍做这事；纵然是他出的主意，终有一天会悔悟过来。

惜官和我谈了足有两点多钟，她说得很慢，加之孩子时时搅扰她，所以没有把她在学校的生活对我详细地说。我因为她说得工夫太长，恐怕精神过于受累，也就不往下再问。我只对她说："你在那漂流的时节，能够自己找出这条活路，实在可敬。明天到新加坡的时候，若是要我帮助你去找荫哥，我很乐意为你去干。"她说："我哪里有什么聪明，这条路不过是冥冥中的指导者替我开的。我在学校里所念的书，最感动我的是《天路历程》和《鲁滨逊漂流记》，这两部书给我许多安慰和规范。我现时简直是一个女鲁滨逊哪。你要帮我去找荫哥，我实感激。因为新加坡我不大熟悉，明天总得求你和我……"说到这里，那孩子催着她进舱里去拿玩具给他。她就起来，一面续下去说："明天总得求你帮忙。"我起立对她行了一个敬礼，就坐下把方才的会话录在怀中日记里头。

过了二十四点钟，东南方微微露出几个山峰。满船底人都十分忙碌，惜官也顾着检点她底东西，没有出来。船入港的时候，她才携着孩子出来与我坐在一条长凳上头。她对我说："先生，想不到我会再和这个地方相见。岸上底椰树还是舞着它们底叶子；海面底白鸥还是飞来飞去向客人表示欢迎；我底愉快也和九年前初会它们那时一样。如箭的时光，转眼就过了那么多年，但我至终瞧不出从前所见的和现在所见的当中有什么分别。……呀！'光阴如箭'的话，不是指着箭飞得快说，乃是指着箭底本体说。光阴无论飞得多么快，在里头的事物还是没有什么改变；好像附在箭上的东西，箭虽是飞行着，它们却是一点不更改。……我今天所见的和从前所见的虽是一样，但愿荫哥底心肠不要像自然界底现象变更得那么慢；但愿他回心转意地接纳我。"我说："我和你表同情。听说这船要泊在丹让巴葛底码头，我想到时你先在船上候着，我上去打听一下再回来和你同去。这办法好不好呢？"她说："那么，就教你多多受累了。"

我上岸问了好几家都说不认得林荫乔这个人，那义和诚底招牌更是找不着。我非常着急，走了大半天觉得有一点累，就上一家广东茶居歇足，可巧在那里给我查出一点端倪。我问那茶居底掌柜。据他说：林荫乔因为把妻子卖给一个印度人，惹起本埠多数唐人底反对。那时有人说是他出主意卖的，有人说是番婆卖的，究竟不知道是谁做的事。但他底生意因此受莫大的影响，他瞧着在新加坡站不住，就把店门关起来，全家搬到别处去了。

我回来将所查出的情形告诉惜官，且劝她回唐山去。她说："我是永远不回去的，因为我带着这个棕色孩子，一到家，人必要耻笑我；况且我对于唐文一点也不会，回去岂不要饿死吗？我想在新加坡住几天，细细地访查他底下落。若是访不着时，仍旧回印度去。……唉，现在我已成为印度人了！"

我瞧她底情形，实在想不出什么话可以劝她回乡，只叹一声说："呀！你底命运实在苦！"她听了反笑着对我说："先生啊，人间一切的事情本来没有什么苦乐底分别：你造作时是苦，希望时是乐；临事时是苦，回想时是乐。我换一句话说：眼前所遇的都是困苦；过去、未来的回想和希望都是快乐。昨天我对你诉说自己境遇的时候，你听了觉得很苦,因为我把从前的情形陈说出来,罗列在你眼前,教你感得那是现在的事;若是我自己想起来,久别、被卖、逃亡等等事情都有快乐在内。所以你不必为我叹息,要把眼前的事情看开才好。……我只求你一样,你到唐山时,若是有便,就请到我村里通知我母亲一声。我母亲算来已有七十多岁,她住在鸿渐,我底唐山亲人只剩着她咧。她底门外有一棵很高的橄榄树。你打听良姆,人家就会告诉你。"

　　船离码头的时候,她还站在岸上挥着手巾送我。那种诚挚的表情,教我永远不能忘掉。我到家不上一月就上鸿渐去。那橄榄树下底破屋满被古藤封住,从门缝儿一望,隐约瞧见几座朽腐的木主搁在桌上,哪里还有一位良姆!

(原载1921年《小说月报》12卷4号)

黄昏后

　　承欢、承懽两姊妹在山上采了一篓羊齿类的干草，是要用来编造果筐和花篮的。她们从那条崎岖的山径一步一步地走下来，刚到山腰，已是喘得很厉害；二人就把篓子放下，歇息一会。

　　承欢底年纪大一点，所以她底精神不如妹妹那么活泼，只坐在一根横露在地面的榕树根上头；一手拿着手巾不歇地望脸上和脖项上揩拭。她底妹妹坐不一会，已经跑入树林里，低着头，慢慢找她心识中底宝贝去了。

　　喝醉了的太阳在临睡时，虽不能发出他固有的本领，然而还有余威把他底妙光长箭射到承欢这里。满山底岩石、树林、泉水，受着这妙光底赏赐，越觉得秋意阑珊了。汐涨的声音，一阵一阵地从海岸送来，远地的归鸟和落叶混着在树林里乱舞。承欢当着这个光景，她底眉、目、唇、舌也不觉跟着那些动的东西，在她那被日光熏黑了的面庞飞舞着。她高兴起来，心中底意思已经禁止不住，就顺口念着："碧海无风涛自语；丹林映日叶思飞！……"还没有念完，她底妹妹就来到跟前，衣裾里兜着一堆的叶子,说:"姊姊,你自己坐在这里,和谁说话来?你也不去帮我检检叶子,那边还有许多好看的哪。"她说着,顺手把所得的枯叶一片一片地拿出来,说:"这个是蚶壳……这是海星……这是没脊鳍的翻车鱼……这卷得更好看,是爸爸吸的淡芭菰……这里……"她还要将那些受她想象变化过的叶子,一一给姊姊说明;可是这样的讲解,除她自己以外,是没人愿意用工夫去领教的。承欢不耐烦地说:"你且把它们搁在篓里罢,到家才听你的,现在我不愿意听咧。"承懂斜着眼瞧了姊姊一下,一面把叶子装在篓里,说:"姊姊不晓得又想什么了。在这里坐着,愿意自己喃喃地说话,就不愿意听我所说的!"承欢说:"我何尝说什么,不过念着爸爸那首《秋山晚步》罢了。"她站起来,说:"时候不早了,咱们走罢。你可以先下山去,让我自己提这篓子。"承懂说:"我不,我要陪着你走。"

二人顺着山径下来,从秋的夕阳渲染出来等等的美丽已经布满前路:霞色、水光、潮音、谷响、草香等等更不消说;即如承欢那副不白的脸庞也要因着这个就增了几分本来的姿色。承欢虽是走着,脚步却不肯放开,生怕把这样晚景错过了似的。她无意中说了声:"呀!妹妹,秋景虽然好,可惜太近残年咧。"承懂底年纪只十岁,自然不能懂得这位十五岁的姊姊所说的是什么意思。她就接着说:"挨近残年,有什么可惜不可惜的?越近残年越好,因为残年一过,爸爸就要给我好些东西玩,我也要穿新做的衣服——我还盼望它快点过去哪。"

她们底家就在山下,门前朝着南海。从那里,有时可以望见远地里一两艘法国巡艇在广州湾驶来驶去。姊妹们也说不清她们所住的到底是中国地,或是法国领土;不过时常理会那些法国水兵爱来村里胡闹罢了。刚进门,承懂便叫一声:"爸爸,我们回来了!"平常她们一回来,父亲必要出来接她们;这一次不见他出来,承欢以为她父亲底注意是贯注在书本或雕刻上头,所以教妹妹不要声张,只好静静地走进来。

承欢把簋子放下，就和妹妹到父亲屋里。

她们底父亲关怀所住的是南边那间屋子，靠壁三五架书籍。又陈设了许多大理石造像——有些是买来的，有些是自己创作的。从这技术室进去就是卧房。二人进去，见父亲不在那里。承欢向壁上一望，就对妹妹说："爸爸又拿着基达尔出去了。你到妈妈坟上，瞧他在那里不在。我且到厨房弄饭，等着你们。"

她们母亲底坟墓就在屋后自己底荔枝园中。承懽穿过几棵荔枝树，就听见一阵基达尔底乐音，和着她父亲底歌喉。她知道父亲在那里，不敢惊动他底弹唱，就蹑着脚步上前。那里有一座大理石的坟头，形式虽和平常一样，然而西洋底风度却是很浓的。瞧那建造和雕刻的工夫，就知道平常的工匠决做不出来；一定是关怀亲手所造的。那墓碑上不记年月，只刻着"佳人关山恒媚"，下面一行小字是"夫关怀手泐"。承懽到时，关怀只管弹唱着，像不理会他女儿站在身旁似的。直等到西方底回光消灭了，他才立起来，一手挟着乐器，一手牵着女儿，从园里慢慢地走出来。

一到门口，承懽就嚷着："爸爸回来了！"她姊姊走出来，把父亲手里底乐器接住，且说："饭快好啦，你们先到厅里等一会，我就端出来。"关怀牵着承懽到厅里，把头上底义辫脱下，挂在一个衣架上头，回头他就坐在一张睡椅上和承懽谈话。他底外貌像一位五十岁左右的日本人，因为他底头发很短，两撇胡子也是含着外洋底神气。停一会，承欢端饭出来，关怀说："今晚上咱们都回得晚。方才你妹妹说你在山上念什么诗；我也是在书架上偶然检出十几年前你妈妈写给我的《自君之出矣》，我曾把这十二首诗入了乐谱，你妈妈在世时很喜欢听这个；到现在已经十一二年不弹这调了。今天偶然被我翻出来，所以拿着乐器走到她坟上再唱给她听；唱得高兴，不觉反复了几遍，连时间也忘记了。"承欢说："往时爸爸到墓上奏乐，从没有今天这么久；这诗我不曾听过……"承懂插嘴说："我也不曾听过。"承欢接着说："也许我在当时年纪太小不懂得。今晚上的饭后谈话，爸爸就唱一唱这诗，且给我们说说其中底意思罢。"关怀说："自你四岁以后，我就不弹这调了，你自然是不曾听过的。"他抚着承懂底头，笑说："你方才不是听过了吗？"承懂摇头说："那不算，那不算。"他说："你妈妈这十二首诗没有什么可说的，不如给你们说咱们在这里住着的缘故罢。"

吃完饭，关怀仍然倚在睡椅上头，手里拿着一枝雪茄，且吸且说。这老人家在灯光之下说得眉飞目舞，教姊妹们底眼光都贯注在他脸上，好像藏在叶下的猫儿凝神守着那翩飞的蝴蝶一般。

关怀说："我常愿意给你们说这事，恐怕你们不懂得，所以每要说时，便停止了。咱们住在这里，不但邻舍觉得奇怪，连阿欢，你底心里也是很诧异的。现在你底年纪大了，也懂得一点世故了，我就把一切的事告诉你们罢。

"我从法国回到香港，不久就和你妈妈结婚。那时刚要和东洋打仗，邓大人聘了两个法国人做顾问，请我到兵船里做通译。我想着，我到外洋是学雕刻的，通译，哪里是我做得来的事，当晚就推辞他。无奈邓大人一定要我去，我碍于情面也就允许了。你妈妈虽不愿意，因为我已允许人家，所以不加拦阻。她把脑后底头发截下来，为我做成那条假辫。"他说到这里，就用雪茄指着衣架，接着说："那辫子好像叫卖的幌子，要当差事非得带着它不可。那东西被我用了那么些年，已修理过好几次，也许现在所有的头发没有一根是你妈妈的哪。

"到上海的时候，那两个法国人见势不佳，没有就他底聘。他还劝我不用回家，日后要用我做别的事，所以我就暂住在上海。我在那里，时常听见不好的消息，直到邓大人在威海卫阵亡时，我才回来。那十二首诗就是我入门时，你妈妈送给我的。

承欢说："诗里说的都是什么意思？"关怀说："互相赠与的诗，

无论如何,第三个人是不能理会,连自己也不能解释给人听的。那诗还搁在书架上,你要看时,明天可以拿去念一念。我且给你说此后我和你妈妈底事。

"自那次打败仗,我自己觉得很羞耻,就立意要隔绝一切的亲友,跑到一个孤岛里居住,为的是要避掉种种不体面的消息,教我底耳朵少一点刺激。你妈妈只劝我回硇州去,但我很不愿意回那里去;以后我们就定意要搬到这里来。这里离硇州虽是不远,乡里底人却没有和我往来,我想他们必是不知道我住在这里。

"我们买了这所房子,连后边的荔枝园。二人就在这里过很欢乐的日子。在这里住不久,你就出世了。我们给你起个名字叫承欢……"承懂紧接着问:"我呢?"关怀说:"还没有说到你咧。你且听着,待一会才给你说。"

他接着说:"我很不愿意雇人在家里做工,或是请别人种地给我收利。但耨田插秧的事都不是我和你妈妈做得来的;所以我们只好买些果树园来做生产底源头;西边那丛椰子林也是在你一周岁时买来做纪念的。那时你妈妈每日的功课就是乳育你;我在技术室做些经常的生活以外,有工夫还出去巡视园里底果树。好几年的工夫,我们都是这样地过,实在快乐啊!

"唉,好事是无常的!我们在这里住不上五年,这一片地方又被法国占据了!当时我又想搬到别处去,为的是要回避这种羞耻,谁知这事不能由我做主,好像我底命运就是这样,要永远住在这蒙羞的土地似的。"关怀说到这里,声音渐渐低微,那忧愤的情绪直把眼睑垂下一半;同时他底视线从女儿底脸上移开,也被地心引力吸住了。

承懂不明白父亲底心思,尽说:"这地方很好,为什么又要搬呢?"承欢说:"啊,我记得爸爸给我说过,妈妈是在那一年去世的。"关怀说:"可不是!从前搬来这里的时候,你妈妈正怀着你;因为风波的颠簸，所以临产时很不顺利，这次可巧又有了阿懂，我不愿意像从前那么唐突，要等她产后才搬。可是她自从得了租借条约签押的消息以后，已经病得支持不住了。"那声音底颤动，早已把承欢底眼泪震荡出来。然而这老人家却没有显出什么激烈的情绪，只皱一皱他底眉头而已。

他往下说："她产后不上十二个时辰就……"承懂急急地问："是养我不是？"他说："是。因为你出世不久，你妈妈便撇掉你，所以给你起这个名字做阿懂，懂就是忧而无告的意思。"

这时，三个人缄默了一会。门前底海潮音，后园底蟋蟀声，都顺着微风从窗户间送出来。桌上那盏油灯本来被灯花堵得火焰如豆一般大，这次因着微风，更是闪烁不定，几乎要熄灭了。关怀说："阿欢，你去把窗户关上，再将油灯整理一下。……小妹妹也该睡了，回头就同她到卧房去罢。"

不论什么人都喜欢打听父母怎样生育他，好像念历史的人爱读开天辟地的神话一样；承懂听到这个去处，精神正在活泼，那里肯去安息。她从小凳子上站起来，顺势跑到父亲面前，且坐在他底膝上，尽力地摇头说："爸爸还没有说完哪。我不困，快往下说罢。"承欢一面关窗，一面说："我也愿意再听下去，爸爸就接着说罢。今晚上迟一点睡也无妨。"她把灯心弄好，仍回原位坐下，注神瞧着她底父亲。

油灯经过一番收拾，越显得十分明亮，关怀底眼睛忽然移到屋角一座石像上头。他指着对女儿说："那就是你妈妈去世前两三点钟的样子。"承懂说："姊姊也曾给我说过那是妈妈，但我准知道爸爸屋里那个才是。我不信妈妈底脸难看到这个样子。"他抚着承懂底头顶说："那也是好看的。你不懂得，所以说她不好看。"他越说越远，几乎把方才所说的忘掉；幸亏承欢再用话语提醒他，那老人家才接续地说下去。

他说："我底搬家计划，被你妈妈这一死就打消了。她底身体已藏在这可羞的土地，而且你和阿懽年纪又小，服事你们两个小姊妹还忙不过来，何况搬东挪西地往外去呢？因此，我就定意要终身住在这里，不想再搬了。

我是不愿意雇人在家里为我工作的。就是乳母，我也不愿意雇一个来乳育阿懽。我不信男子就不会养育婴孩，所以每日要亲自尝试些乳育的工夫。"承懽问："爸爸，当时你有奶子给我喝吗？"关怀说："我只用牛乳喂你。然而男子有时也可以生出乳汁的。……阿欢，我从前不曾对你说过孟景休底事么？"承欢说："是，他是一个孝子，因为母亲死掉，留下一个幼弟；他要自己做乳育工夫，果然有乳浆从他底乳房溢出来。"关怀笑说："我当时若不是一个书呆子，就是这事一定要孝子才办得到，贞夫是不许做的。我每每抱着阿懽，让她啜我底乳头，看看能够溢出乳浆不能；但试来试去，都不成功。养育底工夫虽然是苦，我却以为这是父母二人应当共同去做的事情，不该让为母的独自担任这番劳苦。"

承欢说："可是这事要女人去做才合宜。"

"是的。自从你妈妈没了以后，别样事体倒不甚棘手，对于你所穿的衣服总觉得肮脏和破裂得非常的快。我自己也不会做针线，整天要为你求别人缝补，这几乎又要把我所不求人的理想推翻了！当时有些邻人劝我为你们续娶一个……"

承欢说："我们有一位后娘倒好。"

那老人家瞪着眼，口里尽力地吸着雪茄，少停，他底声音就和青烟一齐冒出来。他郑重地说："什么？一个人能像禽兽一样，只有生前的恩爱，没有死后的情愫吗？"

从他口里吐出来的青烟早已触得承懽嗽嗽地咳嗽起来。她继续地说："爸爸底口直像王家那个破灶，闷得人家底眼睛和喉咙都不爽快。"关怀拍着她底背说:"你真会用比方!……这是从外洋带回来的习惯,不吸它也罢,你就拿去搁在烟盂里罢。"承懂拿着那枝雪茄,忽像想起什么事似的,她走到屋里把所捡的树叶拿出来,对父亲说:"爸爸吸这一枝罢,这比方才那枝好得多。"她父亲笑着把叶子接过去,仍教承懂坐在膝上,眼睛望着承欢说:"阿欢,你以再婚为是么?"他底女儿自然不能回答,也不敢回答这重要的问题。她只默默地望着父亲两只灵活的眼睛,好像要听那两点微光底回答一样。那回答底声音果如从父亲底眼光中发出来——他凝神瞧着承欢说:"我想你也不以为然。一个女人再醮,若是人家要轻看她;一个男子续娶,难道就不应当受轻视吗?所以当时凡有劝我续弦的,都被我拒绝了。我想你们没有母亲虽是可哀,然而有一个后娘更是不幸的。"

门前底海潮音,后园底蟋蟀声,加上檐牙底铁马和树上底夜啼鸟,这几种声音直像强盗一样,要从门缝窗隙间闯进来搅乱他们底夜谈。那两个女孩子虽不理会,关怀底心却被它们抢掠去了。他底眼睛注视着窗外那似树如山的黑影;耳中听着那种铮铮铛铛、嘶嘶嗦嗦、汩汩稳稳的杂响,口里说:"我一听见铁马底音响,就回想到你妈妈做新娘时,在洞房里走着,那脚钏铃铛的声音。那声音虽有大小的分别,风味却差不多。"

他把射到窗外的目光移到承欢身上,说:"你妈妈姓山,所以我在日间或夜间偶然瞧见尖锥形的东西就想着山,就想着她。在我心目中的感觉,她实在没死,不过是怕遇见更大的羞耻,所以躲藏着;但在人静的时候,她仍是和我在一处的。她来的时候,也去瞧你们,也和你们谈话,只是你们都像不大认识她一样,有时还不瞅睬她。"承懂说:"妈妈一定是在我们睡熟时候出来的,若是我醒时,断没有不瞅睬她的道理。"那老人家抚着这幼女底背说:"是的。你妈妈常夸奖你,说你聪明,喜欢和她谈话,不像你姊姊越大就越发和她生疏起来。"承欢知道这话是父亲造出来教妹妹喜欢的,所以她笑着说:"我心里何常不时刻惦念着妈妈呢?但她一来到,我怎么就不知道,这真是怪事!"

关怀对着承欢说:"你和你妈妈离别时年纪还小,也许记不清她底模样;可是你须知道,不论要认识什么物体都不能以外貌为准的,何况人面是最容易变化的呢?你要认识一个人,就得在他底声音、容貌之外找寻,这形体不过是生命中极短促的一段罢了。树木在春天发出花叶,夏天结了果子,一到秋冬,花、叶、果子多半失掉了;但是你能说没有花、叶的就不是树木么?池中底蝌蚪,渐渐长大成为一只蛤蟆,你能说蝌蚪不是小蛤蟆么?无情的东西变得慢,有情的东西变得快。故此,我常以你妈妈底坟墓为她底变化身;我觉得她底身体已经比我长得大,比我长得坚强;她底声音,她底容貌,是遍一切处的。我到她底坟上,不是盼望她那卧在土中的肉身从墓碑上挺起来;我瞧她底身体就是那个坟墓,我对着那墓碑就和在这屋对你们说话一样。"

承懂说:"哦,原来妈妈不是死,是变化了。爸爸,你那么爱妈妈,但她在这变化的时节,也知道你是疼爱她的么?"

"她一定知道的。"

承懂说:"我每到爸爸屋里,对着妈妈底造像叫唤、抚摩,有时还敲打她几下。爸爸,若是那像真是妈妈,她肯让我这样抚摩和敲打么?她也能疼爱我,像你疼我一样么?"

关怀回答说:"一定很喜欢。你妈妈连我这么高大,她还十分疼爱,何况你是一个聪明伶俐的小孩子!妈妈底疼爱比爸爸大得多。你睡觉的时候,爸爸只能给你垫枕、盖被;若是妈妈,一定要将她那只滑腻而温暖的手臂给你枕着,还要搂着你,教你不惊不慌地安睡在她怀里。你吃饭的时候,爸爸只能给你预备小碗、小盘;若是妈妈,一定要把她软和而常摇动的膝头给你做凳子,还要亲手递好吃的东西到你口里。你所穿的衣服,爸爸只能为你买些时式的和贵重的;若是妈妈,一定要常常给你换新样式，她要亲自剪裁，亲自刺绣，要用最好看的颜色——就是你最喜欢的颜色——给你做上。妈妈底疼爱实在比爸爸底大得多！"

承懂坐在父亲膝上，一听完这段话，她底身体底跳荡好像骑在马上一样。她一面摇着身子，一面拍着自己两只小腿，说："真的吗？她为何不对我这样做呢？爸爸，快叫妈妈从坟里出来罢。何必为着这蒙羞的土地就藏起来，不教她亲爱的女儿和她相会呢？从前我以为妈妈底脾气老是那个样子：两只眼睛瞧着人，许久也不转一下；和她说话也不答应；要送东西给她，她两只手又不知道往哪里去，也不会伸出来接一接；所以我想她一定是不懂人情的。现在我就知道她不是无知的。爸爸，你为我到坟里把妈妈请出来罢；不然，你就把前头那扇石门挪开，让我进去找她。爸爸曾说她在晚间常来，待一会，她会来么？"

关怀把她亲了一下，说："好孩子，你方才不是说你曾叫过她、摩过她，有时还敲打她么？她现在已经变成那个样子了，纵使你到坟墓里去找她也是找不着的。她常在我屋里，常在那里（他指着屋角那石像），常在你心里，常在你姊姊心里，常在我心里。你和她说话或送东西给她时，她虽像不理你，其实她疼爱你，已经领受你底敬意。你若常常到她面前，用你底孝心、你底诚意供献给她，日子久了，她心喜欢让你见着她底容貌。她要用妩媚的眼睛瞧着你，要开口对你发言，她那坚硬而白的皮肤要化为柔软娇嫩，好像你底身体一样。待一会，她一定来，可是不让你瞧见她，因为她先要瞧瞧你对于她的爱心怎样，然后教你瞧见她。"

承欢也随着对妹妹证明说："是，我像你那么大的时候，也很愿意见妈妈一面。后来我照着爸爸底话去做，果然妈妈从石像座儿走下来，搂着我和我谈话，好像现在爸爸搂着你和你谈话一样。"

承懂把右手底食指含在口里，一双伶俐的小眼射在地上，不歇地转动，好像了悟什么事体，还有所发明似的。她抬头对父亲说："哦，爸爸，我明白了。以后我一定要格外地尊敬妈妈那座造像，盼望她也能下来和我谈话。爸爸，比如我用尽我底孝敬心来服事她，她准能知道么？"

"她一定知道的。"

"那么，方才所检那些叶子，若是我好好地把它们藏起来，一心供养着，将来它们一定也会变成活的海星、瓦楞子或翻车鱼了。"关怀听了，莫名其妙。承欢就说："方才妹妹检了一大堆的干叶子，内中有些像鱼的，有些像螺贝的，她问的是那些东西。"关怀说："哦，也许会，也许会。"承懂要立刻跳下来，把那些叶子搬来给父亲瞧，但她底父亲说："你先别拿出来，明天我才教给你保存它们的方法。"

关怀生怕他底爱女晚间说话过度，在睡眠时作梦，就劝承懂说："你该去睡觉啦。我和你到屋里去罢。明早起来，我再给你说些好听的故事。"承懂说："不，我不。爸爸还没有说完呢，我要听完了才睡。"关怀说："妈妈底事长着呢，若是要说，一年也说个完，明天晚上再接下去说罢。"那小女孩于是从父亲膝上跳下来，拉着父亲底手，说："我先要到爸爸屋里瞧瞧那个妈妈。"关怀就和她进去。

他把女儿安顿好，等她睡熟，才回到自己屋里。他把外衣脱下，手里拿着那个缨䚡囊，和腰间底玉佩，把玩得不忍撒手，料想那些东西一定和他底亡妻关山恒媚很有关系。他们底恩爱公案必定要在临睡前复讯一次。他走到石像前，不歇用手去摩弄那坚实而无知的物体，且说："多谢你为我留下这两个女孩，教我底晚景不至过于惨淡。不晓得我这残年要到什么时候才可以过去，速速地和你同住在一处。唉！你底女儿是不忍离开我的，要她们成人，总得在我们再会之后。我现在正浸在父亲的情爱中，实在难以解决要怎样经过这衰弱的残年，你能为我和从你身体分化出来的女儿们打算么？"

他静静地站在那里，好像很注意听着那石像底回答。可是那用手造的东西怎样发出她底意思，我们底耳根太钝，实在不能听出什么话来。

他站了许久，回头瞧见承欢还在北边的厅里编织花篮，两只手不停地动来动去，口里还低唱着她底工夫歌。他从窗门对女儿说："我儿，时候不早了，明天再编罢。今晚上妹妹话说得过多，恐怕不能好好地睡，你得留神一点。"承欢应一声，就把那个未做成的篮子搁起来，把那盏小油灯拿到自己屋里去了。

灯光被承欢带去以后，满屋都被黑暗充塞着。秋萤一只两只地飞入关怀底卧房，有时歇在石像上头。那光底闪烁，可使关山恒媚底脸对着她底爱者发出一度一度的流盼和微笑。但是从外边来的，还有汩瀺的海潮音，嘶噆的蟋蟀声，铮铛的铁马响，那可以说是关山恒媚为这位老鳏夫唱的催眠歌曲。

（原载1921年《小说月报》12卷7号）

缀网劳蛛

　　我像蜘蛛，
　　　　命动就是我底网。
　　我把网结好，
　　　　还住在中央。

　　呀，我底网甚时节受了损伤！
　　　　这一坏，教我怎地生长？
　　生的巨灵说："补缀补缀罢。"
　　　　世间没有一个不破的网。

　　我再结网时，
　　　　要结在玳瑁梁栋
　　　　　　珠玑帘栊；
　　或结在断井颓垣

荒烟蔓草中呢?

生的巨灵按手在我头上说:

"自己选择去罢,

你所在的地方无不兴隆、亨通。"

虽然,我再结的网还是像从前那么脆弱,

敌不过外力冲撞;

我网底形式还要像从前那么整齐——

平行的丝连成八角、十二角的形状吗?

他把"生的万花筒"交给我,说:

"望里看罢,

你爱怎样,就结成怎样。"

呀,万花筒里等等的形状和颜色

仍与从前没有什么差别!

求你再把第二个给我,

我好谨慎地选择。

"咄咄!贪得而无智的小虫!

自而今回溯到濛鸿,

从没有人说过里面有个形式与前相同。

去罢,生的结构都由这几十颗'彩琉璃屑'幻成种种,

不必再看第二个生的万花筒。"

那晚上底月色格外明朗,只是不时来些微风把满园底花影移动得不歇地作响。素光从椰叶下来,正射在尚洁和她底客人史夫人身上。她们二人底容貌,在这时候自然不能认得十分清楚,但是二人对谈的声音却

像幽谷底回响，没有一点模糊。

周围的东西都沉默着，像要让她们密谈一般，树上底鸟儿把喙插在翅膀底下；草里底虫儿也不敢做声；就是尚洁身边那只玉狸，也当主人所发的声音为催眠歌，只管呴呴地沉睡着。她用纤手抚着玉狸，目光注在她底客人身上，懒懒地说："夺魁嫂子，外间的闲话是听不得的。这事我全不计较——我虽不信定命的说法，然而事情怎样来，我就怎样对付，毋庸在事前预先谋定什么方法。"

她底客人听了这场冷静的话，心里很是着急，说："你对于自己底前程不太注意了！若是一个人没有长久的顾虑，就免不了遇着危险，外人底话虽不足信，可是你得把你底态度显示得明了一点，教人不疑惑才是。"

尚洁索性把玉狸抱在怀里，低着头，只管摩弄。一会儿，她才冷笑了一声，说："吓吓，夺魁嫂子，你底话差了，危险不是顾虑所能闪避的。后一小时的事情，我们也不敢说准知道，哪里能顾到三四个月、三两年那么长久呢？你能保我待一会不遇着危险，能保我今夜里睡得平安么？纵使我准知道今晚上曾遇着危险，现在的谋虑也未必来得及。我们都在云雾里走，离身二三尺以外，谁还能知道前途的光景呢？经里说：'不要为明日自夸，因为一日要生何事，你尚且不能知道。'这句话，你忘了么？……唉，我们都是从渺茫中来，在渺茫中住，望渺茫中去。若是怕在这条云封雾锁的生命路程里走动，莫如止住你底脚步；若是你有漫游的兴趣，纵然前途和四围的光景暧昧，不能使你赏心快意，你也是要走的。横竖是往前走，顾虑什么？

"我们从前的事，也许你和一般侨寓此地的人都不十分知道。我不愿意破坏自己底名誉，也不忍教他出丑。你既是要我把态度显示出来，我就得略把前事说一点给你听，可是要求你暂时守这个秘密。

"论理，我也不是他底……"

史夫人没等她说完，早把身子挺起来，作很惊讶的样子，回头用焦急的声音说："什么？这又奇怪了！"

"这倒不是怪事，且听我说下去。你听这一点，就知道我底全意思了。我本是人家底童养媳，一向就不曾和人行过婚礼——那就是说，夫妇底名分，在我身上用不着。当时，我并不是爱他，不过要仗着他底帮助，救我脱出残暴的婆家。走到这个地方，依着时势的境遇，使我不能不认他为夫……"

"原来他们底家有这样特别的历史。……那么，你对于长孙先生可以说没有精神的关系，不过是不自然的结合罢了。"

尚洁庄重地回答说："你底意思是说我们没有爱情么？诚然，我从不会在别人身上用过一点男女底爱情；别人给我的，我也不曾辨别过那是真的，这是假的。夫妇，不过是名义上的事；爱与不爱，只能稍微影响一点精神底生活，和家庭底组织是毫无关系的。

"他怎样想法子要奉承我，凡认识我的人都觉得出来。然而我却没有领他底情，因为他从没有把自己底行为检点一下。他底嗜好多，脾气坏，是你所知道的。我一到会堂去，每听到人家说我是长孙可望底妻子，就非常的惭愧。我常想着从不自爱的人所给的爱情都是假的。

"我虽然不爱他，然而家里的事，我认为应当替他做的，我也乐意去做。因为家庭是公的，爱情是私的。我们两人底关系，实在就是这样。外人说我和谭先生的事，全是不对的。我底家庭已经成为这样，我又怎能把它破坏呢？"

史夫人说："我现在才看出你们底真相，我也回去告诉史先生，教他不要多信闲话。我知道你是好人，是一个纯良的女子，神必保佑你。"说着，用手轻轻地拍一拍尚洁底肩膀，就站立起来告辞。

尚洁陪她在花荫底下走着，一面说："我很愿意你把这事底原委单说给史先生知道。至于外间传说我和谭先生有秘密的关系，说我是淫妇，我都不介意。连他也好几天不回来啦。我估量他是为这事生气，可是我并不辩白。世上没有一个人能够把真心拿出来给人家看；纵然能够拿出来，人家也看不明白，那么，我又何必多费唇舌呢？人对于一件事情一存了成见，就不容易把真相观察出来。凡是人都有成见，同一件事，必会生出歧异的评判，这也是难怪的。我不管人家怎样批评我，也不管他怎样疑惑我，我只求自己无愧，对得住天上底星辰和地下底蝼蚁便了。你放心罢，等到事情临到我身上，我自有方法对付。我底意思就是这样，若是有工夫，改天再谈罢。"

她送客人出门，就把玉狸抱到自己房里。那时已经不早，月光从窗户进来，歇在椅桌、枕席之上，把房里的东西染得和铅制的一般。她伸手向床边按了一按铃子，须臾，女佣妥娘就上来。她问："佩荷姑娘睡了么？"妥娘在门边回答说："早就睡了。宵夜已预备好了，端上来不？"她说着，顺手把电灯拧着，一时满屋里都着上颜色了。

在灯光之下，才看见尚洁斜倚在床上。流动的眼睛，软润的颔颊，玉葱似的鼻，柳叶似的眉，桃绽似的唇，衬着蓬乱的头发……凡形体上各样的美都凑合在她头上。她底身体，修短也很合度。从她口里发出来的声音，都合音节，就是不懂音乐的人，一听了她底话语，也能得着许多默感。她见妥娘把灯拧亮了，就说："把它拧灭了吧。光太强了，更不舒服。方才我也忘了留史夫人在这里宵夜。我不觉得十分饥饿，不必端上来，你们可以自己方便去。把东西收拾清楚，随着给我点一枝洋烛上来。"

妥娘遵从她底命令，立刻把灯灭了，接着说："相公今晚上也许又不回来，可以把大门扣上吗？"

"是，我想他永远不回来了。你们吃完，就把门关好，各自歇息去罢，夜很深了。"

尚洁独坐在那间充满月亮的房里，桌上一枝洋烛已燃过三分之二，轻风频拂火焰，眼看那枝发光的小东西要泪尽了。她于是起来，把烛火移到屋角一个窗户前头的小几上。那里有一个软垫，几上搁几本经典和祈祷文。她每夜睡前的功课就是跪在那垫上默记三两节经句，或是诵几句祷词。别的事情，也许她会忘记，惟独这圣事是她所不敢忽略的。她跪在那里冥想了许久，睁眼一看，火光已不知道在什么时候从烛台上逃走了。

她立起来，把卧具整理妥当，就躺下睡觉。可是她怎能睡着呢？呀，月亮也循着宾客底礼，不敢相扰，慢慢地辞了她，走到园里和它底花草朋友、木石知交周旋去了！

月亮虽然辞去，她还不转眼地望着窗外的天空，像要诉她心中底秘密一般。她正在床上辗来转去，忽听园里"曜曜"一声，响得很厉害。她起来，走到窗边，往外一望，但见一重一重地树影和夜雾把园里盖得非常严密，教她看不见什么。于是她蹑步下楼，唤醒妥娘，命她到园里去察看那怪声底出处。妥娘自己一个人哪里敢出去；她走到门房把团哥叫醒，央他一同到围墙边察一察。团哥也就起来了。

妥娘去不多会，便进来回话。她笑着说："你猜是什么呢？原来是一个蹇运的窃贼摔倒在我们底墙根。他底腿已摔坏了，脑袋也撞伤了，流得满地都是血，动也动不得了。团哥拿着一枝荆条正在抽他哪。"

尚洁听了，一霎时前所有的恐怖情绪一时尽变为慈祥的心意。她等不得回答妥娘，便跑到墙根。团哥还在那里，"你这该死的东西……不知厉害的坏种！……"一句一鞭，打骂得很高兴。尚洁一到，就止住他，还命他和妥娘把受伤的贼扛到屋里来。她吩咐让他躺在贵妃榻上。仆人们都显出不愿意的样子，因为他们想着一个贼人不应该受这么好的待遇。

尚洁看出他们底意思，便说："一个人走到做贼的地步是最可怜悯的，若是你们不得着好机会，也许……"她说到这里，觉得有点失言，教她底佣人听了不舒服，就改过一句说话："若是你们明白他底境遇，也许会体贴他。我见了一个受伤的人，无论如何，总得救护的。你们常常听见'救苦救难'的话，遇着忧患的时候，有时也会脱口地说出来，为何不从'他是苦难人'那方面体贴他呢？你们不要怕他底血沾脏了那垫子，尽管扶他躺下罢。"团哥只得扶他躺下，口里沉吟地说："我们还得为他请医生去吗？"

"且慢，你把灯移近一点，待我来看一看。救伤的事，我还在行。妥娘，你上楼去把我们那个'常备药箱'捧下来。"又对团哥说："你去倒一盆清水来罢。"

仆人都遵命各自干事去了。那贼虽闭着眼，方才尚洁所说的话，却能听得分明。他心里底感激可使他自忘是个罪人，反觉他是世界里一个最能得人爱惜的青年。这样的待遇，也许就是他生平第一次得着的。他呻吟了一下，用低沉的声音说："慈悲的太太，菩萨保佑慈悲的太太！"

那人底太阳边受了一伤很重，腿部倒不十分厉害。她用药棉蘸水轻轻地把伤处周围的血迹洗净，再用绷带裹好。等到事情做得清楚，天早已亮了。

她正转身要上楼去换衣服，蓦听得外面敲门的声音很急，就止步问说："谁这么早就来敲门呢？"

"是警察罢。"

妥娘提起这四个字，教她很着急。她说："谁去告诉警察呢？"那贼躺在贵妃榻上，一听见警察要来，恨不能立刻起来跪在地上求恩。但这样的行动已从他那双劳倦的眼睛表白出来了。尚洁跑到他跟前，安慰他说："我没有叫人去报警察……"正说到这里，那从门外来的脚步已经踏进来。

来的并不是警察，却是这家底主人长孙可望。他见尚洁穿着一件睡衣站在那里和一个躺着的男子说话,心里底无明怒火已从身上八万四千个毛孔里发射出来。他第一句就问:"那人是谁?"

这个问实在教尚洁不容易回答,因为她从不曾问过那受伤者的名字,也不便说他是贼。

"他……他是受伤的人……"

可望不等说完,便拉住她底手,说:"你办的事,我早已知道。我这几天不回来,正要侦察你底动静,今天可给我撞见了。我何尝辜负你呢?……一同上去罢,我们可以慢慢地谈。"不由分说,拉着她就往上跑。

妥娘在旁边,看得情急,就大声嚷着:"他是贼!"

"我是贼,我是贼!"那可怜的人也嚷了两声。可望只对着他冷笑,说:"我明知道你是贼。不必报名,你且歇一歇罢。"

一到卧房里,可望就说:"我且问你,我有什么对你不起的地方?你要入学堂,我便立刻送你去;要到礼拜堂听道,我便特地为你预备车马。现在你有学问了,也入教了;我且问你,学堂教你这样做,教堂教你这样做么?"

他底话意是要诘问她为什么变心,因为他许久就听见人说尚洁嫌他鄙陋不文,要离弃他去嫁给一个姓谭的。夜间的事,他一概不知,他进门一看尚洁底神色,老以为她所做的是一段爱情把戏。在尚洁方面,以为他是不喜欢她这样的待遇窃贼。她底慈悲性情是上天所赋的,她也觉得这样办,于自己底信仰和所受的教育没有冲突,就回答说:"是的,学堂教我这样做,教会也教我这样做。你敢是……"

"是吗?"可望喝了一声,猛将怀中小刀取出来向尚洁底肩膀上一击。这不幸的妇人立时倒在地上,那玉白的面庞已像渍在胭脂膏里一样。

她不说什么,但用一种沉静的和无抵抗的态度,就足以感动那愚顽的凶手。可望当此情景,心中恐怖的情绪已把凶猛的怒气克服了。他不再有什么动作,只站在一边出神。他看尚洁动也不动一下,估量她是死了;那时,他觉得自己底罪恶压住他,不许再逗留在那里,便溜烟似地望外跑。

妥娘见他跑了,知道楼上必有事故,就赶紧上来。她看尚洁那样子,不由得"啊,天公!"喊了一声,一面上去,要把她搀扶起来。尚洁这时,眼睛略略睁开,像要对她说什么,只是说不出。她指肩膀示意,妥娘才看见一把小刀插在她肩上。妥娘底手便即酥软,周身发抖,待要扶她,也没有气力了。她含泪对着主妇说:"容我去请医生罢。"

"史……史……"妥娘知道她是要请史夫人来,便回答说:"好,我也去请史夫人来。"她教团哥看门,自己雇一辆车找救星去了。

医生把尚洁扶到床上,慢慢施行手术;赶到史夫人来时,所有的事情都弄清楚啦。医生对史夫人说:"长孙夫人底伤不甚要紧,保养一两个星期便可复元。幸而那刀从肩胛骨外面脱出来,没有伤到肺叶——那两个创口是不要紧的。"

医生辞去以后,史夫人便坐在床沿用法子安慰她。这时,尚洁底精神稍微恢复,就对她底知交说:"我不能多说话,只求你把底下那个受伤的人先送到公医院去;其余的,待我好了再给你说。……唉,我的嫂子,我现在不能离开你,你这几天得和我同在一块儿住。"

史夫人一进门就不明白底下为什么躺着一个受伤的男子。妥娘去时,也没有对她详细地说。她看见尚洁这个样子,又不便往下问。但尚洁底颖悟性从不会被刀所伤,她早明白史夫人猜不透这个闷葫芦,就说:"我现在没有气力给你细说,你可以向妥娘打听去。就要速速去办,若是他回来,便要害了他底性命。"

史夫人照她所吩咐的去做;回来,就陪着她在房里,没有回家。那四岁的女孩佩荷更不知道这是怎一回事,还是啼啼笑笑,过她底平安日子。

一个星期，两个星期，在她病中默默地过去。她也渐次复元了。她想许久没有到园里去，就央求史夫人扶着她慢慢走出来。她们穿过那晚上谈话的柳荫，来到园边一个小亭下，就歇在那里。她们坐的地方满开了玫瑰，那清静温香的景色委实可以消灭一切忧闷和病害。

"我已忘了我们这里有这么些好花，待一会，可以折几枝带回屋里。"

"你且歇歇，我为你选择几枝罢。"史夫人说时，便起来折花。尚洁见她脚下有一朵很大的花，就指着说："你看，你脚下有一朵很大、很好看的，为什么不把它摘下？"

史夫人低头一看，用手把花提起来，便叹了一口气。

"怎么啦？"

史夫人说："这花不好。"因为那花只剩地上那一半，还有一边是被虫伤了。她怕说出伤字，要伤尚洁底心，所以这样回答。但尚洁看的明明是一朵好花，直教递过来给她看。

"夺魁嫂，你说它不好么？我在此中找出道理咧！这花虽然被虫伤了一半，这开得这么好看，可见人底命运也是如此——若不把他底生命完全夺去，虽然不完全，也可以得着生活上一部分的美满，你以为如何呢？"

史夫人知道她联想到自己底事情上头，只回答说："那是当然的，命运底偃蹇和亨通，于我们底生活没有多大关系。"

谈话之间，妥娘领着史夺魁先生进来。他向尚洁和他底妻子问过好，便坐在她们对面一张凳上。史夫人不管她丈夫要说什么，头一句就问："事情怎样解决呢？"

史先生说："我正是为这事情来给长孙夫人一个信，昨天在会堂里有一个很激烈的纷争，因为有些人说可望底举动是长孙夫人迫他做成的，应当剥夺她赴圣筵的权利。我和我奉真牧师在席间极力申辩，终归无效。"他望着尚洁说："圣筵赴与不赴也不要紧。因为我们底信仰决不能为仪式所束缚；我们底行为，只求对得起良心就算了。"

"因为我没有把那可怜的人交给警察，便责罚我么？"

史先生摇头说："不，不，现在的问题不在那事上头。前天可望寄一封长信到会里，说到你怎样对他不住，怎样想弃绝他去嫁给别人。他对于你和某人、某人往来的地点、时间都说出来。且说，他不愿意再见你底面；若不与你离婚，他永不回家。信他所说的人很多，我们怎样申辩也挽不过来。我们虽然知道事实不是如此，可是不能找出什么凭据来证明。我现在正要告诉你，若是要到法庭去的话，我可以帮你底忙。这里不像我们祖国，公庭上没有女人说话的地位。况且他底买卖起先都是你拿资本出来；要离异时，照法律，最少总得把财产分一半给你。……像这样的男子，不要他也罢了。"

尚洁说："那事实现在不必分辩，我早已对嫂子说明了。会里因为信条底缘故，说我底行为不合道理，便禁止我赴圣筵——这是他所信的，我有什么可说的呢！"她说到末一句，声音便低下了。她底颜色很像为同会底人误解她和误解道理惋惜。

"唉，同一样道理，为何信仰的人会不一样？"

她听了史先生这话，便兴奋起来，说："这何必问？你不常听见人说：'水是一样，牛喝了便成乳汁，蛇喝了便成毒液'吗？我管保我所得能化为乳汁，哪能干涉人家所得的变成毒液呢？若是到法庭去的话，倒也不必。我本没有正式和他行过婚礼，自毋须乎在法庭上公布离婚。若说他不愿意再见我底面，我尽可以搬出去。财产是生活的赘瘤，不要也罢，和他争什么？……他赐给我的恩惠已是不少，留着给他……"

"可是你一把财产全部让给他，你立刻就不能生活。还有佩荷呢？"

尚洁沉吟半响便说："不妨，我私下也曾积聚些少，只不能支持到一年罢了。但不论如何，我总得自己挣扎。至于佩荷……"她又沈思了一会，才续下去说："好罢，看他底意思怎样，若是他愿意把那孩子留住，我也不和他争。我自己一个人离开这里就是。"

他们夫妇二人深知道尚洁底性情，知道她很有主意，用不着别人指导。并且她在无论什么事情上头都用一种宗教底精神去安排。她底态度常显出十分冷静和沉毅，做出来的事，有时超乎常人意料之外。

史先生深信她能够解决自己将来的生活，一听了她底话，便不再说什么，只略略把眉头皱了一下而已。史夫人在这两三个星期间，也很为她费了些筹划。他们有一所别业在土华地方，早就想教尚洁到那里去养病，到现在她才开口说："尚洁妹子，我知道你一定有更好的主意，不过你底身体还不甚复原，不能立刻出去做什么事情，何不到我们底别庄里静养一下，过几个月再行打算？"史先生接着对他妻子说："这也好。只怕路途远一点，由海船去，最快也得两天才可以到。但我们都是惯于出门的人，海涛底颠簸当然不能制服我们。若是要去的话，你可以陪着去，省得寂寞了长孙夫人。"

尚洁也想找一个静养的地方，不意他们夫妇那么仗义，所以不待踌躇便应许了。她不愿意为自己底缘故教别人麻烦，因此不让史夫人跟着前去。她说："寂寞的生活是我尝惯的。史嫂子在家里也有许多当办的事情，哪里能够和我同行？还是我自己去好一点。我很感谢你们二位底高谊，要怎样表示我底谢忱，我却不懂得；就是懂，也不能表示得万分之一。我只说一声'感激莫名'便了。史先生，烦你再去问他要怎样处置佩荷，等这事弄清楚，我便要动身。"她说着，就从方才摘下的玫瑰中间选出一朵好看的递给史先生，教他插在胸前底钮门上。不久，史先生也就起立告辞，替她办交涉去了。

土华在马来半岛底西岸，地方虽然不大，风景倒还幽致。那海里出的珠宝不少，所以住在那里的多半是搜宝之客。尚洁住的地方就在海边一丛棕林里。在她底门外，不时看见采珠底船往来于金的塔尖和银的浪头之间。这采珠底工夫赐给她许多教训。因为她这几个月来常想着人生就同入海采珠一样，整天冒险入海里去，要得着多少，得着什么，采珠者一点把握也没有。但是这个感想决不会妨害她底生命。她见那些人每天迷蒙蒙地搜求，不久就理会她在世间的历程也和采珠底工作一样。要得着多少，得着什么，虽然不在她底权能之下，可是她每天总得入海一遭，因为她底本分就是如此。

她对于前途不但没有一点灰心，且要更加奋勉。可望虽是剥夺她们母女的关系，不许佩荷跟着她，然而她仍不忍弃掉她底责任，每月要托人暗地里把吃的用的送到故家去给她女儿。

她现在已变主妇底地位为一个珠商底记室了。住在那里的人，都说她是人家底弃妇，就看轻她，所以她所交游的都是珠船里的工人。那班没有思想的男子在休息的时候，便因着她底姿色争来找她开心。但她底威仪常是调伏这班人的邪念，教他们转过心来承认她是他们底师保。

她一连三年，除干她底正事以外，就是教她那班朋友说几句英吉利语，念些少经文，知道些少常识。在她底团体里，使令、供养，无不如意。若说过快活日子，能像她这样，也就不劣了。

虽然如此，她还是有缺陷的。社会地位，没有她底份；家庭生活，也没有她底分；我们想想，她心里到底有什么感觉？前一项，于她是不甚重要的；后一项，可就缭乱她底衷肠了！史夫人虽常寄信给她，然而她不见信则已，一见了信，那种说不出来的伤感就加增千百倍。

她一想起她底家庭，每要在树林里徘徊，树上底蚱蟓常要幻成她女儿底声音对她说："母思儿耶？母思儿耶？"这本不是奇迹，因为发声者无情，听音者有意；她不但对于那些小虫底声音是这样，即如一切的声音和颜色，偶一触着她底感官，便幻成她底家庭了。

她坐在林下，遥望着无涯的波浪，一度一度地掀到岸边，常觉得她底女儿踏着浪花踊跃而来,这也不止一次了。那天,她又坐在那里,手拿着一张佩荷底小照,那是史夫人最近给她寄来的。她翻来翻去地看,看得眼昏了。她猛一抬头,又得着常时所现的异象。她看见一个人携着她底女儿从海边上来,穿过林樾,一直走到跟前。那人说:"长孙夫人,许久不见,贵体康健啊!我领你底女儿来找你哪。"

尚洁此时,展一展眼睛,才理会果然是史先生携着佩荷找她来。她不等回答史先生底话,便上前用力搂住佩荷;她底哭声从她爱心的深密处殷雷似地震发出来。佩荷因为不认得她,害怕起来,也放声哭了一场。史先生不知道感触了什么,也在旁边只尽管擦眼泪。

这三种不同情绪的哭泣止了以后,尚洁就呜咽地问史先生说:"我实在喜欢。想不到你会来探望我,更想不到佩荷也能来!……"她要问的话很多,一时摸不着头绪。只搂定佩荷,眼看着史先生出神。

史先生很庄重地说:"夫人,我给你报好消息来了。"

"好消息?"

"你且镇定一下,等我细细地告诉你。我们一得着这消息,我底妻子就教我和佩荷一同来找你。这奇事,我们以前都不知道,到前十几天才听见我奉真牧师说的。我牧师自那年为你底事卸职后,他底生活,你已经知道了。"

"是,我知道。他不是白天做裁缝匠,晚间还做制饼师吗?我信得过,神必要帮助他,因为神底儿子说:'为义受逼迫的人是有福的。'他底事业还顺利吗?"

"倒没有什么过不去的地方。他不但日夜劳动,在合宜的时候,还到处去传福音哪。他现在不用这样地吃苦,因为他底老教会看他底行为,请他回国仍旧当牧师去,在前一个星期已经动身了。"

"是吗!谢谢神!他必不能长久地受苦。"

"就是因为我牧师回国的事,我才能到这里来。你知道长孙先生也受了他底感化么？这事详细地说起来，倒是一种神迹。我现在来，也是为告诉你这件事。

"前几天，长孙先生忽然到我家里找我。他一向就和我们很生疏，好几年也不过访一次，所以这次的来，教我们很诧异。他第一句就问你底近况如何，且诉说他底懊悔。他说这反悔是忽然的，是我牧师警醒他的。现在我就将他底话，照样地说一遍给你听——

"'在这两三年间，我牧师常来找我谈话，有时也请我到他底面包房里去听他讲道。我和他来往那么些次，就觉得他是我底好师傅。我每有难决的事情或疑虑的问题，都去请教他。我自前年生事，二人分离以后，每疑惑尚洁官底操守，又常听见家里佣人思念她的话，心里就十分懊悔。但我总想着，男人说话将军箭，事已做出，那里还有脸皮收回来？本是打算给它一个错到底的。然而日子越久，我就越觉得不对。到我牧师要走，最末次命我去领教训的时候，讲了一章经，教我很受感动。散会后，他对我说，他盼望我做的是请尚洁官回来。他又念《马可福音》十章给我听，我自得着那教训以后，越觉得我很卑鄙、凶残、淫秽，很对不住婢，现在要求你先把佩荷带去见她，盼望她为女儿的缘故赦我。你们可以先走，我随后也要亲自前往。'

"他说懊悔的话很多，我也不能细说了。等他来时，容他自己对你细说罢。我很奇怪我牧师对于这事，以前一点也没有对我说过，到要走时，才略提一提；反教他来到我那里去，这不是神迹吗？"

尚洁听了这一席话，却没有显出特别愉悦的神色，只说："我底行为本不求人知道，也不是为要得人家的怜恤和赞美；人家怎样待我，我就怎样受，从来是不计较的。别人伤害我，我还饶恕，何况是他呢？他知道自己底卤莽，是一件极可喜的事。——你愿意到我屋里去看一看吗？我们一同走走罢。"

他们一面走，一面谈。史先生问起她在这里的事业如何，她不愿意把所经历的种种苦处尽说出来，只说："我来这里，几年的工夫也不算浪费，因为我已找着了许多失掉的珠子了！那些灵性的珠子，自然不如入海去探求那么容易，然而我竟能得着二三十颗。此外，没有什么可以告诉你。"

尚洁把她底事情结束停当，等可望不来，打算要和史先生一同回去。正要到珠船里和她底朋友们告辞，在路上就遇见可望跟着一个本地人从对面来。她认得是可望，就堆着笑容，抢前几步去迎他，说："可望君，平安啊！"可望一见她，也就深深地行了一个敬礼，说："可敬的妇人，我所做的一切事都是伤害我底身体，和你我二人底感情，此后我再不敢了。我知道我多多地得罪你，实在不配再见你底面，盼望你不要把我底过失记在心中。今天来到这里，为的是要表明我悔改底行为，还要请你回去管理一切所有的。你现在要到哪里去呢？我想你可以和史先生先行动身，我随后回来。"

尚洁见他那番诚恳的态度，比起从前，简直是两个人，心里自然满是愉快，且暗自谢她底神在他身上所显的奇迹。她说："呀！往事如梦中之烟，早已在虚幻里消散了，何必重新提起呢？凡人都不可积聚日间的怨恨、怒气和一切伤心的事到夜里，何况是隔了好几年的事？请你把那些事情搁在脑后罢。我本想到船里去，向我那班同工底人辞行。你怎样不和我们一起回去，还有别的事情要办么？史先生现时在他底别业——就是我住的地方——我们一同到那里去罢，待一会，再出来辞行。"

"不必，不必。你可以去你的，我自己去找他就可以。因为我还有些正当的事情要办。恐怕不能和你们一同回去；什么事，以后我才教你知道。"

"那么，你教这土人领你去罢，从这里走不远就是。我先到船里，回头再和你细谈。再见哪！"

她从土华回来，先住在史先生家里，意思是要等可望来到，一同搬回她底旧房子去。谁知等了好几天，也不见他底影。她才知道可望在土华所说的话意有所含蓄。可是他到哪里去呢？去干什么呢？她正想着，史先生拿了一封信进来对她说："夫人，你不必等可望了，明后天就搬回去罢。他寄给我这一封信说，他有许多对不起你的地方，都是出于激烈的爱情所致，因他爱你的缘故，所以伤了你。现在他要把从前邪恶的行为和暴躁的脾气改过来，且要偿还你这几年来所受的苦楚，故不得不暂时离开你。他已经到槟榔屿了。他不直接写信给你的缘故，是怕你伤心，故此写给我，教我好安慰你；他还说从前一切的产业都是你的，他不应独自霸占了许久，要求你尽量地享用，直等到他回来。

　　"这样看来，不如你先搬回去，我这里派人去找他回来如何？唉，想不到他一会儿就能悔改到这步田地！"

　　她遇事本来很沉静，史先生说时，她底颜色从不曾显出什么变态，只说："为爱情么？为爱而离开我么？这是当然的，爱情本如极利的斧子，用来剥削命运常比用来整理命运的时候多一些。他既然规定他自己底行程，又何必费工夫去寻找他呢？我是没有成见的，事情怎样来，我怎样对付就是。"

　　尚洁搬回来那天，可巧下了一点雨，好像上天使园里的花木特地沐浴得很妍净来迎接它们底旧主人一样。她进门时，妥娘正在整理厅堂，一见她来，便嚷着："奶奶，你回来了！我们很想念你哪！你底房间乱得很，等我把各样东西安排好再上去。先到花园去看看罢，你手植各样的花木都长大了。后面那颗释迦头长得像罗伞一样，结果也不少，去看看罢。史夫人早和佩荷姑娘来了，他们现时也在园里。"

　　她和妥娘说了几句话，便到园里。一拐弯，就看见史夫人和佩荷坐在树荫底下一张凳上——那就是几年前，她要被刺那夜，和史夫人坐着谈话的地方。她走来，又和史夫人并肩坐在那里。史夫人说来说去，无非是安慰她的话。她像不信自己这样的命运不甚好，也不信史夫人用定命论底解释来安慰她，就可以使她满足。然而她一时不能说出合宜的话，教史夫人明白她心中毫无忧郁在内。她无意中一抬头，看见佩荷拿着树枝把结在玫瑰花上一个蜘蛛网撩破了一大部分。她注神许久，就想出一个意思来。

她说："呀，我给这个比喻，你就明白我底意思。

"我像蜘蛛，命运就是我底网。蜘蛛把一切有毒无毒的昆虫吃入肚里，回头把网组织起来。它第一次放出来的游丝，不晓得要被风吹到多么远；可是等到粘着别的东西的时候，它底网便成了。

"它不晓得那网什么时候会破，和怎样破法。一旦破了，它还暂时安安然然地藏起来；等有机会再结一个好的。

"它底破网留在树梢上，还不失为一个网。太阳从上头照下来，把各条细丝映成七色；有时粘上些少水珠，更显得灿烂可爱。

"人和他底命运，又何尝不是这样？所有的网都是自己组织得来，或完或缺，只能听其自然罢了。"

史夫人还要说时，妥娘来说屋子已收拾好了，请她们进去看看。于是，她们一面谈，一面离开那里。

园里没人，寂静了许久。方才那只蜘蛛悄悄地从叶底出来，向着网底破裂处，一步一步，慢慢补缀。它补这个干什么？因为它是蜘蛛，不得不如此！

（原载1922年《小说月报》13卷2号）

无法投递之邮件（续）

一　给怜生

偶出郊外，小憩野店，见绿榕叶上糁满了黄尘。树根上坐着一个人，在那里呻吟着。袁说大概又是常见的那叫化子在那里演着动人同情或惹人憎恶的营生法术罢。我喝过一两杯茶，那凄楚的声音也和点心一齐送到我面前，不由得走到树下，想送给那人一些吃的用的。我到他跟前，一看见他底脸，却使我失惊。怜生，你说他是谁？我认得他，你也认得他。他就是汕市那个顶会弹三弦的殷师。你记得他一家七八口就靠着他那十个指头按弹出的声音来养活的。现在他对我说他底一只手已留在那被贼格杀的城市里。他底家也教毒火与恶意毁灭了。他见人只会嚷："手——手——手！"再也唱不出什么好听的歌曲来。他说："求乞也求不出一只能弹的手，白活着是无意味的。"我安慰他说："这是贼人行凶的一个实据，残废也有残废生活的办法，乐观些罢。"他说：

"假使贼人切掉他一双脚，也比去掉他一个指头强。有完全的手，还可以营谋没惭愧的生活。"我用了许多话来鼓励他。最后对他说："一息尚存，机会未失。独臂擎天，事在人为。把你底遭遇唱出来，没有一只手，更能感动人，使人人底手举起来，为你驱逐丑贼。"他沉吟了许久，才点了头。我随即扶他起来。他底脸黄瘦得可怕，除掉心情的愤怒和哀伤以外，肉体上底饥饿、疲乏和感冒，都聚在他身上。

我们同坐着小车，轮转得虽然不快，尘土却随着车后卷起一阵阵的黑旋风。头上一架银色飞机掠过去。殷师对于飞机已养成一种自然的反射作用，一听见声音就蜷伏着。裒说那是自己的，他才安心。回到城里，看见报上说，方才那机是专载烤火鸡到首都去给夫人、小姐们送新年礼的。好贵重的礼物！它们是越过满布残肢死体的战场，败瓦颓垣的村镇，才能安然地放置在粉香脂腻的贵女和她们底客人面前。希望那些烤红的火鸡，会将所经历的光景告诉她们。希望它们说："我们底人民，也一样地给贼人烤着吃咧！

二 答寒光

你说你佩服近来流行的口号：革命是不择手段的，我可不敢赞同。革命是为民族谋现在与将来的福利的伟大事业，不像泼一盆脏水那么简单。我们要顾到民族生存的根本条件，除掉经济生活以外，还要顾到文化生活。纵然你说在革命的过程中文化生活是不重要的，因为革命便是要为民族制造一个新而前进的文化，你也得做得合理一点，经济一点。

革命本来就是达到革新目的的手段。要达到目的地，本来没限定一条路给我们走。但是有些是崎岖路，有些是平坦途，有些是捷径，有些是远道。你在这些路程上，当要有所选择。如你不择道路，你就是一个最笨的革命家。因为你为选择了那条崎岖又复辽远的道路，岂不是白糟蹋了许多精力、时间与物力？领导革命从事革命的人，应当择定手段。他要执持信义、廉耻、振奋、公正等等精神的武器，踏在共利互益的道路上，才能有光明的前途。要知道不问手段去革命，只那手段有时便可成为前途最大的障碍。何况反革命者也可以不问手段地摧残你底工作？所以革命要择优越的、坚强的与合理的手段；不择手段的革命是作乱，不是造福。你赞同我的意思罢！写到此处，忽觉冷气袭人，于是急闭窗户，移座近火，也算卫生上所择的手段罢，一笑。

雍来信说她面貌丑陋，不敢登场。我已回信给她说，戏台上底人物不见得都美，也许都比她丑。只要下场时留得本来面目，上场显得自己性格，涂朱画墨，有何妨碍？

三 给华妙

瑰容她底儿子加入某种秘密工作。孩子也干得很有劲。他看不起那些不与他一同工作的人们，说他们是活着等死。不到几个月，秘密机关被日人发现，因而打死了几个小同志。他幸而没被逮去，可是工作是不能再进行了，不得已逃到别处去。他已不再干那事，论理就该好好地求些有用的知识，可是他野惯了，一点也感觉不到知识的需要。他不理会他们底秘密底失败是由组织与联络不严密和缺乏知识，他常常举出他底母亲为例，说受了教育只会教人越发颓废，越发不振作，你说可怜不可怜！

瑰呢？整天要钱。不要钱，就是跳舞；不跳舞，就是……，总而言之，据她底行为看来，也真不像是鼓励儿子去做救国工作的母亲。她底动机是什么，可很难捉摸。不过我知道她底儿子当对她底行为表示不满意。她也不喜欢他在家里，尤其是有客人来找她的时候。

前天我去找她，客厅里已有几个欧洲朋友在畅谈着。这样的盛会，在她家里是天天有的。她在群客当中，打扮得像那样的女人。在谈笑间，常理会她那抽烟、耸肩、瞟眼的姿态，没一样不是表现她底可鄙。她偶然离开屋里，我就听见一位外宾低声对着他底同伴说："她很美，并且充满了性的引诱。"另一位说："她对外宾老是这样的美利坚化。……受欧美教育的中国妇女，多是擅于表欧美的情底，甚至身居重要地位的贵妇也是如此。"我是装着看杂志，没听见他们底对话，但心里已为中国文化掉了许多泪。华妙，我不是反对女子受西洋教育。我反对一切受西洋教育的男女忘记了自己是什么样人，自己有什么文化。大人先生们整天在讲什么"勤俭"、"朴素"、"新生活"、"旧道德"，但是节节失败在自己底家庭里头，一想起来，除掉血，还有什么可呕的？

危巢坠简

一 给少华

近来青年人新兴了一种崇拜英雄的习气，表现底方法是跋涉千百里去向他们献剑献旗。我觉得这种举动不但是孩子气，而且是毫无意义。我们底领袖镇日在戎马倥偬、羽檄纷沓里过生活，论理就不应当为献给他们一把废铁镀银的、中看不中用的剑，或一面铜线盘字的幡不像幡、旗不像旗的东西，来耽误他们宝贵的时间。一个青年国民固然要崇敬他底领袖，但也不必当他们是菩萨，非去朝山进香不可。表示他的诚敬的不是剑，也不是旗，乃是把他全副身心献给国家。要达到这个目的，必要先知道怎样崇敬自己。不会崇敬自己的，决不能真心崇拜他人。崇敬自己不是骄慢的表现，乃是觉得自己也有成为一个有为有用的人物的可能与希望，时时刻刻地、兢兢业业地鼓励自己，使他不会丢失掉这可能与希望。

在这里，有个青年团体最近又举代表去献剑，可是一到越南，交通已经断绝了。剑当然还存在他们底行囊里，而大众所捐的路费，据说已在异国的舞娘身上花完了。这样的青年，你说配去献什么？害中国的，就是这类不知自爱的人们哪。可怜，可怜！

二 给樾人

每日都听见你在说某某是民族英雄，某某也有资格做民族英雄，好像这是一个官衔，凡曾与外人打过一两场仗，或有过一二分勋劳的都有资格受这个徽号。我想你对于"民族英雄"底观念是错误的。曾被人一度称为民族英雄的某某，现在在此地拥着做"英雄"的时期所榨取于民众和兵士的钱财，做了资本家，开了一间工厂，驱使着许多为他底享乐而流汗的工奴。曾自诩为民族英雄的某某，在此地吸鸦片，赌轮盘，玩舞女和做种种堕落的勾当。此外，在你所推许的人物中间，还有许多是平时趾高气扬、临事一筹莫展的"民族英雄"。所以说，苍蝇也具有蜜蜂底模样，不仔细分辨不成。

魏冰叔先生说："以天地生民为心，而济以刚明通达沉深之才，方算得第一流人物。"凡是够得上做英雄的，必是第一流人物，试问亘古以来这第一流人物究竟有多少？我以为近几百年来差可配得被称为民族英雄的，只有郑成功一个人。他于刚明敏达四德具备，只惜沉深之才差一点。他底早死，或者是这个原因。其他人物最多只够得上被称为"烈士"、"伟人"、"名人"罢了。《文子》《微明篇》所列的二十五等人中，连上上等的神人还够不上做民族英雄，何况其余的？我希望你先把做成英雄的条件认识明白，然后分析民族对他的需要和他对民族所成就的勋绩，才将这"民族英雄"底徽号赠给他。

三 复成仁

来信说在变乱的世界里，人是会变畜生的。这话我可以给你一个事实的证明。小汕在乡下种地的那个哥哥，在三个月前已经变了马啦。你听见这新闻也许会骂我荒唐，以为在科学昌明的时代还有这样的怪事。但我请你忍耐看下去就明白了。

岭东底沦陷区里，许多农民都缺乏粮食，是你所知道的。即如没沦陷的地带也一样地闹起米荒来。当局整天说办平粜，向南洋华侨捐款，说起来，米也有，钱也充足，而实际上还不能解决这严重的问题。不晓得真是运输不便呢，还是另有原由呢？一般率直的农民受饥饿底迫胁总是向阻力最小、资粮最易得的地方奔投。小汕底哥哥也带了充足的盘缠，随着大众去到韩江下游底一个沦陷口岸，在一家小旅馆投宿，房钱是一天一毛，便宜得非常。可是第二天早晨，他和同行的旅客都失了踪！旅馆主人一早就提了些包袱到当铺去。回店之后，他又把自己幽闭在账房里数什么军用票。店后面，一股一股的卤肉香喷放出来。原来那里开着一家卤味铺，卖的很香的卤肉、灌肠、熏鱼之类。肉是三毛一斤，说是从营盘批出来的老马，所以便宜得特别。这样便宜的食品不久就被吃过真正马肉的顾客发现了它底气味与肉里都有点不对路，大家才同调地怀疑说：大概是来路的马罢。可不是！小池底哥哥也到了这类的马群里去了！变乱的世界，人真是会变畜生的。

这里，我不由得有更深的感想。那使同伴在物质上变牛变马，是由于不知爱人如己，虽然可恨可怜，还不如那使自己在精神上变猪变狗的人们。他们是不知爱己如人，是最可伤可悲的。如果这样的畜人比那些被食的人畜多，那还有什么希望呢？

铁鱼底鳃

那天下午警报底解除信号已经响过了。华南一个大城市底一条热闹马路上排满了两行人,都在肃立着,望着那预备保卫国土的壮丁队游行。他们队里,说来很奇怪,没有一个是扛枪的。戴的是平常的竹笠,穿的是灰色衣服,不像兵士,也不像农人。巡行自然是为耀武扬威给自家人看,其它有什么目的,就不得而知了。

大队过去之后,路边闪出一个老头,头发蓬松得像戴着一顶皮帽子,穿的虽然是西服,可是缝补得走了样了。他手里抱着一卷东西。匆忙地越过巷口,不提防撞到一个人。

"雷先生,这么忙!"

老头抬头,认得是他底一个不很熟悉的朋友。事实上雷先生并没有至交。这位朋友也是方才被游行队阻挠一会,赶着要回家去的。雷见他打招呼,不由得站住对他说:"唔,原来是黄先生。黄先生一向少见了。你也是从避弹室出来的罢?他们演习抗战,我们这班没用的人,可跟着在演习逃难哪!"

"可不是！"黄笑着回答他。

两人不由得站住，谈了些闲话。直到黄问起他手里抱着的是什么东西，他才说："这是我底心血所在，说来话长，你如有兴致，可以请到舍下，我打开给你看看，看完还要请教。"

黄早知道他是一个最早被派到外国学制大炮的官学生，回国以后，国内没有铸炮的兵工厂，以至他一辈子坎坷不得意。英文、算学教员当过一阵，工厂也管理过好些年，最后在离那城市不远的一个割让岛上底海军船坞做一分小小的职工，但也早已辞掉不干了。他知道这老人家底兴趣是在兵器学上，心里想，看他手里所抱的，一定又是理想中的什么武器底图样了。他微笑向着雷，顺口地说："雷先生，我猜又是什么'死光镜''飞机箭'一类的利器图样罢？"他说着好像有点不相信，因为从来他所画的图样，献给军事当局，就没有一样被采用过。虽然说他太过理想或说他不成的人未必全对，他到底是没有成绩拿出来给人看过。

雷回答黄说："不是，不是，这个比那些都要紧。我想你是不会感到什么兴趣的。再见罢。"说着，一面就迈他底步。

黄倒被他底话引起兴趣来了。他跟着雷，一面说："有新发明，当然要先睹为快的。这里离舍下不远，不如先到舍下一谈罢。"

"不敢打搅，你只看这蓝图是没有趣味的。我已经做了一个小模型，请到舍下，我实验给你看。"

黄索性不再问到底是什么，就信步随着他走。二人默默地并肩而行，不一会已经到了家。老头子走得有点喘，让客人先进屋里去，自己随着把手里底纸卷放在桌上，坐在一边。黄是头一次到他家，看见四壁挂的蓝图，各色各样，说不清是什么。厅后面一张小小的工作桌子，锯、钳、螺蛳旋一类的工具安排得很有条理。架上放着几只小木箱。

"这就是我最近想出来的一只潜艇底模型。"雷顺着黄先生底视线到架边把一个长度约有三尺的木箱拿下来，打开取出一条"铁鱼"来。他接着说："我已经想了好几年了。我这潜艇特点是在它像条鱼，有能呼吸的鳃。"

他领黄到屋后底天井，那里有他用铝版自制的一个大盆，长约八尺，外面用木板护着，一看就知道是用三个大洋货箱改造的。盆里盛着四尺多深的水。他在没把铁鱼放进水里之前，把"鱼"底上盖揭开，将内部底机构给黄说明了。他说，他底"鱼"底空气供给法与现在所用的机构不同。他底铁鱼可以取得空气，像真鱼在水里呼吸一般，所以在水里的时间可以很长，甚至几天不浮上水面都可以。说着他又把方才的蓝图打开，一张一张地指示出来。他说，他一听见警报，什么都不拿，就拿着那卷蓝图出外去躲避。对于其它的长处，他又说："我这鱼有许多'游目'，无论沉下多么深，平常的折光探视镜所办不到的，只要放几个'游目'使它们浮在水面，靠着电流底传达，可以把水面与空中底情形投影到艇里底镜版上。浮在水面的'游目'体积很小，形状也可以随意改装，虽然低飞的飞机也不容易发现它们。还有它底鱼雷放射管是在艇外，放射的时候艇身不必移动，便可以求到任何方向，也没有像旧式潜艇在放射鱼雷时会发生可能的危险的情形。还有艇里底水手，个个有一个人造鳃，万一艇身失事，人人都可以迅速地从方便门逃出，浮到水面。"

他一面说，一面揭开模型上一个蜂房式的转盘门，说明水手可以怎样逃生。但黄已经有点不耐烦了。他说："你底专门话，请少说罢，说了我也不大懂，不如先把它放下水里试试，再讲道理，如何？"

"成，成。"雷回答着，一面把小发电机拨动，把上盖盖严密了，放在水里。果然沉下许久，放了一个小鱼雷再浮上来。他接着说："这个还不能解明铁鳃底工作。你到屋里，我再把一个模型给你看。"

他顺手把小潜艇托进来放在桌上，又领黄到架底另一边，从一个小木箱取出一副铁鳃底模型。那模型像一个人家养鱼的玻璃箱，中间隔了两片玻璃版，很巧妙的小机构就夹在当中。他在一边注水，把电线接在插销上。有水的那一面底玻璃版有许多细致的长缝，水可以沁过去，不久，果然玻璃版中间底小机构与唧筒发动起来了。没水的这一面，代表艇内底一部，有几个像唧筒的东西，连着版上底许多管子。他告诉黄先生说，那模型就是一个人造鳃，从水里抽出氧气，同时还可以把二氧化碳排泄出来。他说，艇里还有调节机，能把空气调和到人可呼吸自如的程度。关于水底压力问题，他说，战斗用的艇是不会潜到深海里去的。他也在研究着怎样做一只可以探测深海的潜艇，不过还没有什么把握。

黄听了一套一套他所不大懂的话，也不愿意发问，只由他自己说得天花乱坠，一直等到他把蓝图卷好，把所有的小模型放回原地，再坐下想与他谈些别的。

但雷底兴趣还是在他底铁鳃。他不歇地说他底发明怎样有用，和怎样可以增强中国海底军备。

"你应当把你底发明献给军事当局，也许他们中间有人会注意到这事，给你一个机会到船坞去建造一只出来试试。"黄说着就站起来。

雷知道他要走，便阻止他说："黄先生忙什么？今晚大家到茶室去吃一点东西，容我做东道。"

黄知道他很穷，不愿意使他破费，便又坐下说："不，不，多谢，我还有一点别的事要办，在家多谈一会罢。"

他们继续方才的谈话，从原理谈到建造底问题。

雷对黄说他怎样从制炮一直到船坞工作，都没得机会发展他底才学。他说，别人是所学非所用，像他简直是学无所用了。

"海军船坞于你这样的发明应当注意的。为什么他们让你走呢？"

"你要记得那是别人底船坞呀，先生。我老实说，我对于潜艇底兴趣也是在那船坞工作的期间生起来的。我在从船坞工作之前，是在制袜工厂当经理。后来那工厂倒闭了，正巧那里底海军船坞要一个机器工人，我就以熟练工人底资格被找上了。我当然不敢说我是受过专门教育的，因为他们要的只是熟练工人。"

"也许你说出你底资格，他们更要给你相当的地位。"

雷摇头说："不，不，他们一定会不要我。我在任何时间所需的只是吃。受三十元'西纸'的工资，总比不着边际的希望来得稳当。他们不久发现我很能修理大炮和电机，常常派我到战船上与潜艇里工作。自然我所学的，经过几十年间已经不适用了；但在船坞里受了大工程师底指挥，倒增益了不少的新知识。我对于一切都不敢用专门名词来与那班外国工程师谈话，怕他们怀疑我。他们有时也觉得我说的不是当地底'咸水英语'，常问我在哪里学的，我说我是英属美洲底华侨，就把他们瞒过了。"

"你为什么要辞工呢？"

"说来，理由很简单。因为我研究潜艇，每到艇里工作的时候，和水手们谈话，探问他们底经验与困难。有一次，教一位军官注意了，从此不派我到潜艇里去工作。他们已经怀疑我是奸细。好在我机警，预先把我自己画的图样藏到别处去，不然万一有人到我底住所检查，那就麻烦了。我想，我也没有把我自己画的图样献给他们的理由，自己民族底利益得放在头里，于是辞了工，离开那船坞。"

黄问："照理想，你应当到中国底造船厂去。"

雷急急地摇头说："中国底造船厂？不成，有些造船厂都是个同乡会所，你不知道吗？我所知道的一所造船厂，凡要踏进那厂底大门的，非得同当权的有点直接或间接的血统或裙带关系，不能得到相当的地位。纵然能进去，我提出来的计划，如能请得一笔试验费，也许到实际的工作上已剩下不多了。没有成绩不但是惹人笑话，也许还要派上个罪名。这样，谁受得了呢？"

黄说："我看你底发明如果能实现，却是很重要的一件事。国里现在成立了不少高深学术底研究院，你何不也教他们注意一下你底理论，试验试验你底模型？"

"又来了！你想我是七十岁左右的人，还有爱出风头的心思吗？许多自号为发明家的，今日招待报馆记者，明日到学校演讲，说得自己不晓得多么有本领，爱迪生和安因斯坦都不如他，把人听腻了。主持研究院的多半是年轻的八分学者，对于事物不肯虚心，很轻易地给下断语，而且他们好像还有'帮'底组织，像青、红帮似地。不同帮的也别妄生玄想。我平素最不喜欢与这班学帮中人来往。他们中间也没人知道我底存在。我又何必把成绩送去给他们审查，费了他们底精神来批评我几句，我又觉得过意不去，也犯不上这样做。"

黄看看时表，随即站起来，说："你老哥把世情看得太透澈，看来你底发明是没有实现的机会了。"

"我也知道，但有什么法子呢？这事个人也帮不了忙，不但要用钱很多，而且军用的东西又是不能随便制造的。我只希望我能活到国家感觉需要而信得过我的那一天来到。"

雷说着，黄已踏出厅门。他说："再见罢，我也希望你有那一天。"

这位发明家底性格是很板直的，不大认识他的，常会误以为他是个犯神经病的，事实上已有人叫他做"戆雷"。他家里没有什么人，只有一个在马尼剌当教员的守寡儿媳妇和一个在那里念书的孙子。自从十几年前辞掉船坞底工作之后，每月的费用是儿媳妇供给。因为他自己要一个小小的工作室，所以经济的力量不能容他住在那割让岛上。他虽是七十三四岁的人，身体倒还康健，除掉做轮子、安管子、打铜、挫铁之外，没有别的嗜好，烟不抽，茶也不常喝。因为生存在儿媳妇底孝心上，使他每每想着当时不该辞掉船坞底职务。假若再做过一年，他就可以得着一分长粮，最少也比吃儿媳妇的好。不过他并不十分懊悔，因为他辞工的时候正在那里大罢工的不久以前，爱国思想膨胀得到极高度，所以觉得到中国别处去等机会是很有意义的。他有很多造船工程底书籍，常常想把它们卖掉，可是没人要。他底太太早过世了，这里只有一个老佣妇来喜服侍他。那老婆子也是他底妻子底随嫁婢，后来嫁出去，丈夫死了，无以为生，于是回来做工。她虽不受工资，在事实上是个管家，雷所用的钱都是从她手里要。这样相依为活已经过了二十多年了。

黄去了以后，来喜把饭端出来，与他一同吃。吃着，他对来喜说："这两天风声很不好，穿屐的也许要进来。我们得检点一下，万一变乱临头，也不至于手忙脚乱。"

来喜说："不说是没什么要紧了吗？一般官眷都还没走，大概不至于有什么大乱罢。"

"官眷走动了没有，我们怎么会知道呢？告示与新闻所说的是绝对靠不住的。一般人是太过信任印刷品了。我告诉你罢，现在当局的，许多是无勇无谋、贪权好利的一流人物，不做石敬瑭献十六州，已经可以被人称为爱国了。你念摸鱼书和看残唐五代底戏，当然记得石敬瑭怎样献地给人。"

"是，记得。"来喜点头回答，"不过献了十六州，石敬瑭还是做了皇帝！"

老头子急了，他说："真的，你就不懂什么叫做历史！不用多说了，明天把东西归聚一下，等我写信给少奶奶，说我们也许得往广西走。"

吃过晚饭，他就从桌上把那潜艇底模型放在箱里，又忙着把别的小零件收拾起来。正在忙着的时候，来喜进来说："姑爷，少奶奶这个月的家用还没寄到，假如三两天之内要起程，恐怕盘缠会不够吧？"

"我们还剩多少？"

"不到五十元。"

"那够了。此地到梧州，用不到三十元。"

时间不容人预算，不到三天，河堤底马路上已经发见侵略者底战车了。市民全然像在梦中被惊醒，个个都来不及收拾东西，见了船就下去。火头到处起来，铁路上没人开车，弄得雷先生与来喜各抱着一点东西急急到河边胡乱跳进一只船，那船并不是往梧州去的，沿途上船的人们越来越多，走不到半天，船就沉下去了。好在水并不深，许多人都坐了小艇往岸上逃生。可是来喜再也不能浮上来了。她是由于空中底扫射丧的命或是做了龙宫底客人，都不得而知。

雷身边只剩十几元，辗转到了从前曾在那工作过的岛上。沿途种种的艰困，笔墨难以描写。他是一个性格刚硬的人，那岛上是多年没到过的，从前的工人朋友，就是找着了，也不见得能帮助他多少。不说梧州去不了，连客栈他都住不起。他只好随着一班难民在西市底一条街边打地铺。在他身边睡的是一个中年妇人带着两个孩子，也是从那刚沦陷的大城一同逃出来的。

在几天的时间，他已经和一个小饭摊底主人认识，就写信到马尼剌去告诉他儿媳妇他所遭遇的事情，叫她快想方法寄一笔钱来，由小饭摊转交。

他与旁边底那个中年妇人也成立了一种互助的行动。妇人因为行李比较多些，孩子又小，走动不但不方便，而且地盘随时有被人占据的可能，所以他们互相照顾。雷老头每天上街吃饭之后，必要给她带些吃的回来。她若去洗衣服，他就坐着看守东西。

一天，无意中在大街遇见黄，各人都诉了一番痛苦。

"现在你住在什么地方？"黄这样问他。

"我老实说，住在西市底街边。"

"那还了得！"

"有什么法子呢？"

"搬到我那里去罢。"

"大家同是难民，我不应当无缘无故地教你多担负。"

黄很诚恳地说："多两个人也不会费得到什么地步。我跟着你去搬罢。"说着就要叫车。雷阻止他说："多谢，多谢盛意。我现在人口众多，若都搬了去，于府上一定大大地不方便。"

"你不是只有一个佣人吗？"

"我那来喜不见了。现在是另一个带着两个孩子的妇人，是在路上遇见的。我们彼此互助，忍不得，把她安顿好就离开她。"

"那还不容易吗？想法子把她送到难民营就是了。听说难民营底组织，现在正加紧进行着咧。"

他知道黄也不是很富裕的，大概是听见他睡在街边，不能不说一两句友谊的话。但是黄却很诚恳，非要他去住不可，连说："不像话，不像话！年纪这么大，不说你媳妇知道了难过，就是朋友也过意不去。"

他一定不肯教黄到他底露天客栈去，只推到难民营组织好，把那妇人送进去之后再说。黄硬把他拉到一个小茶馆去。一说起他底发明，老头子就告诉他那潜艇模型已随着来喜丧失了。他身边只剩下一大卷蓝图，和那一座铁鳁底模型，其余的东西都没有了。他逃难的时候，那蓝图和铁鳁底模型是归他拿，图是卷在小被褥里头，他两手只能拿两件东西。在路上还有人笑他逃难逃昏了，什么都不带，带了一个小木箱。

"最低限度，你把重要的物件先存在我那里罢。"黄说。

"不必了罢，你家孩子多，万一把那模型打破了，我永远也不能再做一个了。"

"那倒不至于。我为你把它锁在箱里，岂不就成了吗？你老哥此后的行止，打算怎样呢？"

"我还是想到广西去。只等儿媳妇寄些路费来，快则一个月，最慢也不过两个月,总可以想法子从广州湾或别的比较安全的路去到罢。"

"我去把你那些重要东西带走罢。"黄还是催着他。

"你现在住什么地方?"

"我住在对面底一个亲戚家里。我们回头一同去。"

雷听见他也是住在别人家里,就断然回答说:"那就不必了,我想把些少东西放在自己身边,也不至于很累赘,反正几个星期的时间,一切都会就绪的。"

"但是你总得领我去看看你住的地方,下次可以找你。"

雷被劝不过,只得同他出了茶馆,到西市来。他们经过那小饭摊,主人就嚷着:"雷先生,雷先生,信到了,信到了。我见你不在,教邮差带回去,他说明天再送来。"

雷听了几乎喜欢得跳起来。他对饭摊主人说了一声"多烦了",回过脸来对黄说:"我家儿媳妇寄钱来了。我想这难关总可以过得去了。"

黄也庆贺他几句,不觉到了他所住的街边。他对黄说:"对不住,我底客厅就是你所站的地方,你现在知道了。此地不能久谈,请便罢。明天取钱之后,去拜望你。你底住址请开一个给我。"

黄只得从口袋里掏出一张名片,写上地址交给他,说声"明天在舍下恭候",就走了。

那晚上他好容易盼到天亮,第二天一早就到小饭摊去候着。果然邮差来到。取了他一张收据把信递给他。他拆开信一看,知道他儿媳妇给他汇了一笔到马尼剌的船费,还有办护照及其它需用的费用,都教他到汇通公司去取。他不愿到马尼剌去,不过总得先把需用的钱拿出来再说。到了汇通公司,管事的告诉他得先去照相办护照。他说,是他儿媳妇弄错了,他并不要到马尼剌去,要管事的把钱先交给他;管事的不答允,非要先打电报去问清楚不可。两方争持,弄得毫无结果,自然钱在人家手里，雷也无可奈何，只得由他打电报去问。

从汇通公司出来，他就践约去找黄先生。把方才的事告诉他。黄也赞成他到马尼剌去。但他说，他底发明是他对国家的贡献，虽然目前大规模的潜艇用不着，将来总有一天要大量地应用；若不用来战斗，至少也可以促成海下航运的可能，使侵略者底封锁失掉效力。他好像以为建造底问题是第二步，只要当局采纳他的，在河里建造小型的潜航艇试试，若能成功，心愿就满足了。材料底来源，他好像也没深深地考虑过。他想，若是可能，在外国先定造一只普通的潜艇，回来再修改一下，安上他所发明的鳃、游目等等，就可以了。

黄知道他有点戆气，也不再去劝他。谈了一回，他就告辞走了。

过一两天，他又到汇通公司去，管事人把应付的钱交给他，说：马尼剌回电来说，随他底意思办。他说到内地不需要很多钱，只收了五百元，其余都教汇回去。出了公司，到中国旅行社去打听，知道明天就有到广州湾去的船。立刻又去告诉黄先生，两人同回到西市去捡行李。在卷被褥的时候，他才发现他底蓝图，有许多被撕碎了。心里又气又惊，一问才知道那妇人好几天以来，就用那些纸来给孩子们擦脏。他赶紧打开一看，还好，最里面的那几张铁鳃底图样，仍然好好的，只是外头几张比较不重要的总图被毁了。小木箱里底铁鳃模型还是完好，教他虽然不高兴，可也放心得过。

他对妇人说，他明天就要下船，因为许多事还要办，不得不把行李寄在客栈里，给她五十元，又介绍黄先生给她，说钱是给她做本钱，经营一点小买卖；若是办不了，可以请黄先生把她母子送到难民营去。妇人受了他的钱，直向他解释说，她以为那卷在被褥里的都是废纸，很对不住他。她感激到流泪，眼望着他同黄先生，带着那卷剩下的蓝图与那一小箱底模型走了。

黄同他下船，他劝黄切不可久安于逃难生活。他说越逃，灾难越发随在后头；若回转过去，站住了，什么都可以抵挡得住。他觉得从演习逃难到实行逃难的无价值，现在就要从预备救难进到临场救难的工作，希望不久，黄也可以去。

　　船离港之后，黄直盼着得到他到广西的消息。过了好些日子，他才从一个赤坎来的人听说，有个老头子搭上两期的船，到埠下船时，失手把一个小木箱掉下海里去，他急起来，也跳下去了。黄不觉滴了几行泪，想着那铁鱼底鳃，也许是不应当发明得太早，所以要潜在水底。

三博士

窄窄的店门外,贴着"承写履历"、"代印名片"、"当日取件"、"承印讣闻"等等广告。店内几个小徒弟正在忙着,踩得机轮轧轧地响。推门进来两个少年,吴芬和他底朋友穆君,到柜台上。

吴先生说:"我们要印名片,请你拿样本来看看。"

一个小徒弟从机器那边走过来,拿了一本样本递给他,说:"样子都在里头啦。请您挑罢。"

他和他的朋友接过样本来,约略翻了一遍。

穆君问:"印一百张,一会儿能得吗?"

小徒弟说:"得今晚来。一会儿赶不出来。"

吴先生说:"那可不成,我今晚七点就要用。"

穆君说:"不成,我们今晚要去赴会,过了六点,就用不着了。"

小徒弟说:"怎么今晚那么些赴会的?"他说着,顺手从柜台上拿出几匣印得的名片,告诉他们:"这几位定的名片都是今晚赴会用的,敢情您两位也是要赴那会去的罢。"

穆君同吴先生说："也许是罢。我们要到北京饭店去赴留美同学化装跳舞会。"

穆君又问吴先生说："今晚上还有大艺术家枚宛君博士吗？"

吴先生说："有他罢。"

穆君转过脸来对小徒弟说："那么，我们一人先印五十张，多给你些钱，马上就上版，我们在这里等一等。现在已经四点半了，半点钟一定可以得。"

小徒弟因为掌柜的不在家，踌躇了一会，至终答应了他们。他们于是坐在柜台旁底长凳上等着。吴先生拿着样本在那里有意无意地翻。穆君一会儿拿起白话小报看看，一会又到机器旁边看看小徒弟底工作。小徒弟正在撤版，要把他底名字安上去，一见穆君来到，便说："这也是今晚上要赴会用的，您看漂亮不漂亮？"他拿着一张名片递给穆君看。他看见名片上写的是"前清监生，民国特科俊士，美国鸟约克柯蓝卑阿大学特赠博士，前北京政府特派调查欧美实业专使随员，甄辅仁。"后面还印上本人底铜版造像：一顶外国博士帽正正地戴着，金繸子垂在两个大眼镜正中间，脸模倒长得不错，看来像三十多岁的样子。他把名片拿到吴先生跟前，说："你看这人你认识吗？头衔倒不寒伧。"

吴先生接过来一看，笑说："这人我知道，却没见过。他哪里是博士，那年他当随员到过美国，在纽约住了些日子，学校自然没进，他本来不是念书的。但是回来以后，满处告诉人说凭着他在前清捐过功名，美国特赠他一名博士。我知道他这身博士衣服也是跟人借的。你看他连帽子都不会戴，把繸子放在中间，这是哪一国的礼帽呢？"

穆君说："方才那徒弟说他今晚也去赴会呢。我们在那时候一定可以看见他。这人现在干什么？"

吴先生说："没有什么事罢。听说他急于找事，不晓得现在有了没有。这种人有官做就去做，没官做就想办教育，听说他现在想当教员哪。"

两个人在店里足有三刻钟，等到小徒弟把名片焙干了，拿出来交给他们。他们付了钱，推门出来。

在街上走着，吴先生对他底朋友说："你先去办你底事，我有一点事要去同一个朋友商量，今晚上北京饭店见罢。"

穆君笑说："你又胡说了，明明为去找何小姐，偏要撒谎。"

吴先生笑说："难道何小姐就不是朋友吗？她约我到她家去一趟，有事情要同我商量。"

穆君说："不是订婚罢？"

"不，绝对不。"

"那么，一定是你约她今晚上同到北京饭店去，人家不去，你定要去求她，是不是？"

"不，不。我倒是约她来的，她也答应同我去。不过她还有话要同我商量，大概是属于事务的，与爱情毫无关系罢。"

"好吧，你们商量去，我们今晚上见。"

穆君自己上了电车，往南去了。

吴先生雇了洋车，穿过几条胡同，来到何宅。门役出来，吴先生给他一张名片，说："要找大小姐。"

仆人把他底名片送到上房去。何小姐正和她底女朋友黄小姐在妆台前谈话，便对当差的说："请到客厅坐罢，告诉吴先生说小姐正会着女客，请他候一候。"仆人答应着出去了。

何小姐对她朋友说："你瞧，我一说他，他就来了。我希望你喜欢他。我先下去，待一回再来请你。"她一面说，一面烫着她底头发。

她底朋友笑说："你别给我瞎介绍啦。你准知道他一见便倾心么？"

"留学生回国，有些是先找事情后找太太的，有些是先找太太后谋差事的。有些找太太不找事，有些找事不找太太，有些什么都不找。像我底表哥辅仁他就是第一类的留学生。这位吴先生可是第二类的留学生。所以我把他请来，一来托他给辅仁表哥找一个地位，二来想把你介绍给他。这不是一举两得吗？他急于成家，自然不会很挑眼。"

女朋友不好意思搭腔，便换个题目问她说："你那位情人，近来有信吗？"

"常有信，他也快回来了。你说多快呀，他前年秋天才去的，今年便得博士了。"何小姐很得意地说。

"你真有眼。从前他与你同在大学念书的时候，他是多么奉承你呢。若他不是你底情人，我一定要爱上他。"

"那时候你为什么不爱他呢？若不是他出洋留学，我也没有爱他的可能。那时他多么穷呢，一件好衣服也舍不得穿，一顿饭也舍不得请人吃，同他做朋友面子上真是有点不好过。我对于他的爱情是这两年来才发生的。"

"他倒是装成的一个穷孩子。但他有特别的聪明，样子也很漂亮，这会儿回来，自然是格外不同了。我最近才听见人说他祖上好几代都是读书人，不晓得他告诉你没有。"

何小姐听了，喜欢得眼眉直动，把烫钳放在酒精灯上，对着镜子调理她底两鬓。她说："他一向就没告诉过我他底家世。我问他，他也不说。这也是我从前不敢同他交朋友的一个原因。"

她底朋友用手捋捋她脑后底头发，向着镜里底何小姐说："听说他家里也很有钱，不过他喜欢装穷罢了。你当他真是一个穷鬼吗？"

"可不是，他当出国的时候，还说他底路费和学费都是别人的呢。"

"用他父母底钱也可以说是别人的。"她底朋友这样说。

"也许他故意这样说罢。"她越发高兴了。

黄小姐催她说："头发烫好了，你快下去罢。关于他底话还多着呢。回头我再慢慢地告诉你。教客厅里那个人等久了，不好意思。"

"你瞧，未曾相识先有情。多停一会儿就把人等死了！"她奚落着她底女朋友，便起身要到客厅去。走到房门口正与表哥辅仁撞个满怀。表妹问："你急什么？险些儿把人撞倒！"

"我今晚上要化装做交际明星，借了这套衣服，请妹妹先给我打扮起来，看看时样不时样。"

"你到妈屋里去，教丫头们给你打扮罢。我屋里有客，不方便。你打扮好就到那边给我去瞧瞧。瞧你净以为自己很美，净想扮女人。"

"这年头扮女人到外洋也是博士待遇，为什么扮不得？"

"怕的是你扮女人，会受'游街示众'的待遇咧。"

她到客厅，便说："吴博士，久候了，对不起。"

"没有什么。今晚上你一定能赏脸罢。"

"岂敢。我一定奉陪。你瞧我都打扮好了。"

主客坐了，叙了些闲话。何小姐才说她有一位表哥甄辅仁现在没有事情，好歹在教育界给他安置一个地位。在何小姐方面，本不晓得她表哥在外洋到底进了学校没有。她只知道他是借着当随员的名义出国的。她以为一留洋回来，假如倒霉也可以当一个大学教授，吴先生在教育界很认识些可以为力的人，所以非请求他不可。在吴先生方面，本知道这位甄博士底来历，不过不知道他就是何小姐底表兄。这一来，他也不好推辞，因为他也有求于她。何小姐知道他有几分爱她，也不好明明地拒绝，当他说出情话的时候，只是笑而不答。她用别的话来支开。

她问吴博士说："在美国得博士不容易罢？"

"难极啦。一篇论文那么厚。"他比仿着，接下去说，"还要考英、俄、德、法几国文字，好些老教授围着你，好像审犯人一样。稍微差了一点，就通不过。"

何小姐心里暗喜，喜的是她底情人在美国用很短的时间，能够考上那么难的博士。

她又问："您写的论文是什么题目？"

"凡是博士论文都是很高深很专门的。太普通和太浅近的，不说写，把题目一提出来，就通不过。近年来关于中国文化的论文很时兴，西方人厌弃他们底文化，想得些中国文化去调和调和。我写的是一篇《麻雀牌与中国文化》。这题目重要极了。我要把麻雀牌在中国文化和世界文化地位介绍出来。我从中国经书里引出很多的证明，如《诗经》里'谁谓雀无角，何以穿我屋'的'雀'便是麻雀牌底'雀'。为什么呢？真的雀哪里会有角呢？一定是麻雀牌才有八只角呀。'穿我屋'表示当时麻雀很流行，几乎家家都穿到的意思。可见那时候底生活很丰裕，像现在的美国一样。这个铁证，无论哪一个学者都不能推翻。又如'索子'本是'竹子'，宁波音读'竹'为'索'，也是我考证出来的。还有一个理论是麻雀牌底名字是从'一竹'得来的。做牌的人把'一竹'雕成一只鸟底样子，没有学问的人便叫它做'麻雀'，其实是一只凤，取'鸣凤在竹'的意思。这个理论与我刚才说的雀也不冲突，因为凤凰是贵族的，到了做那首诗的时代，已经民众化了，变为小家雀了。此外还有许多别人没曾考证过的理论，我都写在论文里。您若喜欢念，我明天就送一本过来献献丑，请您指教指教。我写的可是英文。我为那论文花了一千多块美金。您看要在外国得个博士多难呀，又得花时间，又得花精神，又得花很多的金钱。"

何小姐听他说得天花乱坠，也不能评判他说的到底是对不对，只一味地称赞他有学问。她站起来，说："时候快到了，请你且等一等，我到屋里装饰一下就与你一同去。我还要介绍一位甜人给你。我想你一定会很喜欢她。"她说着便自出去了。吴博士心里直盼着认识那人。

她回到自己屋里，见黄小姐张皇地从她底床边走近前来。

"你放什么在我床里啦？"何小姐问。

"没什么"。

"我不信。"何小姐一面说一面走近床边去翻她底枕头。她搜出一卷筒的邮件，指着黄小姐说，"你还捣鬼！"

黄小姐笑说："这是刚才外头送进来的。所以把它藏在你底枕底，等你今晚上回来，可以得到意外的喜欢。我想那一定是你底甜心寄来的。"

"也许是他寄来的罢。"她说着，一面打开那卷筒，原来是一张文凭。她非常地喜欢，对着她底朋友说："你瞧，他底博士文凭都寄来给我了！多么好看的一张文凭呀，羊皮做的咧！"

她们一同看着上面底文字和金印。她底朋友拿起空筒子在那里摩挲着，显出是很羡慕的样子。

何小姐说："那边那个人也是一个博士呀，你何必那么羡慕我的呢？"

她底朋友不好意思，低着头尽管看那空筒子。

黄小姐忽然说："你瞧，还有一封信呢！"她把信取出来，递给何小姐。

何小姐把信拆开，念着：

最亲爱的何小姐：

我底目的达到，你底目的也达到了。现在我把这一张博士文凭寄给你。我底论文是《油炸脍与烧饼底成分》。这题目本来不难，然而在这学校里，前几年有位中国学生写了一篇《北京松花底成分》也得着博士学位；所以外国博士到底是不难得。论文也不必选很艰难的问题。

我写这论文的缘故都是为你，为得你底爱，现在你底爱教我在短期间得到，我底目的已达到了。你别想我是出洋念书，其实我是出洋争口气。我并不是没本领，不出洋本来也可以，无奈迫于你底要求，若不出来，倒显得我没有本领，并且还要冒个"穷鬼"的名字。现在洋也出过了，博士也很容易地得到了，这口气也争了，我底生活也可以了结了。我不是不爱你，但我爱的是性情，你爱的是功名；我爱的是内心，你爱的是外形，对象不同，而爱则一。然而你要知道人类所以和别的动物不同的地方便是在恋爱底事情上，失恋固然可以教他自杀，得恋也可以教他自杀。禽兽会因失恋而自杀，却不会在承领得意的恋爱滋味的时候去自杀，所以和人类不同。

别了，这张文凭就是对于我的纪念品，请你收起来。无尽情意，笔不能宣，万祈原有。

你所知的男子

"呀！他死了！"何小姐念完信，眼泪直流，她不晓得怎办才好。

她底朋友拿起信来看，也不觉伤心起来，但还勉强劝慰她说："他不致于死的，这信里也没说他要自杀，不过发了一片牢骚而已。他是恐吓你的，不要紧，过几天，他一定再有信来。"

她还哭着，钟已经打了七下，便对她底朋友说："今晚上底跳舞会，我懒得去了。我教表哥介绍你给吴先生罢。你们三个人去得啦。"

她教人去请表少爷。表少爷却以为表妹要在客厅看他所扮的时装，便摇摆着进来。

吴博士看见他打扮得很时髦，脸模很像何小姐。心里想这莫不是何小姐所要介绍的那一位。他不由得进前几步深深地鞠了一躬，问："这位是……？"

辅仁见表妹不在，也不好意思。但见他这样诚恳，不由得到客厅门口底长桌上取了一张名片进来递给他。

他接过去,一看是"前清监生,民国特科俊士,美国鸟约克柯蓝皁阿大学特赠博士,前北京政府特派调查欧美实业专使随员,甄辅仁。"

"久仰,久仰。"

"对不住,我是要去赴化装跳舞会的,所以扮出这个怪样来,取笑,取笑。"

"岂敢,岂敢。美得很。"

街头巷尾之伦理

在这城市里，鸡声早已断绝，破晓的声音，有时是骆驼底铃铛，有时是大车底轮子。那一早晨，胡同里还没有多少行人，道上底灰土蒙着一层青霜，骡车过处，便印上蹄痕和轮迹。那车上满载着块煤，若不是加上车夫底鞭子，合着小驴和大骡底力量，也不容易拉得动。有人说，做牲口也别做北方底牲口，一年有大半年吃的是干草，没有歇的时候，有一千斤的力量，主人最少总要它拉够一千五百斤，稍一停顿，便连鞭带骂。这城底人对于牲口好像还没有想到有什么道德的关系，没有待遇牲口的法律，也没有保护牲口的会社。骡子正在一步一步使劲拉那重载的煤车，不提防踩了一蹄柿子皮，把它滑倒，车夫不问情由挥起长鞭，没头没脸地乱鞭，嘴里不断地骂它底娘，它底姐妹。在这一点上，车夫和他底牲口好像又有了人伦的关系。骡子喘了一会气，也没告饶，挣扎起来，前头那匹小驴帮着它，把那车慢慢地拉出胡同口去。

在南口那边站着一个巡警。他看是个"街知事"，然而除掉捐项，指挥汽车，和跟洋车夫捣麻烦以外，一概的事情都不知。市政府办了乞丐收容所，可是那位巡警看见叫化子也没请他到所里去住。那一头来了一个瞎子，一手扶着小木杆，一手提着破柳罐。他一步一步踱到巡警跟前，后面一辆汽车远远地响着喇叭，吓得他急要躲避，不凑巧撞在巡警身上。

巡警骂他说："你这东西又脏又瞎，汽车快来了，还不快往胡同里躲！"幸而他没把手里那根"尚方警棍"加在瞎子头上，只挥着棍子叫汽车开过去。

瞎子进了胡同口，沿着墙边慢慢地走。那边来了一群狗，大概是追母狗的。它们一面吠，一面咬，冲到瞎子这边来。他底拐棍在无意中碰着一只张牙裂嘴的公狗，被它在腿上咬了一口。他摩摩大腿，低声骂了一句，又往前走。

"你这小子，可教我找着了。"从胡同底那边迎面来了一个人，远远地向着瞎子这样说。

那人底身材虽不很魁梧，可也比得胡同口"街知事"。据说他也是个老太爷身份，在家里刨掉灶王爷，就数他大，因为他有很多下辈供养他。他住在鬼门关附近，有几个子侄，还有儿媳妇和孙子。有一个儿子专在人马杂沓的地方做扒手。有一个儿子专在娱乐场或戏院外头假装寻亲不遇，求帮于人。一个儿媳妇带着孙子在街上捡煤渣，有时也会利用孩子偷街上小摊底东西。这瞎子，他底侄儿，却用"可怜我瞎子……"这套话来生利。他们照例都得把所得的财物奉给这位家长受用；若有怠慢，他便要和别人一样，拿出一条伦常底大道理来谴责他们。

瞎子已经两天没回家了。他蓦然听见叔叔骂他的声音，早已吓得魂不附体。叔叔走过来，拉着他底胳臂，说："你这小子，往哪里跑？"瞎子还没回答，他顺手便给他一拳。

瞎子"哟"了一声，哀求他叔叔说："叔叔别打，我昨天一天还没吃的，要不着，不敢回家。"

叔叔也用了骂别人底妈妈和姐妹的话来骂他底侄子。他一面骂，一面打，把瞎子推倒，拳脚交加。瞎子正坐在方才教骡子滑倒的那几个烂柿子皮的地方。破柳罐也摔了，掉出几个铜元，和一块干面包。

叔叔说："你还撒谎？这不是铜子？这不是馒头？你有剩下的，还说昨天一天没吃，真是该揍的东西。"他骂着，又连踢带打了一会儿。

瞎子想是个忠厚人，也不会抵抗，只会求饶。

路东五号底门开了。一个中年的女人拿着药罐子到街心，把药渣子倒了。她想着叫往来的人把吃那药的人底病带走，好像只要她底病人好了，叫别人病了千万个也不要紧。她提着药罐，站在街门口看那人打他底瞎侄儿。

路西八号底门也开了。一个十三四岁的黄脸丫头，提着脏水桶，望街上便泼。她泼完，也站在大门口瞧热闹。

路东九号出来几个人，路西七号也出来几个人，不一会，满胡同两边都站着瞧热闹的人们。大概同情心不是先天的本能，若不然，他们当中怎么没有一个人走来把那人劝开？难道看那瞎子在地上呻吟，无力抵抗，和那叔叔凶恨恶煞的样子，够不上动他们底恻隐之心么？

瞎子嚷着救命，至终没人上前去救他。叔叔见有许多人在两旁看他教训着坏子弟，便乘机演说几句。这是一个演说时代，所以"诸色人等"都能演说。叔叔把他底侄儿怎样不孝顺，得到钱自己花，有好东西自己吃的罪状都布露出来。他好像理会众人以他所做的为合理，便又将侄儿恶打一顿。

瞎子底枯眼是没有泪流出来的，只能从他底号声理会他底痛楚。他一面告饶，一面伸手去摸他底拐棍。叔叔快把拐棍从地上捡起来，就用来打他。棍落在他底背上发出一种霍霍的声音，显得他全身都是骨头。

叔叔说："好，你想逃？你逃到那里去？"说完，又使劲地打。

街坊也发议论了。有些说该打，有些说该死，有些说可怜，有些说可恶。可是谁也不愿意管闲事，更不愿意管别人底家事，所以只静静地站在一边，像"观礼"一样。

叔叔打够了，把地下两个大铜子捡起来，问他："你这些铜子儿都是从哪里来的？还不说！"

瞎子那些铜子是刚在大街上要来的，但也不敢申辩，由着他叔叔拿走。

胡同口底大街上，忽然过了一大队军警。听说早晨司令部要枪毙匪犯。胡同里方才站着瞧热闹的人们，因此也冲到热闹的胡同去。他们看见大车上绑着的人。那人高声演说，说他是真好汉，不怕打，不怕杀，更不怕那班临阵扔枪的丘八。围观的人，也像开国民大会一样，有喝采的，也有拍手的。那人越发高兴，唱几句《失街亭》，说东道西，一任骡子慢慢地拉着他走。车过去了，还有很多人跟着，为的是要听些新鲜的事情。文明程度越低的社会，对于游街示众、法场处死、家小拌嘴、怨敌打架等事情，都很感得兴趣，总要在旁助威，像文明程度高的人们在戏院、讲堂、体育场里助威和喝采一样。说"文明程度低"一定有人反对，不如说"古风淳厚"较为堂皇些。

胡同里底人，都到大街上看热闹去了。这里，瞎子从地下爬起来，全身都是伤痕。巡警走来说他一声"活该"！

他没说什么。

那边来了一个女人，戴着深蓝眼镜，穿着淡红旗袍，头发烫得像石狮子一样。从跟随在她后面那位抱着孩子的灰色衣帽人看来，知道她是个军人底眷属。抱小孩的大兵，在地下捡了一个大子。那原是方才从破柳罐里摔出来的。他看见瞎子坐在道边呻吟，就把捡得的铜子扔给他。

"您积德修好哟！我给您磕头啦！"是瞎子谢他的话。

他在这一个大子的恩惠以外，还把道上底一大块面包头踢到瞎子跟前，说："这地上有你吃的东西。"他头也不回，洋洋地随着他底女司令走了。

瞎子在那里摩着块干面包，正拿在手里，方才咬他的那只饿狗来到，又把它抢走了。

"街知事"站在他底岗位，望着他说："瞧，活该！"

归　途

她坐在厅上一条板凳上头，一手支颐，在那里纳闷。这是一家佣工介绍所。已经过了糖瓜祭灶的日子，所有候工的女人们都已回家了，惟独她在介绍所里借住了二十几天，没有人雇她，反欠下媒婆王姥姥十几吊钱。姥姥从街上回来，她还坐在那里，动也不动一下，好像不理会的样子。

王姥姥走到厅上，把买来的年货放在桌上，一面把她底围脖取下来，然后坐下，喘几口气。她对那女人说："我说，大嫂，后天就是年初一，个人得打个人底主意了。你打算怎办呢？你可不能在我这儿过年，我想你还是先回老家，等过了元宵再来罢。"

她蓦然听见王姥姥这些话，全身直像被冷水浇过一样，话也说不出来。停了半晌，眼眶一红，才说："我还该你的钱哪。我身边一个大子也没有，怎能回家呢？若不然，谁不想回家？我已经十一二年没回家了。我出门的时候，我底大妞儿才五岁，这么些年没见面，她爹死，她也不知道，论理我早就该回家看看。无奈……"她底喉咙受不了伤心底冲激，至终不能把她底话说完，只把泪和涕补足她所要表示的意思。

王姥姥虽想撺她，只为十几吊钱的债权关系，怕她一去不回头，所以也不十分压迫她。她到里间，把身子倒在冷炕上头，继续地流她底苦泪。净哭是不成的，她总得想法子。她爬起来，在炕边拿过小包袱来，打开，翻翻那几件破衣服。在前几年，当她随着丈夫在河南一个地方底营盘当差的时候，也曾有过好几件皮袄。自从编遣底命令一下，凡是受编遣的就得为他底职业拼命。她底丈夫在郑州那一仗，也随着那位总指挥亡于阵上。败军底眷属在逃亡的时候自然不能多带行李。她好容易把些少细软带在身边，日子就靠着零当整卖这样过去。现在她什么都没有了，只剩下当日丈夫所用的一把小手枪和两颗枪子。许久她就想把它卖出去，只是得不到相当的人来买。此外还有丈夫剩下的一件军装大氅和一顶三块瓦式的破皮帽。那大氅也就是她底被窝，在严寒时节，一刻也离不了它。她自然不敢教人看见她有一把小手枪，拿出看一会儿，赶快地又藏在那件破大氅底口袋里头。小包袱里只剩下几件破衣服，卖也卖不得，吃也吃不得。她叹了一声，把它们包好，仍旧支着下巴颏纳闷。

黄昏到了，她还坐在那冷屋里头。王姥姥正在明间做晚饭，忽然门外来了一个男人。看他穿的那件镶红边的蓝大褂，可以知道他是附近一所公寓听差。那人进了屋里，对王姥姥说："今晚九点左右去一个。"

"谁要呀？"王姥姥问。

"陈科长。"那人回答。

"那么，还是找鸾喜去罢。"

"谁都成，可别误了。"他说着，就出门去了。

她在屋里听见外边要一个人，心里暗喜说，天爷到底不绝人底生路，在这时期还留给她一个吃饭的机会。她走出来，对王姥姥说："姥姥，让我去罢。"

"你哪儿成呀？"王姥姥冷笑着回答她。

"为什么不成呀？"

"你还不明白吗？人家要上炕的。"

"怎样上炕呢？"

"说是呢！你一点也不明白！"王姥姥笑着在她底耳边如此如彼解释了些话语，然后说："你就要，也没有好衣服穿呀。就是有好衣服穿，你也得想想你底年纪。"

她很失望地走回屋里。拿起她那缺角的镜子到窗边自己照着。可不是！她底两鬓已显出很多白发，不用说额上底皱纹，就是颧骨也突出来像悬崖一样了。她不过是四十二三岁人，在外面随军，被风霜磨尽她底容光；黑滑的发髻早已剪掉，剩下的只有满头短乱的头发。剪发在这地方只是太太、少奶、小姐们底时装，她虽然也当过使唤人的太太，可是要给人佣工，这样的装扮就很不合适。这也许是她找不着主的缘故罢。

王姥姥吃完晚饭就出门找人去了。姥姥那套咬耳朵的话倒启示了她一个新意见。她拿着那条冻成一片薄板样的面布，到明间白炉子上坐着的那盆热水烫了一下。她回到那里，把自己底脸匀匀地擦了一回，瘦脸果然白净了许多。她打开炕边一个小木匣、拿起一把缺齿的木梳，拢拢头发，脂粉也没了，只剩下些少填满了匣子底四个犄角。她拿出匣子里底东西，用一根簪子把那些不很白的剩粉剔下来，倒在手上，然后望脸上抹。果然还有三分姿色，她底心略为开了。她出门口去偷偷地把人家刚贴上的春联撕下一块，又到明间把灯罩积着的煤烟刮下来。她蘸湿了红纸来涂两腮和嘴唇，用煤烟和着一些头油把两鬓和眼眉都涂黑了。这一来，已有了六七分姿色。心里想着她满可以做"上炕"的活。

王姥姥回来了。她赶紧迎出来，问她，她好看不好看。王姥姥大笑说："这不是老妖精出现么！"

"难看么？"

"难看倒不难看，可是我得找一个五六十岁的人来配你。哪儿找去？就是有老头儿，多半也是要大姑娘的，我劝你死心罢，你就是倒下去，也没人要。"

她很失望地回到屋里来，两行热泪直流出来，滴在炕席上不久就凝结了。没廉耻的事情，若不是为饥寒所迫，谁愿意干呢？若不是年纪大一点，她自然也会做那生殖机能底买卖。

她披着那件破大氅，躺在炕上，左思右想，总得不着一个解决的方法。夜长梦短，她只睁着眼睛等天亮。

二十九那天早晨，她也没吃什么，把她丈夫留下的那顶破皮帽戴上，又穿上那件大氅，乍一看来，可像一个中年男子。她对王姥姥说："无论如何，我今天总得想个法子得一点钱来还你。我还有一两件东西可以当当，出去一下就回来。"王姥姥也没盘问她要当的是什么东西，就满口答应了她。

她到大街上一间当铺去，问伙计说："我有一件军装，您柜上当不当呀？"

"什么军装？"

"新式的小手枪。"

她说时从口袋里掏出那把手枪来。掌柜的看见她掏枪，吓得赶紧望柜下躲。她说："别怕，我是一个女人，这是我丈夫留下的。明天是年初一，我又等钱使，您就当周全我，当几块钱使使罢。"

伙计和掌柜的看她并不像强盗，接过手枪来看看。他们在铁槛里唧唧咕咕地商谈了一会儿。最后由掌柜的把枪交回她，说："这东西柜上可不敢当。现在四城底军警查得严，万一教他们知道了。我们还要担干系。你拿回去罢。你拿着这个，可得小心。"掌柜的是个好人，才肯这样地告诉她，不然他早已按警铃叫巡警了。无论她怎样求，这买卖，柜上总不敢做，她没奈何只得垂着头出来，幸而她旁边没有暗探和别人，所以没有人注意。

她从一条街走过一条街，进过好几家当铺也没有当成。她也有一点害怕了。一件危险的军器藏在口袋里，当又当不出去，万一给人知道，可了不得。但是没钱，怎好意思回到介绍所去见王姥姥呢？她一面走一面想，最后决心地说，不如先回家再说罢。她底村庄只离西直门四十里地，走路半天就可以到。她到西四牌楼，还进过一家当铺，还是当不出去，不由得带着失望出了西直门。

她走到高亮桥上，站了一会。在北京，人都知道有两道桥是穷人底去路，犯法的到天桥，活腻了的到高亮桥来。那时正午刚过，天本来就阴暗，间中又飘了些雪花。桥底水都冻了，在河当中，流水隐约地在薄冰底下流着。她想着，不站了罢，还是望前走好些。她有了主意，因为她想起那十二年未见面的大妞儿现在已到出门的时候了，不如回家替她找个主儿，一来得些财礼，二来也省得累赘。一身无妨碍，要望前走也方便些。自她丈夫被调到郑州以后，两年来就没有信寄回乡下。家里底光景如何，女儿的前程怎样，她自己都不晓得。可是她自打定了回家嫁女儿的主意以后，好像前途上又为她露出了一点光明，她于是带着希望在向着家乡的一条小路走着。

雪下大了。荒凉的小道上，只有她低着头慢慢的走，心里想着她底计划。迎面来了一个青年妇人，好像是赶进城买年货的。她戴着一顶宝蓝色的帽子，帽上还安上一片孔雀翎；穿上一件桃色的长棉袍；脚底下穿着时式的红绣鞋。这青年的妇女从她身边闪过去，招得她回头直望着她。她心里想，多么漂亮的衣服呢，若是她底大妞儿有这样一套衣服，那就是她底嫁妆了。然而她哪里有钱去置这样时样的衣服呢？她心里自己问着，眼睛直盯在那女人底身上。那女人已经离开她四五十步远近，再拐一个弯就要看不见了。她看四围一个人也没有，想着不如抢了她的，带回家给大妞儿做头面。这个念头一起来，使她不由回头追上前去，用粗厉的声音喝着："大姑娘，站住！你那件衣服借我使使罢。"

那女人回头看见她手里拿着枪，恍惚是个军人，早已害怕得话都说不出来；想要跑，腿又不听使，她只得站住，问："你要什么？"

"我什么都不要。快把衣服、帽子、鞋，都脱下来。身上有钱都得交出来；手镯、戒指、耳环，都得交我。不然，我就打死你。快快，你若是嚷出来，我不饶你。"那女人看见四围一个人也没有，嚷出来又怕那强盗真个把她打死，不得已便照她所要求的一样一样交出来。她把衣服和财物一起卷起来，取下大氅底腰带束上，往北飞跑。那女人所有的一切东西都给剥光了，身上只剩下一套单衣裤。她坐在树根上直打哆嗦。差不多过了二十分钟，才有一个骑驴的人从那道上经过。女人见有人来，这才嚷救命。驴儿停住了。那人下驴，看见她穿着一身单衣裤。问明因由，便仗着义气说："大嫂，你别伤心，我替你去把东西追回来。"他把自己披着的老羊皮筒脱下来扔给她，"你先披着这个罢，我骑着驴去追她，一会儿就回来，那兔强盗一定走得不很远，我一会儿就回来，你放心罢。"他说着，鞭着小驴便望前跑。

她已经过了大钟寺，气喘喘地冒着雪在小道上窜。后面有人追来，直嚷："站住，站住！"她回头看看，理会是来追她的人，心里想着不得了，非与他拼命不可。她于是拿出小手枪来，指着他说："别来，看我打死你。"她实在也不晓得要怎办，并且把枪比仿着。驴上底人本来是赶脚的，他底年纪才二十一岁，血气正强，看见她拿出枪来，一点也不害怕，反说："瞧你，我没见过这么小的枪。你是从市场里底玩意铺买来瞎蒙人，我才不怕哪。你快把人家底东西交给我罢；不然，我就把你捆上，送司令部，枪毙你。"

她听着一面望后退，但驴上底人节节迫近前，她正在急的时候，手指一攀，无情的枪子正穿过那人底左胸，那人从驴背掉下来，一声不响，轻轻地摊在地上，这是她第一次开枪，也没瞄准，怎么就打中了！她几乎不信那驴夫是死了，她觉得那枪底响声并不大，真像孩子们所玩的一样，她慌得把枪扔在地上，急急地走进前，摩那驴夫胸口，"呀，了不得！"她惊慌地嚷出来，看着她底手满都是血。

她用那驴夫衣角擦净她底手，赶紧把驴拉过来。把刚才抢得的东西挟上驴背，使劲一鞭，又望北飞跑。

一刻钟又过去了。这里坐在树底下披着老羊皮的少妇直等着那驴夫回来。一个剃头匠挑着担子来到跟前。他也是从城里来，要回家过年去。一看见路边坐着的那个女人，便问："你不是刘家底新娘子么？怎么大雪天坐在这里？"女人对他说，刚才在这里遇着强盗，把那强盗穿的什么衣服，什么样子，一一告诉他。她又告诉他本是要到新街口去买些年货，身边有五块现洋，都给抢走了。

这剃头匠本是她邻村底人。知道她新近才做新娘子。她底婆婆欺负她外家没人，过门不久便虐待她到不堪的地步。因为要过年，才许她穿戴上那套做新娘时的衣帽，交给她五块钱，教她进城买东西。她把钱丢了，自然交不了差，所以剃头匠便也仗着义气，允许上前追盗去。他说："你别着急，我去看看到底怎么一回事。"他说着，把担子放在女人身边，飞跑着望北去了。

剃头匠走到刚才驴夫丧命的地方，看见地下躺着一个人。他俯着身子，摇一摇那尸体，惊惶地嚷着："打死人了！闹人命了！"他还是望前追。从田间底便道上赶上来一个巡警。郊外底巡警本来就很少见，这一次可碰巧了。巡警下了斜坡，看见地下死了一个人，心里断定是前头跑着的那人干的事。他于是大声叫着："站住！往哪里跑呢，你？"

他蓦然听见有人在后面叫，回头看是个巡警，就住了脚。巡警说："你打死人，还望哪里跑？"

"不是我打死的。我是追强盗的。"

"你就是强盗，还追谁呀？得，跟我到派出所回话去。"巡警要把他带走。他多方地分辩，也不能教巡警相信他。

他说:"南边还有一个大嫂在树底下等着呢。我是剃头匠,我底担子还撂在那里呢。你不信,跟我去看看。"

巡警不同他去追贼,反把他抓住,说:"你别废话啦,你就是现行犯,我亲眼看着,你还赖什么?跟我走罢。"他一定要把剃头的带走。剃头匠便求他说:"难道我空手就能打死人吗?您当官明理,也可以知道我不是凶手。我又不抢他底东西,我为什么打死他呀?"

"哼,你空手?你不会把枪扔掉的?我知道你们有什么冤仇呢?反正你得到所里分会去。"巡警忽然看见离尸体不远处有一把浮现在雪上的小手枪。于是近前去,用法绳把它拴起来,回头向那人说:"这不就是你底枪吗?还有什么可说么?"他不容分诉,便把剃头匠带往西去。

这抢东西的女人,骑在驴上飞跑着,不觉过了清华园三四里地。她想着后面一定会有人来追,于是下了驴,使劲给它一鞭;空驴望北一直地跑,不一会就不见了。她抱着那卷脏物,上了斜坡,穿入那四围满是稠密的杉松的墓田里。在坟堆后面歇着,她慢慢地打开那件桃色的长袍,看看那宝蓝色孔雀翎帽,心里想着若是给大妞儿穿上,必定是很时样。她又拿起手镯和戒指等物来看,虽是银的,可是手工很好,决不是新打的。正在翻弄,忽然像感触到什么一样,她盯着那银镯子,像是以前见过的花样,那不是她底嫁妆吗?她越看越真,果然是她二十多年前出嫁时陪嫁的东西,因为那镯上有一个记号是她从前做下的。但是怎么流落在那女人手上呢?这个疑问很容易使她想那女人莫不就是她底女儿。那东西自来就放在家里,当时随丈夫出门的时候,婆婆不让多带东西,公公喜欢热闹,把大妞儿留在身边。不到几年两位老亲相继去世。大妞儿由她底婶婶抚养着,总有五六年的光景。

她越回想越着急,莫不是就抢了自己底大妞儿?这事她必要根究到底。她想着若带回家去,万一就是她女儿底东西,那又多么难为情!她本是为女儿才做这事来。自不能教女儿知道这段事情。想来想去,不如送回原来抢她的地方。

她又望南,紧紧地走。路上还是行人稀少,走到方才打死的驴夫那里,她底心惊跳得很厉害。那时雪下得很大,几乎把尸首掩没了一半。她想万一有人来,认得她,又怎么办呢?想到这里,又要回头望北走。踌躇了许久,至终把她那件男装大氅和皮帽子脱下来一起扔掉,回复她本来的面目,带着那些东西望南迈步。

她原是要把东西放在树下过一夜,希望等到明天,能够遇见原主回来。再假说是从地下捡起来的。不料她刚到树下,就见那青年的妇人还躺在那里,身边放着一件老羊皮和一挑剃头担子,她不明白是什么意思。只想着这个可给她一个机会去认认那女人是不是她底大妞儿。她不顾一切把东西放在一边,进前几步,去摇那女人。那时天已经黑了,幸而雪光映着,还可以辨别远近。她怎么也不能把那女人摇醒,想着莫不是冻僵了?她捡起羊皮给她盖上,当她底手摩到那女人脖子的时候,触着一样东西,拿起来看,原来是一把剃刀。这可了不得,怎么就抹了脖子啦?她抱着她底脖子也不顾得害怕,从雪光中看见那幅清秀的脸庞,虽然认不得,可有七八分像她初嫁时的模样。她想起大妞儿底左脚有个骈趾,于是把那尸体底袜子除掉,试摩着看。可不是!她放声哭起来。"儿呀"、"命呀"杂乱地喊着。人已死了,虽然夜里没有行人,也怕人听见她哭,不由得把声止住。

东村稀落的爆竹断续地响,把这除夕在凄凉的情境中送掉。无声的银雪还是飞满天地,老不停止。

第二天就是元旦,巡警领着检查官从北来。他们验过驴夫底尸,带着那剃头的来到树下。巡警在昨晚上就没把剃头匠放出来,也没来过这里,所以那女人用剃刀抹脖子的事情,他们都不知道。

他们到树底下,看见剃头担子放在那里,已被雪埋了一二寸。那边一个四十多岁的女人搂着剃头匠所说被劫的新娘子。雪几乎把她们埋没了。巡警进前摇她们，发现两个底脖子上都有刀痕。在积雪底下搜出一把剃刀。新娘子底桃色长袍仍旧穿得好好地；宝蓝色孔雀翎帽仍旧戴着；红绣鞋仍旧穿着。在不远地方的雪里，捡出一顶破皮帽，一件灰色的破大氅。一班在场的人们都莫名其妙，面面相看，静默了许久。

（原载1931年《小说月报》22卷6号）

无忧花

加多怜新近从南方回来，因为她父亲刚去世，遗下很多财产给她几位兄妹。她分得几万元现款和一所房子。那房子很宽，是她小时跟着父亲居住过的。很多可记念的交际会都在那里举行过，所以她宁愿少得五万元，也要向她哥哥换那房子。她底丈夫朴君，在南方一个县里教育机关当一份小差事。所得薪俸虽不很够用，幸赖祖宗给他留下一点产业，还可以勉强度过日子。

自从加多怜沾着新法律底利益，得了父亲这笔遗产，她便嫌朴君所住的地方闭塞简陋，没有公园、戏院，没有舞场，也没有够得上与她交游的人物。在穷乡僻壤里，她在外洋十年间所学的种种自然没有施展的地方。她所受的教育使她要求都市底物质生活，喜欢外国器用，羡慕西洋人底性情。她底名字原来叫做黄家兰，但是偏要译成英国音义，叫加多怜伊罗。由此可知她的崇拜西方的程度。这次决心离开她丈夫，为的要恢复她底都市生活。她把那旧房子修改成中西混合的形式，想等到布置停当才为朴君在本城运动一官半职，希望能够在这里长住下去。

她住的正房已经布置好了。现在正计划着一个游泳池，要将西花园那五间祖祠来改造。两间暗间改做更衣室，把神龛挪进来，改做放首饰、衣服和其它细软的柜子，三间明间改做池子。瓦匠已经把所有的神主都取出来放在一边。还有许多人在那里，搬神龛的搬神龛，起砖的起砖，掘土的掘土。已经工作了好些时，她才来看看。她走到房门口，便大声嚷："李妈，来把这些神主拿走。"

李妈是个三十岁左右的少妇，长得还不丑，是她父亲用过的人。她问加多怜要把那些神主搬到那里去。加多怜说："爱搬哪儿搬哪儿。现在不兴拜祖先了，那是迷信。你拿到厨房当劈柴烧了罢。"她说："这可造孽，从来就没有人烧过神主，您还是挑一间空屋子把它们搁起来罢。或者送到大少爷那里也比烧了强。"加多怜说："大爷也不一定要它们。他若是要，早就该搬走。反正我是不要它们了，你要送到大爷那里就送去。若是他也不要，就随你怎样处置，烧了也成，埋了也成，卖了也成。那上头底金还可以值几十块，你要是把它们卖了，换几件好衣服穿穿，不更好吗？"她答应着，便把十几座神主放在篮里端出去了。

加多怜把话吩咐明白，随即回到自己底正房。房间也是中西混合型。正中一间陈设的东西更是复杂，简直和博物院一样。在这边安排着几件魏、齐造像，那边又是意、法底裸体雕刻。壁上挂的，一方面是香光、石庵底字画，一方面又是什么表现派后期印象派底油彩。一边挂着先人留下来的铁笛玉笙，一边却放着皮安奥与梵欧林，这就是她底客厅。客厅底东西厢房边边是她底卧房和装饰室，一边是客房，所有的设备都是现代化的。她从客厅到装饰室，便躺在一张软床上，看看手表已过五点，就按按电铃，顺手点着一支纸烟。一会，陈妈进来。她说："今晚有舞局，你把我那新做的舞衣拿出来，再打电话叫裁缝立刻把那套蝉纱衣服给送来。回头来侍候洗澡。"陈妈一一答应着，便即出去。

她洗完澡出来，坐在妆台前，涂脂抹粉，足够半点钟工夫。陈妈等她装饰好了，便把衣服披在她身上。她问："我这套衣服漂亮不漂亮？"陈妈说："这花了多少钱做的？"她说："这双鞋合中国钱六百块，这套衣服是一千。"陈妈才显出很赞羡的样子说："那么贵，敢情漂亮啦。"加多怜笑她不会鉴赏，对她解释那双鞋和那套衣服会这么贵和怎样好看的缘故，但她都不懂得。她反而说："这件衣服就够我们穷人置一两顷地。"加多怜说："地有什么用呢？反正有人管你吃的穿的用的就得啦。"陈妈说："这两三年来，太太小姐们穿得越发讲究了，连那位黄老太太也穿得花花绿绿地。"加多怜说："你们看得不顺眼吗？这也不希奇。你晓得现在娘们都可以跟爷们一样，在外头做买卖、做事和做官，如果打扮得不好，人家一看就讨嫌，什么事都做不成了。"她又笑着说："从前的女人，未嫁以前是一朵花，做了妈妈就成了一个大倭瓜。现在可不然，就是八十岁老太太也得打扮得像小姑娘一样才好。"陈妈知道她心里很高兴，不再说什么，给她披上一件外衣，便出去叫车夫伺候着。

加多怜在软床上坐着等候陈妈底回报，一面从小桌上取了一本洋文的美容杂志，有意无意地翻着。一会儿李妈进来说："真不凑巧，您刚要出门，邸先生又来了。他现时在门口等着，请进来不请呢？"加多怜说："请他这儿来罢。"李妈答应了一声，随即领着邸力里亚进来。邸力里亚是加多怜在纽约留学时所认识的西班牙朋友，现时在领事馆当差。自从加多怜回到这城以来，他几乎每个星期都要来好几次。他是一个很美丽的少年，两撇小胡映着那对像电光闪烁的眼睛。说话时那种浓烈的表情，乍一看见，几乎令人想着他是印度欲天或希拉伊罗斯底化身。他一进门，便直趋到加多怜面前，抚着她底肩膀说："达灵，你正要出门吗？我要同你出去吃晚饭，成不成？"加多怜说："对不住，今晚我得去赴林市长底宴舞会，谢谢你底好意。"她拉着邸先生底手，教他也在软椅上坐，又说："无论如何，你既然来了，谈一会再走罢。"他坐下，看见加多怜身边那本美容杂志，便说："你喜欢美国装还是法国装呢？看你底身材，若扮起西班牙装，一定很好看。不信，明天我带些我们国里底装饰月刊来给你看。"加多怜说："好极了。我知道我一定会很喜欢西班牙底装束。"

两个人坐在一起，谈了许久。陈妈推门进来，正要告诉林宅已经催请过，蓦然看见他们在椅子上搂着亲嘴。在半惊慌半诧异意识中，她退出门外。加多怜把邸力里亚推开，叫："陈妈进来。有什么事？是不是林宅来催请呢？"陈妈说："催请过两次了。"那邸先生随即站起来，拉着她底手说："明天再见罢。不再耽误你底美好的时间了。"她叫陈妈领他出门，自己到妆台前再匀匀粉，整理整理头面。一会儿陈妈进来说车已预备好，衣箱也放在车里了。加多怜对她说："你们以后该学学洋规矩才成。无论到哪个房间，在开门以前，必得敲敲门，教进才进来。方才邸先生正和我行着洋礼，你闯进来，本来没多大关系，为什么又要缩回去？好在邸先生知道中国风俗，不见怪，不然，可就得罪客人了。"陈妈心里才明白外国风俗，亲嘴是一种礼节，她连回答了几声"唔，唔"，随即到下房去。

加多怜来到林宅，五六十位客人已经到齐了。市长和他底夫人走到跟前同她握手。她说："对不住，来迟了。"市长连说："不迟不迟，来得正是时候。"他们与她应酬几句，又去同别的客人周旋。席间也有很多她所认识的朋友，所以她谈笑自如很不寂寞。席散后，麻雀党员、扑克党员、白面党员等等，各从其类，各自消遣。但大部分的男女宾都到舞厅去。她底舞艺本是冠绝一城的，所以在场上的独舞与合舞都博得宾众底赞赏。

已经舞过很多次了。这回是市长和加多怜配舞。在进行时,市长极力赞美她身材底苗条和技术底纯熟。她越发播弄种种妩媚的姿态,把那市长底心绪搅得纷乱。这次完毕,接着又是她底独舞。市长目送着她进更衣室,静悄悄地等着她出来。众宾又舞过一回,不一会,灯光全都熄了,她底步伐随着音乐慢慢地踏入场中。她头上底纱巾和身上底纱衣满都是萤火所发出的光,身体底全部在磷光闪烁中断续地透露出来。头面四周更是明亮,直如圆光一样。这动物质的衣裳比起其余的舞衣直像寒冰狱里底鬼皮与天宫底霓裳的相差。舞罢,市长问她这件舞衣底做法。她说用萤火缝在薄纱里,在黑暗中不用反射灯能够自己放出光明来。市长赞她聪明,说会场中一定有许多人不知道,也许有人会想着天衣也不过如此。

她更衣以后,同市长到小客厅去休息。在谈话间,市长便问她说:"听说您不想回南方了,是不是?"她回答说:"不错,我有这样打算;不过我得替朴君在这里找一点事做才成。不然,他必不让我一个人在这里住着,如果他不能找着事情,我就想自己去考考文官,希望能考取了,派到这里来。"市长笑着说:"像您这样漂亮,还用考什么文官武官呢!您只告诉我您愿意做什么官,我明儿就下委札。"她说:"不好罢?我也不知道我能做什么官。您若肯提拔,就请派朴君一点小差事,那就感激不尽了。"市长说:"您底先生我没见过,不便造次。依我看来,您自己做做官,岂不更抖吗?官有什么叫做会做不会做!您若肯做就能做。回头我到公事房看看有什么缺,马上就把您补上好啦。若是目前没有缺,我就给您一个秘书的名义。"她摇头,笑着说:"当秘书,可不敢奉命。女的当人家底秘书都要给人说闲话的。"市长说:"那倒没有关系,不过有点屈才而已。当然我得把比较重要的事情来叨劳。"

舞会到夜阑才散。加多怜得着市长应许给官做，回家以后，还在卧房里独自跳跃着。

从前老辈们每笑后生小子所学非用，到近年来，学也可以不必，简直就是不学有所用。市长在舞会所许加多怜的事已经实现了。她已做了好几个月的特税局帮办，每月除到局支几百元薪水以外，其余的时间都是她自己的。督办是市长自己兼，实际办事的是局里底主任先生们。她也安置了李妈底丈夫李富在局里，为的是有事可以关照一下。每日里她只往来于饭店、舞场和显官豪绅底家庭间，无忧虑地过着太平日子。平常她起床的时间总在中午左右，午饭总要到下午三四点，饭后便出门应酬，到上午三四点才回家。若是与邸力里亚有约会或朋友们来家里玩，她就不出门，也起得早一点。

在东北事件发生后一个月的一天早晨，李妈在厨房为她底主人预备床头点心，陈妈把客厅归着好，也到厨房来找东西吃。她见李妈在那里忙着，便问："现在才十点多，太太就醒啦？"李妈说："快了罢，今天中午有饭局，十二点得出门。不是不许叫'太太'吗？你真没记性！"陈妈说："是呀，太太做了官，当然不能再叫'太太'了。可是叫她做'老爷'，也不合适，回头老爷来到，又该怎样呢？一定得叫'内老爷'、'外老爷'才能够分别出来。"李妈说："那也不对，她不是说管她叫'先生'或是帮办么？"陈妈在灶头拿起一块烤面包抹抹果酱就坐在一边吃。她接着说："不错，可是昨天你们李富从局里来，问'先生在家不在'，我一时也拐不过弯来；后来他说太太，我才想起来。你说现在的新鲜事可乐不可乐？"李妈说："这不算什么，还有更可乐的啦。"陈妈说："可不是！那'行洋礼'的事。他们一天到晚就行着这洋礼。"她嘻笑了一阵，又说："昨晚那邸先生闹到三点才走。

送出院子，又是一回洋礼，还接着'达灵'、'达灵'叫了一阵。我说李姐，你想他们是怎么一回事？"李妈说："谁知道？听说外国就是这样乱，不是两口子的男女搂在一起也没关系。昨儿她还同邸先生一起在池子里洗澡咧。"陈妈说："提起那池子来了。三天换一次水，水钱二百块，你说是不是，洗的是银子不是水？"李妈说："反正有钱的人看钱就不当钱，又不用自己卖力气，衙门和银行里每月把钱交到手，爱怎花就怎花。像前几个月那套纱衣裳，在四郊收买了一千多只火虫，花了一百多。听说那套料子就是六百，工钱又是二百。第二天要我把那些火虫一只一只从小口袋里摘出来。光那条头纱就有五百多只，摘了一天还没摘完，真把我底胳臂累坏了。三天花二百块的水，也好过花八九百块做一件衣服，穿一晚上就拆。这不但糟蹋钱并且造孽。你想，那一千多只火虫底命不是命吗？"陈妈说："不用提那个啦。今天过午，等她出门，咱们也下池子去试一试，好不好？"李妈说："你又来了，上次你偷穿她底衣服，险些闯出事来。现在你又忘了！我可不敢，那个神堂，不晓得还有没有神，若是有，咱们光着身子下去，怕亵渎了受责罚。"陈妈说："人家都不会出毛病，咱们还怕什么？"她站起来，顺手带了些吃的到自己屋里去了。

　　李妈把早点端到卧房，加多怜已经靠着床背，手拿一本杂志在那里翻着。她问李妈："有信没信？"李妈答应了一声"有"，随把盘子放在床上，问过要穿什么衣服以后便出去了。她从盘子里拿起信来，一封一封看过。其中有一封是朴君的，说他在年底要来。她看过以后，把信放下，并没显出喜悦的神气，皱着眉头，拿起面包来吃。

　　中午是市长请吃饭，座中只有宾主二人。饭后，市长领她到一间密室去。坐定后，市长便笑着说："今天请您来，是为商量一件事情。您如同意，我便往下说。"加多怜说："只要我底能力办得到，岂敢不与督办同意？"

市长说："我知道只要您愿意，就没有办不到的事。我给您说，现在局里存着一大宗缉获的私货和违禁品，价值在一百万以上。我觉得把它们都归了公，怪可惜的，不如想一个化公为私的方法，把它们弄一部分出来。若能到手，我留三十万，您留二十五万，局里底人员分二万，再提一万出来做参与这事的人们底应酬费。如果要这事办得没有痕迹，最好找一个外国人来认领。您不是认识一位领事馆的朋友吗？若是他肯帮忙，我们就在应酬费里提出四五千送他。您想这事可以办吗？"加多怜很踌躇，摇着头说："这宗款太大了，恐怕办得不妥，风声泄漏出去，您我都要担干系。"市长大笑说："您到底是个新官僚！赚几十万算什么？别人从飞机、军舰、军用汽车装运烟土、白面，几千万、几百万就那么容易到手，从来也没曾听见有人质问过。我们赚一百几十万，岂不是小事吗！您请放心，有福大家享，有罪鄙人当。您待一会儿去找那位邸先生商量一下得啦。"她也没主意了，听市长所说，世间简直好像是没有不可做的事情。她站起来，笑着说："好罢，去试试看。"

加多怜来到邸力里亚这里，如此如彼地说了一遍。这邸先生对于她底要求从没拒绝过。但这次他要同她交换条件才肯办。他要求加多怜同他结婚，因为她在热恋的时候曾对他说过她与朴君离异了。加多怜说："时候还没到，我与他的关系还未完全脱离。此外，我还怕社会底批评。"他说："时候没到，时候没到，到什么时候才算呢？至于社会那有什么可怕的？社会很有力量，像一个勇士一样。可是这勇士是瞎的，只要你不走到他跟前，使他摩着你，他不看见你，也不会伤害你。我们离开中国就是了。我们有了这么些钱，随便到阿根廷住也好，到意大利住也好，就是到我底故乡巴悉罗那住也无不可。我们就这样办罢。我知道你一定要喜欢巴悉罗那的蔚蓝天空，那是没有一个地方能够比得上的。我们可以买一只游船，天天在地中海遨游，再没有比这事快乐的了。"

邸力里亚底话把加多怜说得心动了。她想着和朴君离婚倒是不难，不过这几个月的官做得实在有瘾，若是嫁给外国人，国籍便发生问题，以后能不能回来，更是一个疑问。她说："何必做夫妇呢？我们这样天天在一块玩，不比夫妇更强吗？一做了你底妻子，许多困难的问题都要发生出来。若是要到巴悉罗那去，等事情弄好了，就拿那笔款去花一两年也无妨。我也想到欧洲去玩玩。……"她正说着，小使进来说帮办宅里来电话，请帮办就回去，说老妈子洗澡，给水淹坏了。加多怜立刻起身告辞。邸先生说："我跟你去罢，也许用得着我。"于是二人坐上汽车飞驶到家。

加多怜和邸先生一直来到游泳池边，陈妈和李妈已经被捞起来，一个没死，一个还躺着。她们本要试试水里底滋味，走到跳板上，看见水并不很深，陈妈好玩，把李妈推下去，哪里知道跳板的弹性很强，同时又把她弹下去。李妈在水里翻了个身，冲到池边，一手把绳揪着，可是左臂已擦伤了。陈妈浮起来两三次，一沉到底。李妈大声嚷救命，园里的花匠听见，才赶紧进来，把她们捞起来。邸先生给陈妈施行人工呼吸法，好容易把她救活了。加多怜叫邸先生把她们送到医院去。

邸力里亚从医院回来，加多怜继续与他谈那件事情，他至终应许去找一个外商来承认那宗私货，并且发出一封领事馆底证明书。她随即用电话通知督办。督办在电话里一连对她说了许多夸奖的话，其喜欢可知。

两三个月的国难期间，加多怜仍是无忧无虑能乐且乐地过她底生活。那笔大款她早已拿到手，那邸先生又催着她一同到巴悉罗那去。

她到市长那里，偶然提起她要出洋的事，并且说明这是当时的一个条件。市长说："这事容易办，就请朴君代理您的事情，您要多久回任都可以。"加多怜说："很好，朴君过几天就可以到。我原先叫他过年二三月才来，但他说一定要在年底来。现在给他这差事，真是再好不过了。"

朴君到了，加多怜递给他一张委任状。她对丈夫说，政府派她到欧洲考查税务，急要动身，教他先代理帮办，等她回来再谋别的事情做。朴君是个老实人，太太怎么说，他就怎么答应，心里并且赞赏她底本领。

过几天，加多怜要动身了。她和邸力里亚同行，朴君当然不晓得他们的关系，把他们送到上海候船，便赶快回来。刚一到家，陈妈底丈夫和李富都在那里等候着。陈妈底丈夫说他妻子自从出院以后，在家里病得不得劲，眼看不能再出来做事了，要求帮办赏一点医药费。李富因局里底人不肯分给他那笔款，教他问帮办要。这事迟延很久，加多怜也曾应许教那班人分些给他，但她没办妥就走了。朴君把原委问明，才知道他妻子自离开他以后的做官生活的大概情形。但她已走了，他即不便用书信去问她，又不愿意拿出钱来给他们。说了很久，不得要领，他们都怅怅地走了。

一星期后，特税局底大侵吞案被告发了。告发人便是李富和几个分不着款的局员。市长把事情都推在加多怜身上。把朴君请来，说了许多官话，又把上级机关底公文拿出来。朴君看得眼呆呆地，说不出半句话来。市长假装好意说："不要紧，我一定要办到不把阁下看管起来。这事情本不难办，外商来领那宗货物，也是有凭有据，最多也不过是办过失罪，只把尊寓交出来当做赔偿，变卖得多少便算多少，敷衍得过便算了事。我与尊夫人的交情很深，这事本可以不必推究，不过事情已经闹到上头，要不办也不成。我知道尊夫人一定也不在乎那所房子，她身边至少也有三十万呢。"

第二天，撤职查办的的公文送到，警察也到了。朴君气得把那张委任状撕得粉碎。他底神气直像发狂，要到游泳池投水，幸而那里已有警察，把他看住了。

房子被没收的时候，正是加多怜同邸力里亚离开中国的那天。她在敌人底炮火底下，和平日一样，无忧无虑地来到吴淞口。邸先生望着岸上的大火，对加多怜说："这正是我们避乱的机会。我看这仗一时是打不完的，过几年，我们再回来罢！"

女儿心

一

武昌竖起革命底旗帜已经一个多月了。在广州城里的驻防旗人个个都心惊胆战，因为杀满洲人的谣言到处都可以听得见。这年的夏天，一个正要到任的将军又在离码头不远的地方被革命党炸死，所以在这满伏着革命党的城市，更显得人心惶惶。报章上传来消息都是民军胜利，"反正"的省份一天多过一天。本城底官僚多半预备挂冠归田；有些还能很骄傲地说："腰间三尺带是我殉国之具。"商人也在观望着，把财产都保了险或移到安全的地方—香港或澳门。听说一两日间民军便要进城，住在城里的旗人更吓得手足无措。他们真怕汉人屠杀他们。

在那些不幸的旗人中，有一个人，每天为他自己思维，却想不出一个避免目前的大难的方法。他本是北京一个世袭一等轻车都尉，隶属正红旗下，同时也曾中过举人；这时在镇粤将军衙门里办文书。他底身材很雄伟，若不是颔下底大髯胡把他底年纪显出来，谁也看不出他是五十多岁的人。那时已近黄昏，堂上底灯还没点着，太太旁边坐着三个从十一岁到十五六岁的子女，彼此都现出很不安的状态。他也坐在一边，捋着胡子，沉静地看着他底家人。

"老爷，革命党一来，我们要往哪里逃呢？"太太破了沉寂，很诚恳问她底老爷。

"哼，望哪里逃？"他摇头说："不逃，不逃，不能逃。逃出去无异自己去找死。我每年的俸银二百多两，合起衙门里底津贴和其它的入款也不过五六百两，除掉这所房子以外也就没有什么余款。这样省省地过日子还可以支持过去，若一逃走，纵然革命党认不出我们是旗人，侥幸可以免死，但有多少钱能够支持咱家这几口人呢？"

"这倒不必老爷挂虑，这二十几年来我私积下三万多块，我想咱们不如到海边去买几亩地，就作了乡下人也强过在这里担心。"

"太太底话真是所谓妇人女子之见。若是那么容易到乡下去落户，那就不用发愁了。你想我底身份能够撇开皇上不顾吗？做奴才得为主子，做人臣得为君上。他们汉官可以革命，咱们可就不能。革命党要来，在我们底地位就得同他们开火；若不能打，也不能弃职而逃。"

"那么，老爷忠心为国一定是不逃了。万一革命党人马上杀到这里来，我们要怎办呢？"

"大丈夫可杀不可辱，我们自然不能受他们底凌辱。等时候到来，再见机行事罢。"他看着他三个孩子，不觉黯然叹了一声。

太太也叹一声，说："我也是为这班小的发愁啊。他们都没成人，万一咱们两口子尽了节，他们……"她说不出来了，只不歇地用手帕去擦眼睛。

他问三个孩子说："你们想怎么办呢？"一双闪烁的眼睛注视着他们。

两个大孩子都回答说："跟爹妈一块儿死罢。"那十一岁的女儿麟趾好像不懂他们商量的都是什么，一声也不响，托着腮只顾想她自己的。

"姑娘，怎么今儿不响啦？你往常的话儿是最多的。"她父亲这样问她。

她哭起来了，可是一句话也没有。

太太说："她小小年纪，懂得什么，别问她啦。"她叫："姑娘到我跟前来罢。"趾儿抽噎着走到跟前，依着母亲底膝下。母亲为她捋捋鬓额，给她擦掉眼泪。

他捋着胡子，像理会孩子底哭已经表达了她底意思，不由得得意地说："我说小姑娘是很聪明的，她有她底主意。"随即站起来又说："我先到将军衙门去，看看下午有什么消息，一会儿就回来。"他整一整衣服，就出门去了。

风声越来越紧，到城里竖起革命旗的那天，果然秩序大乱，逃的逃，躲的躲，抢的抢，该死的死。那位腰间带着三尺殉国之具的大吏也把行李收束得紧紧地，领着家小回到本乡去了。街上"杀尽满洲人"的声音，也摸不清是真的，还是市民高兴起来一时发出这得意的话。这里一家把大门严严地关起来，不管外头闹得多么凶，只安静地在堂上排起香案，两夫妇在正午时分穿起朝服向北叩了头，表告了满洲诸帝之灵，才退入内堂，把公服换下来。他想着他不能领兵出去和革命军对仗，已经辜负朝廷豢养之恩，所以把他底官爵职位自己贬了，要用世奴资格报效这最后一次的忠诚。他斟了一杯醇酒递给太太说："太太请喝这一杯罢。"他自己也喝。两个男孩也喝了。趾儿只喝了一点。在前两天，太太把佣仆都打发回家，所以屋里没有不相干的人。

两小时就在这醇酒应酬中度过去。他并没醉，太太和三个孩子已躺在床上睡着了。他出了房门，到书房去，从墙上取下一把宝剑，捧到香案前，叩了头，再回到屋里，先把太太杀死，再杀两个孩子。一连杀了三个人，满屋里底血腥、酒味把他刺激得像疯人一样。看见他养的一只狗正在门边伏着，便顺手也给它一剑。跑到厨房去把一只猫和几只鸡也杀了。他挥剑砍猫的时候，无意中把在灶边灶君龛外那盏点着的神灯挥到劈柴堆上去，但他一点也不理会。正出了厨房门口，马圈里底马嘶了一声，他于是又赶过去照马头一砍。马不晓得这是它尽节的时候，连踢带跳，用尽力量来躲开他底剑。他一手揪住络头的绳子，一手尽管望马头上乱砍，至终把它砍倒。

　　回到上房，他底神情已经昏迷了，扶着剑，瞪眼看着地上底血迹。他发现麟趾不在屋里，刚才并没杀她，于是提起剑来，满屋里找。他怕她藏起来，但在屋里无论怎样找，看看床底，开开柜门，都找不着。院里有一口井，井边正留着一只麟趾底鞋。这个引他到井边来。他扶着井栏，探头望下去；从他两肩透下去的光线，使他觉得井底有衣服浮现的影儿，其实也看不清楚。他对着井底说："好，小姑娘，你到底是个聪明孩子，有主意！"他从地上把那只鞋捡起来，也扔在井里。

　　他自己问："都完了，还有谁呢？"他忽然想起在衙门里还有一匹马，它也得尽节。于是忙把宝剑提起，开了后园底门，一直望着衙门马圈里去。从后园门出去是一条偏僻的小街，常时并没有什么人往来。那小街口有一座常关着大门的佛寺。他走过去时，恰巧老和尚从街上回来，站在寺门外等开门，一见他满身血迹，右手提剑，左手上还在滴血，便抢前几步拦住他说："太爷，您怎么啦？"他见有人拦住，眼睛也看不清，举起剑来照着和尚头便要砍下去。老和尚眼快，早已闪了身子，等他砍了空，再夺他底剑。他已没气力了，看着老和尚一言不发。门开了，老和尚先扶他进去，把剑靠韦陀香案边放着，然后再扶他到自己屋里，给他解衣服；又忙着把他自己底大袖给他披上，并且为他裹手上底伤。他渐次清醒过来，觉得左手非常地痛，才记起方才砍马的时候，自己底手碰着了刃口。他把老和尚给他裹的布条解开看时，才发现了两个指头已经没了。这一个感觉更使他格外痛楚。屠人虽然每日屠猪杀羊，但是一见自己底血，心也会软，不说他趁着一时的义气演出这出惨剧，自然是受不了。痛是本能上保护生命的警告，去了指头的痛楚已经使他难堪，何况自杀！但他底意志，还是很刚强，非自杀不可。老和尚与他本来很有交情，这次用很多话来劝慰他，说城里并没有屠杀旗人的事情；偶然街上有人这样嚷，也不过是无意讲的话罢了。他听着和尚底劝解，心情渐渐又活过来。正在相对着没有说话的时候，外边嚷着起火，哨声、锣声，一齐送到他们耳边。老和尚说："您请躺下歇歇罢，待老衲出去看看。

他开了寺门，只见东头乌太爷底房子着了火。他不声张，把乌老爷扶到床上躺下，看他渐次昏睡过去，然后把寺门反扣着。走到乌家门前，只见一簇人丁赶着在那里拆房子。水龙虽有一架，又不够用。幸而过了半小时，很多人合力已把那几间房子拆下来，火才熄了。

和尚回来，见乌太爷还是紧紧地扎着他底手，歪着身子，在那里睡，没惊动他。他把方才放在韦陀龛那把剑收起来，才到禅房打坐去。

二

在辛亥革命的时候，像这样全家为那权贵政府所拥戴的孺子死节的实在不多。当时麟趾底年纪还小，无论什么都怕，死自然是最可怕的一件事。他父亲要把全家杀死的那一天，她并没有喝多少酒，但也得装睡。她早就想定了一个逃死的方法，总没机会去试。父亲看见一家人都醉倒了，到外边书房去取剑的时候，她便急忙地爬起来，跑出院子。因为跑得快，恰巧把一只鞋子跻掉了。她赶快退回几步，要再穿上，不提防把鞋子一踢，就撞到那井栏旁边。她顾不得去捡鞋，从院子直跑到后园。后园有一棵她常爬上去玩的大榕树，但是家里底人都不晓得她会上树。上榕树本来很容易，她家那棵，尤其容易上去。她到树下，急急把身子耸上去，蹲在那分出四五杈的树干上。平时她蹲在上头，底下底人无论从哪一方面都看不见。那时她只顾躲死，并没计较往后怎样过。蹲在那里有一刻钟左右，忽然听见父亲叫她。他自然不晓得麟趾在树上。她也不答应，越发蹲伏着，容那浓绿的密叶把她掩藏起来。不久她又听见父亲底脚步像开了后门出去的样子。她正在想着，忽然从厨房起了火。厨房离那榕树很远，所以人们在那里拆房子救火的时候，她也没下来。天已经黑了，那晚上正是十五，月很明亮，在树上蹲了几点钟，倒也不理会。可是树上不晓得歇着什么鸟，不久就叫一声，把她全身底毛发都吓竖了。身体本来有点冷，加上夜风带那种可怕的鸟声送到她耳边，就不由得直打抖擞。她不能再藏在树上，决意下来看看。然而怎么也起不来，从腿以下，简直麻痹得像长在树上一样。好容易慢慢地把腿伸直了，一面抖擞着下了树，摸到园门。原来她底卧房就靠近园门。那一下午底火，只烧了厨房，她母亲底卧房、大厅和书房，至于前头底轿厅和后面她底卧房连着下房都还照旧。她从园门闪入她底卧房，正要上床睡的时候，忽然听见有人说话的声音，心疑是鬼，赶紧把房门关起来。从窗户看见两个人拿着牛眼灯由轿厅那边到她这里来，心里越发害怕。好在屋里没灯，趁着外头底灯光还没射进来，她便蹲在门后。那两人一面说着，出了园门，她才放心。原来他们是那条街底更夫，因为她家没人，街坊叫他们来守夜。他们到后园，大概是去看看后园通小街那道门关没关罢。不一会他们进来，又把园门关上。听他们底脚音，知道旁边那间下房，他们也进去看过。正想爬到床后去，他们已来推她底门，于是不敢动弹，还是蹲在门后。门推不开，他们从窗户用灯照了一下。她在门后听见其中一个人说："这间是锁着的，里头倒没有什么。"他们并不一定要进她底房间，那时她真像遇了赦一般，不晓得为什么缘故，当时只不愿意他们知道她在里头。等他们走远了，才起来，坐在小椅上，也不敢上床睡，只想着天明时候怎办。她决定要离开她底家，因为全家人都死了，若还住在家里，有谁来养活她呢？虽然仿佛听见她父亲开了后园门出去，但以后他回来没有，她又不理会。她想他一定是自杀了。前天晚上，当她父亲问过她底话，上了衙门以后，她私下问过母亲："若是大家都死了，将来要在什么地方相见呢？"她母亲叹了一口气说："孩子，若都是好人，我们就会在神仙底地方相见，我们都要成仙哪。"常听见她母亲说城外有个什么山，山名她可忘记了，那里常有神仙出来度人。她想着不如去找神仙罢，找到神仙就能与她一家人相见了。她想着要去找神仙的事，使她心胆立时健壮起来，自己一人在黑屋里也不害怕，但盼着天快亮，她好进行。

　　鸡已啼过好几次，星星也次第地隐没了。初醒的云渐渐现出灰白色，一片一片像鱼鳞摆在天上。于是她轻轻地开了房门，出到院子来。她想"就这样走吗"，不，最少也得带一两件衣服。于是回到屋里，打开箱子，拿出几件衣服和梳篦等物，包成一个小包，再出房门。藏钱的地方她本知道，本要去拿些在身边，只因那里底房顶已经拆掉了，冒着险进去，虽然没有妨碍，不过那两人还在轿厅睡着，万一醒来，又免不了有麻烦。再者，设使遇见神仙，也用不着钱。她本要到火场里去，又怕看见父母和二位哥哥底尸体，只远远地望着，作为拜别的意思。她底眼泪直流，又不敢放声哭；回过身去，轻轻开了园门，再反扣着。经过马圈，她看见那马躺在槽边，槽里和地上底血已经凝结，颜色也变了。她站在圈外，不住地掉泪。因为她很喜欢它，每常骑它到箭道去玩。那里天已大亮了，正在低着头看那死马的时候，眼光忽然触到一样东西，使她心伤和胆战起来。进前两步从马槽下捡起她父亲底一节小指头。她认得是父亲左手底小指头。因为他只留这个小指底指甲，有一寸多长，她每喜欢摸着它玩。当时她也不顾什么，赶紧取出一条手帕，紧紧把她父亲底小指头裹起来，揣在怀里。她开了后园底街门，也一样地反扣着。夹着小包袱，出了小街，便急急地向北门大街放步。幸亏一路上没人注意她，故得优游地出城。

旧历十月半的郊外，虽不像夏天那么青翠，然而野草园蔬还是一样地绿。她在小路上，不晓得已经走了多远，只觉身体疲乏，不得已暂坐在路边一棵榕树上小歇。坐定了才记得她自昨天午后到歇在道旁那时候一点东西也没入口！眼前固然没有东西可以买来充饥，纵然有，她也没钱。她隐约听见泉水激流的声音，就顺着找去，果然发现了一条小溪。那时一看见水，心里不晓得有多么快活，她就到水边一掬掬地喝。没东西吃，喝水好像也可以饱，她居然把疲乏减少了好些。于是夹着包袱又往前跑。她慢慢地走，用尽了诚意要会神仙，但看见路上底人，并没有一个像神仙。心里非常纳闷，因为走的路虽不多，太阳却渐渐地西斜了。前面露出几间茅屋，她虽然没曾向人求乞过，可知道一定可以问人要一点东西吃，或打听所要去的山在哪里。随着路径拐了一个弯，就看见一个老头子在她前面走。看他穿着一件很宽的长袍，扶着一支黄褐色的拐杖，须发都白了，心里暗想："这位莫不就是神仙么"，于是抢前几步，恭恭敬敬地："老伯父，请告诉我那座有神仙的山在什么地方？"他好像没听见她问的是什么话。她问了几遍，他总没回答，只问："你是迷了道的罢？"麟趾摇摇头。他问："不是迷道，这么晚，一个小姑娘夹着包袱，在这样的道上走，莫不是私逃的丫头？"她又摇摇头。她看他打扮得像学塾里底老师一样，心里想着他也许是个先生。于是从地下捡起一块有棱的石头，就在路边一棵树干上画了"我欲求仙去"几个字。他从胸前底绿鲨皮眼镜匣里取出一副直径约有一寸五分的水晶镜子架在鼻上。看她所写的，便笑着对她说："哦，原来是求仙的！你大概因为写的是'王子去求仙，丹成上九天'的仿格，想着古人有这回事，所以也要仿效仿效。但现在天已渐渐晚了，不如先到我家歇歇，再往前走罢。"她本想不跟他去，只因问他的话也不能得着满意的指示，加以肚子实饿了，身体也乏了，若不答应，前路茫茫，也不是个去处，就点头依了他，跟着他走。

走不远，渡过一道小桥，来到茅舍底篱边。初冬的篱笆上还挂些未残的豆花。晚烟好像一匹无尽长的白链，从远地穿林织树一直来到篱笆与茅屋底顶巅。老头子也不叫门，只伸手到篱门里把闩拔开了。一只带着金铃的小黄狗抢出来，吠了一两声，又到她跟前来闻她。她退后两步，老头子把它轰开，然后携着她进门。屋边一架瓜棚，黄萎的南瓜藤，还凌乱地在上头绕着。鸡已经站在棚上预备安息了。这些都是她没见过的，心里想大概这就是仙家罢。刚踏上小台阶，便有一个二十多岁的姑娘出来迎着，她用手作势，好像问"这位小姑娘是谁呀"，他笑着回答说："她是求仙迷了路途的。"回过头来，把她介绍给她，说："这是我底孙女，名叫宜姑。"

他们三个人进了茅屋，各自坐下。屋里边有一张红漆小书桌。老头子把他底孙女叫到身边，教她细细问麟趾底来历。她不敢把所有的真情说出来，恐怕他们一知道她是旗人或者就于她不利。她只说："我底父母和哥哥前几天都相继过去了。剩下我一个人，没人收养，所以要求仙去。"她把那令人伤心的事情瞒着。孙女把她底话用他们彼此通晓的方法表示给老头子知道。老头子觉得她很可怜，对她说，他活了那样大年纪也没有见过神仙，求也不一定求得着，不如暂时住下，再定夺前程。他们知道她一天没吃饭，宜姑就赶紧下厨房，给她预备吃的。晚饭端出来，虽然是红薯粥和些小酱菜，她可吃得津津有味。回想起来，就是不饿，也觉得甘美。饭后，宜姑领她到卧房去。一夜的话把她底意思说转了一大半。

三

　　麟趾住在这不知姓名的老头子底家已经好几个月了。老人曾把附近那座白云山底故事告诉过她。她只想着去看安期生升仙的故迹，心里也带着一个遇仙的希望。正值村外木棉盛开的时候，十丈高树，枝枝着花，在黄昏时候看来直像一座万盏灯台，灿烂无比。闽、粤底树花再没有比木棉更壮丽的。太阳刚升到与绿禾一样高的天涯，麟趾和宜姑同在树下捡落花来做玩物，谈话之间，忽然动了游白云山的念头。从那村到白云山也不过是几里路，所以她们没有告诉老头子，到厨房里吃了些东西，还带了些薯干，便到山里玩去。天还很早，榕树上底白鹭飞去打早食还没归巢，黄鹤却已唱过好几段宛转的曲儿。在田间和林间的人们也唱起歌了。到处所听的不是山歌，便是秧歌。她们两个有时为追粉蝶，误入那篱上缠着野蔷薇的人家；有时为捉小鱼涉入小溪，溅湿了衣袖。一路上嘻嘻嚷嚷，已经来到山里。微风吹拂山径旁底古松，发出那微妙的细响。着在枝上的多半是嫩绿的松球，衬着山坡上底小草花，和正长着的薇蕨，真是绮丽无匹。

　　她们坐在石上休息，宜姑忽问："你真信有神仙么？"

　　麟趾手里撩着一枝野花，漫应说："我怎么不信！我母亲曾告诉我有神仙，她底话我都信。"

　　"我可没见过，我祖父老说没有。他所说的话，我都信。他既说没有，那定是没有了。"

　　"我母亲说有，那定是有。怕你祖父没见过罢。我母亲说，好人都会成仙，并且可以和亲人相见哪。仙人还会下到凡间救度他底亲人，你听过这话么？"

"我没听见过。"

说着他们又起行，游过了郑仙岩，又到菖蒲涧去，在山泉流处歇了脚。下游底石头上，那不知名的山禽在那里洗午澡，从乱云堆积处，露出来的阳光指示她们快到未时了。麟趾一意要看看神仙是什么样子，她还有登摩星岭的勇气。她们走过几个山头，不觉把路途迷乱了。越走越不是路，她们巴不得立刻下山，寻着原路回到村里。

出山的路被她们找着了，可不是原来的路径。夕阳当前，天涯底白云已渐渐地变成红霞。正在低头走着，前面来了十几个背枪的大人物。宜姑心里高兴，等他们走近跟前，便问其中底人燕塘底大路在哪一边。那班人听她们所问的话，知道是两只迷途的羊羔，便说他们也要到燕塘去。宜姑底村落正离燕塘不远，所以跟着他们走。

原来她们以为那班强盗是神仙底使者，安心随着他们走。走了许久，二人被领到一个破窑里。那里有一个人看守着她们。那班人又匆忙地走了。麟趾被日间游山所受的快活迷住，没想到、也没经历过在那山明水秀的仙乡会遇见这班混世魔王。到被囚起来的时候，才理会前途底危险。她同宜姑苦口求那人怜恤她们，放她们走。但那人说若放了她们，他底命也就没了。宜姑虽然大些，但到那时，也恐吓得说不出话来。麟趾到底是个聪明而肯牺牲的孩子，他对那人说："我家祖父年纪大了，必得有人伺候他，若把我们两人都留在这里，恐怕他也活不成。求你把大姊放回去罢，我宁愿在这里跟着你们。"那人毫无恻隐之心，任她们怎样哀求，终不发一言，到他觉得麻烦的时候，还喝她们说："不要瞎吵！"

丑时已经过去，破窑里底油灯虽还闪着豆大的火光，但是灯心头已结着很大的灯花，不时迸出火星和发出哗剥的响，油盏里底油快要完了。过些时候，就听见人马底声音越来越近。那人说："他们回来了。"他在窑门边把着，不一会，大队强盗进来，卸了赃物，还掳来三个十几岁的女学生。

在破窑里住了几天,那些贼人要她们各人写信回家拿钱来赎,各人都一一照办了。最后问到麟趾和宜姑,麟趾看那人底容貌很像她大哥,但好几次问他叫他,他都不大理会,只对着她冷笑。虽然如此,她仍是信他是大哥。不过仙人不轻易和凡人认亲罢了。她还想着,他们把她带到那里也许是为教她们也成仙。宜姑比较懂事,说她们是孤女,只有一个耳聋的老祖父,求他们放她们两人回去。他们不肯,说:"只有白拿,不能白放。"他们把赃物检点一下,头目叫两个伙计把那几个女学生底家书送到邮局去,便领着大队同几个女子,趁着天还未亮出了破窑,向着山中底小径前进。不晓得走了多少路程,又来到一个寨。群贼把那五个女子安置在一间小屋里。过了几天,那三个女学生都被带走,也许是她们底家人花了钱,也许是被移到别处去。他们也去打听过宜姑和麟趾底家境,知道那聋老头花不起钱来赎,便计议把她们卖掉。

宜姑和麟趾在荒寨里为他们服务,他们都很喜欢。在不知不觉中又过了几个星期。一天下午他们都喜形于色回到荒寨里。两个姑娘忙着预备晚饭,端茶出来,众人都注目看着她们。头目对大姑娘说:"我们以后不再干这生活了。明天大家便要到惠州去投入民军。我们把你配给廖兄弟。"他说着,指着一个面目长得十分俊秀、年纪在二十六七左右的男子,又往下说:"他叫廖成,是个白净孩子,想一定中你底意思。"他又对麟趾说:"小姑娘年纪太小,没人要,黑牛要你做女儿,明天你就跟着他过。他明天以后便是排长了。"他呶着嘴向黑牛指示麟趾。黑牛年纪四十左右,满脸横肉,看来像很凶残。当时两个女孩都哭了,众人都安慰她们。头目说:"廖兄弟底喜事明天就要办的,各人得早起,下山去搬些吃的,大家热闹一回。"

他们围坐着谈天。两个女孩在厨房收拾食具,小姑娘神气很镇定,低声问宜姑说:"怎么办?"宜姑说:"我没主意,你呢?"

"我不愿意跟那黑鬼。我一看他，怪害怕的。我们逃罢。"

"不成，逃不了！"宜姑摇头说。

"你愿意跟那强盗？"

"不，我没主意。"

她们在厨房没想出什么办法。回到屋里，一同躺在稻草褥上，还继续地想。麟趾打定主意要逃，宜姑至终也赞成她。她们知道明天一早趁他们下山的时候再寻机会。

一夜的幽暗又叫朝云抹掉。果然外头底兄弟们一个个下山去预备喜筵。麟趾扯着宜姑说："这是时候，该走了。"她们带着一点吃的，匆匆出了小寨。走不多远，宜姑住了步，对麟趾说："不成，我们这一走，他们回寨见没有人，一定会到处追寻，万一被他们再抓回去，可就没命了。"麟趾没说什么，可也不愿意回去。宜姑至终说："还是你先走罢。我回去张罗他们。他们问你的时候，我便说你到山里捡柴去。你先回到我公公那里去报信也好。"她们商量妥当，麟趾便从一条那班兄弟们不走的小道下山去。宜姑到看不见她，才掩泪回到寨里。

小姑娘虽然学会昼伏夜行的方法，但在乱山中，夜行更是不便，加以不认得道路，遇险的机会很多，走过一夜，第二夜便不敢走了。她在早晨行人稀少的时候，遇见妇人女子才敢问道，遇见男子便藏起来。但她常走错了道，七天的粮已经快完了。那晚上她在小山岗上一座破庙歇脚。霎时间，黑云密布，山雨急来，随着电闪雷鸣。破庙边一棵枯树教雷劈开，雷音把麟趾底耳鼓几乎震破，电光闪得更是可怕。她想那破庙一定会塌下来把她压死，只是蹲在香案底下打抖擞。好容易听见雨声渐细，雷也不响，她不敢在那里逗留，便从案下爬出来。那时雨已止住了，天际仍不时地透漏着闪电底白光，使蜿蜒的山路，隐约可辨。她走出庙门，待要往前，却怕迷了路途，站着尽管出神。约有一个时辰，东方渐明，鸟声也次第送到她耳边，她想着该是走的时候，背着小包袱便离开那座破庙。一路上没遇见什么人，朝雾断续地把去处遮拦着，不晓得从什么地方来的泉声到处都听得见。正走着，前面忽然来了一队人，她是个惊弓之鸟，一看见便急急向路边底小丛林钻进去，哪里堤防到那刚被大雨洗刷过的山林湿滑难行，她没力量攀住些草木，一任双脚溜滑下去，直到山麓。她底手足都擦破了，腰也酸了，再也不能走。疲乏和伤痛使她不能不躺在树林里一块铺着朝阳的平石上昏睡。她腿上的血，殷殷地流到石上，她一点也不理会。

　　林外，向北便是越过梅岭的大道，往来的行旅很多。不知经过几个时辰，麟趾才在沉睡中觉得有人把她抱起来，睁眼一看，才知道被抱到一群男女当中。那班男女是走江湖卖艺的，一队是属于卖武耍把戏的黄胜，一队是属耍猴的杜强。麟趾是那耍猴的抱起来的，那卖武的黄胜取了些万应的江湖秘药来，敷她底伤口。她们问她底来历，知道她是迷途的孤女，便打定主意要留她当一个艺员。耍猴用不着女子，黄胜便私下向杜强要麟趾。杜强一时任侠，也就应许了。他只声明将来若是出嫁得的财礼可以分些给他。

　　他们骗麟趾说他们是要到广州去。其实他们底去向无定，什么时候得到广州，都不能说。麟趾信以为真，便请求跟着他们去。那男人腾出一个竹箩，教她坐在当中，他底妻子把她挑起来。后面跟着的那个人也挑着一担行头。在他肩膀上坐着一只猕猴。他戴的那顶宽缘镶云纹的草笠上开了一个小圆洞，猕猴底头可以从那里伸出来。那人后面还跟着一个女子，牵着一只绵羊和两只狗，绵羊驮着两个包袱，最后便是扛刀枪的。麟趾与那一队人在斜阳底下向着满被野云堆着的山径前进，一霎时便不见了。

四

自从麟趾被骗以后,三四年间,就跟着那队人在江湖上往来,她去求神仙的勇气虽未消灭,而幼年的幻梦却渐次清醒。几年来除掉看一点浅近的白话报以外,她一点书也没有念,所认得的字仍是在家的时候学的,深字甚至忘掉许多。她学会些江湖伎俩,如半截美人、高跃、踏索、过天桥等等,无一不精,因此被全班底人看为台柱子。班主黄胜待她很好,常怕她不如意,另外给她好饮食。她同他们混惯了,也不觉得自己举动下流。所不改的是她总没有舍弃掉终有一天全家能够聚在一起的念头。神仙会化成人到处游行的话是她常听说的,几年来,她安心跟着黄胜走江湖,每次卖艺总是目光灼灼注视着围观的人们。人们以她为风骚,她却在认人。多少次误认了面貌与她父亲或家人相仿佛的观众。但她仍是希望着,注意着,没有一时不思念着。

他们真个回到离广州不远的一个城,住在真武庙倾破的后殿。早饭已经吃过,正预备下午的生意。黄胜坐在台阶上抽烟等着麟趾,因为她到街上买零碎东西还没回来。

从庙门外蓦然进来一个人,到黄胜跟前说:"胜哥,一年多没见了!"老杜摇摇头,随即坐在台阶上说:"真不济,去年那头绵羊死掉,小山就闷病了。它每出场不但不如从前活泼,而且不听话,我气起来,打了它一顿。那小畜生,可也奇怪,几天不吃东西,也死了。从它死后,我一点买卖也没做。指望赢些钱再买一只羊和一只猴,可是每赌必输,至终把行头都押出去了。现在来专意问大哥借一点。"

黄胜说:"我底生意也不很好,哪里有钱借给你使。"

老杜是打定主意的,他所要求非得不可。他说:"若是没钱,就把人还我。"他底意思是指麟趾。

老黄急了，紧握着手，回答他说："你说什么？哪个人是你底？"

"那女孩子是我捡的，当然属于我。"

"你要，当时为何不说？那时候你说要猴用不着她；多一个人养不起，便把她让给我。现在我已养了好几年，教会她各样玩艺，你来要回去，天下没有这个道理。"

"看来你是不愿意还我了。"

"说不上还不还。难道我这几年的心血和钱财能白费了么？我不是说以后得的财礼分给你吗？"

"好，我拿钱来赎成不成？"老杜自然等不得，便这样说。"你！拿钱来赎？你有钱还是买一只羊、一只猴耍耍去罢。麟趾，怕你赎不起。"老黄舍不得放弃麟趾，并且看不起老杜，想着他没有赎她的资格。

"你要多少呢？"

"五百，"老黄说了，又反悔说，"不，不，我不能让你赎去。她不是你底人。你再别废话了。"

"你不让我赎，不成。多会我有五百元，多会我就来赎。"老杜没得老黄底同意，不告辞便出庙门去了。

自此以后，老杜常来跟老黄捣麻烦。但麟趾一点也不知道是为她底事，她也没去问。老黄怕以后更麻烦，心里倒想先把她嫁掉，省得老杜屡次来胡缠，但他总也没有把这意思给麟趾说。他也不怕什么，因为他想老杜手里一点文据都没有，打官司还可以占便宜。他暗地里托媒给麟趾找主，人约他在城隍庙戏台下相看，那地方是老黄每常卖艺的所在。相看人是个当地土豪底儿子，人家叫他做郭太子。这消息给老杜知道，到庙里与老黄理论，两句不合，便动了武。幸而麟趾从外头过来，便和班里底人把他们劝开；不然，会闹出人命也不一定。

老杜骂到没劲，也就走了。

麟趾问黄胜到底是怎么回事。老黄没敢把实在的情形告诉她，只说老杜老是来要钱使，一不给他，他便骂人。他对麟趾说："因他知道我们将有一个阔堂会，非借几个钱去使使不可。可是我不晓得这一宗买卖做得成做不成，明天下午约定在庙里先耍着看，若是合意，人家才肯下定哪。你想我怎能事前借给他钱使！"

麟趾听了，不很高兴，说："又是什么堂会！"

老黄说："堂会不好么？我们可以多得些赏钱。姑娘不喜欢么？"

"我不喜欢堂会，因为看的人少。"

"人多人少有什么相干，钱多就成了。"

"我要人多，不必钱多。"

"姑娘，那是怎讲呢？"

"我希望在人海中能够找着我底亲人。"

黄胜笑了，他说："姑娘！你要找亲人，我倒想给你找亲哪。除非你出阁，今生莫想有什么亲人，你连自己底姓都忘掉了！哈哈！"

"我何尝忘掉？不过我不告诉人罢了，我底亲人我认得，这几年跟着你到处走，你当我真是为卖艺么？你带我到天边海角，假如有遇见我底亲人的一天，我就不跟你了。"

"这我倒放心，你永远是遇不着的。前次在东莞你见的那个人，便说是你哥哥，楞要我去把他找来。见面谈了几句话，你又说不对了！今年年头在增城，又错认了爸爸！你记得么？哈哈！我看你把心事放开罢。人海茫茫，哪个是你底亲人？倒不如过些日子，等我给你找个好主，若生下一男半女，我保管你享用无尽。那时，我，你底师父，可也叨叨光呀。"

"师父别说废话，我不爱听。你不信我有亲人，我偏要找出来给你看。"麟趾说时像有了气。

"那么，你底亲人却是谁呢？"

"是神仙。"麟趾大声他说。

老黄最怕她不高兴，赶紧转帆说："我逗你玩哪，你别当真。我们还是说些正经的罢。明天下午无论如何，我们得多卖些力气。我身边还有十几块钱，现在就去给你添些头面。我一会儿就回来。"他笑着拍拍麟趾底肩膀，便自出去了。

第二天下午，老黄领着一班艺员到艺场去，郭太子早已在人圈中占了一条板凳坐下。麟趾装饰起来，招得围观的人越多，一套一套的把戏都演完。轮到麟趾底踏索，那是她底拿手技术。老黄那天便把绳子放长，两端底铁钎都插在人圈外头。她一面走，一面演各种把式。正走到当中，啊，绳子忽然断了！麟趾从一丈多高的空间摔下来，老黄不顾救护她，只嚷说"这是老杜干的"，连骂带咒，跳出人圈外到绳折的地方。观众以为麟趾摔死了，怕打官司时被传去做证人，一哄而散。有些人回身注视老黄，见他追着一个人往人丛中跑，便跟过去趁热闹。不一会，全场都空了。老黄追那人不着，气喘喘地跑回来，只见那两个伙计在那里收拾行头。行头被众人践踏，破坏了不少；刀枪也丢了好几把；麟趾也不见了。伙计说人乱的时候他们各人都紧伏在两箱行头上头，没看见麟趾爬起来，到人散后，就不见她躺在地上。老黄无奈，只得收拾行头，心里想这定是老杜设计把麟趾抢走，回到庙里再去找他计较。艺场中几张残破的板凳也都堆在一边。老鸦从屋脊飞下来啄地上残余的食物；树花重复发些清气，因为满身汗臭的人们都不见了。

黄胜找了老杜好几天都没下落，到郭太子门上诉说了一番。郭太子反说他是设局骗他底定钱，非把他押起来不可。老黄苦苦哀求才脱了险。他出了郭家大门，垂头走着，拐了几个弯，蓦地里与老杜在巷尾一个犄角上撞个满怀。"好，冤家路窄！"黄胜不由分说便伸出右手把老杜揪住。两只眼睛瞪得直像冒出电来，气也粗了。老杜一手揸住老黄底右手，冷不防给他一拳。老黄哪里肯让，一脚便踢过去，指着他说："你把人藏在那里？快说出来，不然，看老子今天结果了你。"老杜退到墙犄角上，扎好马步，两拳瞄准老黄底脑袋说："呸！你问我要人！我正要问你呢。你同郭太子设局，把所得的钱，半个也不分给我，反来问我要人。"说着，往前一跳，两拳便飞过来。老黄闪得快，没被打着。巷口看热闹的人越围越多，巡警也来了。他们不愿意到派出所去，敷衍了巡警几句话，便教众人拥着出了巷口。

老杜跟着老黄，又走过了几条街。

老黄说："若是好汉，便跟我回家分说。"

"怕你什么？去就去！"老杜坚决他说。

老黄见他横得很，心里倒有点疑惑。他问："方才你说我串通郭太子，不分给你钱，是从那里听来的狗谣言？"

"你还在我面前装呆！那天在场上看把戏的大半是郭家底手下。你还瞒谁？"

"我若知道这事，便教我男盗女娼。那天郭太子约定来看人是不错的，不过我已应许你，所得多少总要分给你，你为什么又到场上捣乱？"

老杜瞪眼看着他，说："这就是胡说！我揭什么乱？你们说了多少价钱我一点也不知道，那天我也不在那里，后来在道上就见郭家底人们拥着一项轿子过去，一打听，才知道是从庙里打来的。"

老黄住了步，回过头来，诧异他说："郭太子！方才我到他那里，几乎教他给押起来。你说的话有什么凭据？"

"自然有不少凭据。那天是谁把绳子故意拉断的？"老杜问。

"你！"

"我！我告诉你，我那天不在场，一定是你故意做成那样局面，好教郭太子把人抢走。"

老黄沉吟了一会，说："这我可明白了。好兄弟，我们可别打了。这事一定是郭家底人干的。"他把方才郭家底人如何蛮横，为老杜说过一遍。两个人彼此埋怨，可也没奈他何，回到真武庙，大家商量怎样打听麟趾底下落。他们当然不敢打官司，也不敢闯进郭府里去要人。万一不对，可了不得。

老杜和黄胜两人对坐着。你看我，我看你，一言不发，各自急抽着烟卷。

五

郭家底人们都忙着捡点东西，因为地方不靖，从别处开来的军队进城时难免一场抢掠。那是一所五进的大房子，四边还有一个大花园，各屋里底陈设除椅、桌以外，其余的都已装好，运到花园后面底石库里，花园里还留下一所房子没有收拾。因为郭太子新娶的新奶奶忌讳多，非过百日不许人搬动她屋子里底东西。

窗外种着一丛碧绿的芭蕉，连着一座假山直通后街底墙头。屋里一张紫檀嵌牙的大床，印度纱帐悬着，云石椅、桌陈设在南窗底下。瓷瓶里插的一簇鲜花，香气四溢。墙上挂的字画都没有取下来，一个康熙时代的大自鸣钟底摆子在静悄悄的空间的得地作响，链子末端底金葫芦动也不动一下。在窗棂下的贵妃床上坐着从前在城隍庙卖艺的女郎，她底眼睛向窗外注视，像要把无限的心事都寄给轻风吹动的蕉叶。

芭蕉外，轻微的脚音渐次送到窗前。一个三十左右的男子，到阶下站着，头也没抬起来，便叫："大官，大官在屋里么？"

里面那女郎回答说："大官出城去了，有什么事？"

那人抬头看见窗里底女郎，连忙问说："这位便是新奶奶么？"

麟趾注目一看，不由得怔了一会。"你很面善，像在那里见过的。"她底声音很低，五尺以外几乎听不见。

那人看着她，也像在什么地方会过似地，但他一时也记不起来，至终还是她想起来。她说："你不是姓廖么？"

"不错呀，我姓廖。"

"那就对了。你现在在这一家干的什么事？"

"我一向在广州同大官做生意，一年之中也不过来一两次，奶奶怎么认得我？"

"你不是前几年娶了一个人家叫她做宜姑的做老婆吗？"

那人注目看她，听到她说起宜姑，猛然回答说："哦，我记起来了！你便是当日的麟趾小姑娘！小姑娘，你怎么会落在他手里？"

"你先告诉我宜姑现在好么？"

"她么？我许久没见她了。自从你走后，兄弟们便把宜姑配给黑牛，黑牛现在名叫黑仰白，几年来当过一阵要塞司令，宜姑跟着他养下两个儿子。这几天，听说总部要派他到上海去活动，也许她会跟着去罢。我自那年入军队不久，过不了纪律的生活，就退了伍。人家把我荐到郭大官底烟土栈当掌柜，我一直便做了这么些年。"

麟趾问："省城也能公卖烟土么？"

"当然是私下买卖，军队里我有熟人容易做，所以这几年来很剩些钱。"

"黑牛和他底弟兄们帮你贩烟土，是不是？"

"不，黑司令现在很正派，我同他的交情没有从前那么深了。我有许多朋友在别的军队里，他们时常帮助我。"

"我很想去见见宜姑，你能领我去么？"

"她不久便要到上海去。你就是到广州，也不一定能看见她。"

"今晚，就走，怎样？"

"那可不成，城里恐怕不到初更就要出乱子。我方才就是来对大官说，叫他快把大门、偏门、后门都锁起来，恐怕人进来抢。"

"他说出城迎接军队去了，不晓得什么时候能回来。或者现在就领我走罢。"

"耳目众多，不成，不成。再说要走，也不能同我走，教大官知道，会说我拐骗你。……我说你是要一走不回头呢？还是只要见一见宜姑便回来？"

"我一点也不喜欢他，那天我在城隍庙踏索子掉下来，昏过去，醒来便躺在这屋里底床上。好在身上没有什么伤，只是脚跟和手擦破，养了十几天便好了。他强我嫁给他，口里答应给我十万银做保证金，说若是他再娶奶奶，听我把十万银带走，单独过日子。我问他给了多少给黄胜，他说不用给，他没奈何他。自从我离开山寨以后，就给黄胜抢去学走江湖，几年来走了好几省地方，至终这里给他算上了。我常想着他那样的人，连一个钱也不给黄胜，将来万一他负了心，他也照样可以把十万银子抢回去；现在钱虽然在我底名字底下存着，我可不敢相信是属于我的。我还是愿意走得远远地。他不是一个好人，跟着他至终不会得好结果，你说是不是？"

廖成注视她底脸，听着她说。他对于郭大官掳人的事早有所闻，却不知便是麟趾。他好像对于麟趾所说的没有多少可诧异的，只说："是，他并不是个好人。但是现在的世界，哪个是好人！好人有人捧，坏人也有人捧，为坏人死的也算忠臣，我想等宜姑从上海回来，我再通知你去会她罢。"

"不，我一定要走。你若不领我去，请给我一个地址，我自己想方法。"

廖成把宜姑底地址告诉她，还劝她切要过了这个乱子才去，麟趾嘱咐他不要教郭太子知道。她说："你走罢，一会怕有人来。我那丫头都到前院帮助收拾东西去了，你出去，请给我叫一个人进来。"

他一面走着，一面说："我看还是等乱过去，从长慢慢地打算罢，这两天一定不能走的，道路上危险多。"

麟趾目送着廖成走出蕉丛外头，到他底脚音听不见的时候，慢慢起身到妆台前，检点她底细软和首饰之类。走出房门，上了假山。她自伤愈后这是第一次登高。想着宜姑，教她心里非常高兴，巴不得立刻到广州去见她。到墙底尽头，她探头下望，见一条黑深的空巷，一根电报杆子立在巷对面底高坡上，同围墙距离约一丈多宽。一根拴电杆的粗铅丝，从杆上离电线不远的部位，牵到墙上一座一半砌在墙里已毁的节孝坊底石柱上，几乎成为水平线。她看看园里并没有门，若要从花园逃出去，恐怕没有多少希望。

她从假山下来，进到屋里已是黄昏时分，丫头也从前院进来了。麟趾问："你有旧衣服没有？拿一套来给我。"

女婢说："奶奶要旧衣服干什么？"

"外头乱扰扰地，万一给人打进家里来，不就得改装掩人耳目么？"

"我的不合奶奶穿，我到外头去找一套进来罢。"她说着便出去了。

麟趾到丫头底卧房翻翻她底包袱，果然都是很窄小的，不合她穿。门边挂着一把雨纸伞，她拿下来打开一看，已破了大半边。在床底下有一根细绳子，不到一丈长，她摇摇头叹了一声，出来仍坐在窗下底贵妃床，两眼凝视芭蕉。忽然拍起她底腿说：'有了！'她立起来，正要出去，丫头给她送了一套竹布衣服进来。

"奶奶，这套合适不合适？"

她打开一看，连说："成，成。现在你可以到前头帮他们搬东西，等七点钟端饭来给我吃。"丫头答应一声，便离开她。她又到婢女屋里，把两竿张蚊帐的竹子取下捆起来；将衣物分做两个小包结在竹子两端，做成一根踏索用的均衡担。她试一下，觉得稍微轻一点，便拿起一把小刀走到芭蕉底下，把两棵有花蕾的砍下来，割下两个重约两斤的花蕾加在上头。随即换了衣服，穿着软底鞋，扛着均衡担飞跑上假山。沿着墙头走，到石柱那边。她不顾一切，两手揸住均衡担，踏上那根大铅丝，一步一步地走过去。到电杆那头，她忙把竹上底绳子解下来，圈成一个圆套子，套着自己底腰和杆子，像尺蠖一样，一路拱下去。

　　下了土坡，急急向着人少的地方跑。拐了几个弯，才稍微辨识一点道路。她也不用问道，一个劲儿便跑到真武庙去，她想着教黄胜领她到广州去找宜姑，把身边带着的珠宝分给他一两件。不想真武庙底后殿已经空了，人也不晓得往那里去了。天色已晚，邻居底人都不理会是她回来，她不敢问。她踌躇着，不晓得要怎样办。在真武庙歇，又害怕；客栈不能住；船，晚上不开。一会郭家人发觉了，一定把各路口把住，终要被逮捕回去。到巡警报迷路罢，不成，若是巡警搜出身上底东西，倒惹出麻烦来。想来想去，还是赶出城，到城外藏一宿，再定行止。

　　她在道上，看见许多人在街上挤来挤去，很像要闹乱子的光景。刚出城门，便听见城里一连发出砰磅的声音。街上底人慌慌张张地乱跑，铺店底门早已关好，一听见枪声，连门前底天灯都收拾起来。幸而麟趾出了城，不然，就被关在城里头。她要找一个僻静的地方去躲一下，但找来找去，总找不着，不觉来到江边。沿江除码头停泊着许多船以外，别的地方都很静。在离码头不远的地方，有一棵斜出江面的大榕树。那树底气根，根根都向着水面伸下去。她又想起藏在树上。在枪声不歇的时候，已有许多人挤在码头那边叫渡船。他们都是要到石龙去的。看他们底样子都像是逃难的人，麟趾想着不如也跟着他们去，到石龙，再赶广州车到广州。看他们把价钱讲妥了，她忙举步，混在人们当中，也上了船。

　　乱了一阵，小渡船便离开码头。人都伏在舱底下，灯也不敢点。城中底枪声教船后头底大橹和船头的双桨轻松地摇掉。但从雉堞影射出来的火光，令人感到是地狱底一种现象。船走得越远，照得越亮。到看不见红光的时候，不晓得船在江上已经拐了几个弯了。

六

石龙车站里虽不都是避难的旅客，但已拥挤得不堪。站台上几乎没有一寸空地，都教行李和人占满了。麟趾从她底座位起来，到站外去买些吃的东西，回来时，位已被别人占去。她站在一边，正在吃东西，一个扒手偷偷摸摸地把她放在地下那个小包袱拿走。在她没有发觉以前，后面长凳上坐着的一个老和尚便赶过来，追着那贼说："莫走，快把东西还给人。"他说着，一面追出站外。麟趾见拿的是她底东西，也追出来。老和尚把包袱夺回来，交给她说："大姑娘，以后小心一点，在道上小人多。"

麟趾把包袱接在手里，眼泪几乎要流出来。她心里说若是丢了那包袱，她就永久失掉纪念她父亲的东西了。再则，所有的珠宝也许都在里头。现出非常感激的样子，她对那出家人说："真不该劳动老师父。跑累了么？我扶老师父进里面歇歇罢。"

老和尚虽然有点气喘，却仍然镇定他说："没有什么，姑娘请进罢。你像是逃难的人，是不是？你底包袱为什么这样湿呢？"

"可不是！这是被贼抢漏了的。昨晚上，我们在船上，快到天亮的时候，忽然岸上开枪，船便停了。我一听见枪声，知道是贼来了，赶快把两个包袱扔在水里。我每个包袱本来都结着一条长绳子。扔下以后，便把一头暗地结在靠近舵边一根支篷的柱子上头。我坐在船尾，扔和结的时候都没人看见，因为客人都忙着藏各人底东西，天也还没亮，看不清楚。我又怕被人知道我有那两个包袱，万一被贼搜出来，当我是财主，将我掳去，那不更吃亏么？因此我又赶紧到篷舱里人多的地方坐着。贼人上来，真凶！他们把客人底东西都抢走了。个个底身上也搜过一遍。侥幸没被搜出的很少。我身边还有一点首饰，也送给他们了，还有一个人不肯把东西交出，教他们打死了，推下水去。他们走后，我又回到船后去，牵着那绳子，可只剩下一个包袱，那一个恐怕是水冲掉了。"

"我每想着一次一次的革命，逃难的都是阔人。他们有香港、澳门、上海可去。逃不掉的，只有小百姓。今日看见车站这么些人，才觉得不然。所不同的，是小百姓不逃固然吃亏，逃也便宜不了。姑娘很聪明，想得到把包袱扔在水里，真可佩服。"

麟趾随在后头回答说："老师你过奖。方才把东西放下，就显得我很笨；若不是老师父给追回来，可就不得了。老师父也是避难的么？"

"我么？出家人避什么难？我从罗浮山下来，这次要到普陀山去朝山。"说时，回到他原来的坐位。但位已被人占了，他底包袱也没有了。他底神色一点也不因为丢了东西更变一点，只笑说："我底包袱也没了！"

心里非常不安的麟趾从身边拿出一包现银，大约二十元左右，对他说："老师父，我真感谢你，请你把这些银子收下罢。"

"不，谢谢，我身边还有盘缠。我底包袱不过是几卷残经和一件破袈裟而已。你是出门人，多一元在身边是一元底用处。"

他一定不受，麟趾只得收回。她说："老师父底道行真好。请问法号怎样称呼？"

那和尚笑说："老衲没有名字。"

"请告诉我，日后也许会再相见。"

"姑娘一定要问，就请叫我做罗浮和尚便了。"

"老师父一向便在罗浮吗？听你底回音不像是本地人。"

"不错，我是北方人。在罗浮出家多年了。姑娘倒很聪明，能听出我底口音。"

"姑娘倒很聪明"，在麟趾心里好像是幼年常听过的。她父亲底形貌，她已模糊记不清了，她只记得旺密的大胡子，发亮的眼神。因这句话，使她目注在老和尚脸上。光圆的脸，一根胡子也不留。满颊直像铺上一层霜，眉也白得像棉花一样。眼睛带着老年人的混浊颜色，神采也没有了。她正要告诉老师父她原先也是北方人，可巧汽笛底声音夹着轮声、轨道震动声，一齐送到。

"姑娘，广州车到了，快上去罢。不然占不到好座位。"

"老师父也上广州么？"

"不，我到香港候船。"

麟趾匆匆地别了他，上了车，当窗坐下。人乱过一阵，车就开了。她探头出来，还望见那老和尚在月台上。她凝望着，一直到车离开很远的地方。

她坐在车里，意像里只有那个老和尚，想着他莫不便是自己底父亲？可惜方才他递包袱时，没留神看看他底手，又想回来，不，不能够，也许我自己以为是，其实是别人。他底脸不很像哪！他底道行真好，不愧为出家人。忽然又想：假如我父亲仍在世，我必要把他找回来，供养他一辈子。呀，幼年时代甜美的生活，父母的爱惜，我不应当报答吗？不，不，没有父母底爱，父母都是自私自利的。为自己的名节，不惜把全家杀死。也许不止父母如此，一切的人都是自私自利的。从前的女子，不到成人，父母必要快些把她嫁给人。为什么？留在家里吃饭，赔钱。现在的女子，能出外跟男子一样做事，父母便不愿她嫁了。他们愿意她像儿子一样养他们一辈子，送他们上山。不，也许我底父母不是这样。他们也许对，是我不对，不听话，才会有今日的流离。

她一向便没有这样想过，今日因着车轮底转动摇醒了她底心灵。

"你是聪明的姑娘！""你是聪明的姑娘！"轮子也发出这样的声音。这明明是父亲底话，明明是方才那老和尚底话。不知不觉中，她竟滴了满襟的泪。泪还没干，车已入了大沙头底站台了。

出了车站，照着廖成底话，雇一辆车直奔黑家。车走了不久时候，至终来到门前。两个站岗的兵问她找谁，把她引到上房。黑太太紧紧迎出来，相见之下，抱头大哭一场。佣人面面相觑，莫名其妙。

黑太太现在是个三十左右的女人，黑老爷可已年近半百。她装饰得非常时髦，锦衣、绣裙，用的是欧美所产胡奴底粉，杜丝底脂，古特士底甲红，鲁意士底眉黛，和各种著名的香料。她底化装品没有一样不是上等，没有一件是中国产物。黑老爷也是面团团，腹便便，绝不像从前那凶神恶煞的样子。寒暄了两句，黑老爷便自出去了。

"妹妹，我占了你底地位。"这是黑老爷出去后，黑太太对麟趾的第一句话。

麟趾直看着她，双眼也没眨一下。

"唉，我底话要从那里说起呢？你怎么知道找到这里来？你这几年到那里去了？"

"姐姐，说来话长，我们晚上有功夫细细谈罢。你现在很舒服了，我看你穿的用的便知道了。"

"不过是个绣花枕而已，我真是不得已。现在官场，专靠女人出去交际，男人才有好差使。无谓的应酬一天不晓得多少，真是把人累得要死。"

她们真个一直谈下去，从别离以后谈到彼此所过的生活。宜姑告诉麟趾他祖父早已死掉，但村里那间茅屋她还不时去看看。现在没有人住，只有一个人在那里守着。她这几年跟人学些注音字母，能够念些浅近文章，在话里不时赞美她丈夫底好处。麟趾心里也很喜欢，最能使她开心的便是那间茅舍还存在。她又要求派人去访寻黄胜，因为她每想着她欠了他很大的恩情。宜姑也应许为她去办。她又告诉宜姑早晨在石龙车站所遇的事情，说他几乎像看见父亲一样。

这样的倾谈决不能一时就完毕，好几天或好几个月都谈不完，东江底乱事教黑老爷到上海的行期改早些，他教他太太过些日子再走。因此宜姑对于麟趾，第二天给她买穿，第三天给她买戴；过几天又领她到张家，过几时又介绍她给李家。一会是同坐紫洞艇游河，一会又回到白云山附近底村居。麟趾底生活在一两个星期中真像粘在枯叶下的冷蛹，化了蝴蝶，在旭日和风中间翻舞一样。

东江一带底秩序已经渐次恢复。在一个下午，黑府底勤务兵果然把黄胜领到上房来。麟趾出来见他，又喜又惊。他喜底是麟趾有了下落；他怕的是军人底势力。她可没有把一切的经过告诉他，只问他事变的那天他在那里。黄胜说他和老杜合计要趁乱领着一班穷人闯进郭太子底住宅，他们两人希望能把她夺回来，想不到她没在那里。郭家被火烧了，两边死掉许多人，老杜也打死了，郭家底人活的也不多，郭太子在道上教人掳去，到现在还不知下落。他见事不济，便自逃回城隍庙去，因为事前他把行头都存在那里，伙计没跟去的也住在那里。

麟趾心里想着也许廖成也遇了险。不然，这么些日子，怎么不来找我，他总知道我会到这里来。因为黄胜不认识廖成，问也没用，她问黄胜愿意另谋职业，还是愿意干他底旧营生。黄胜当然不愿再去走江湖，她于是给了他些银钱。但他愿意留在黑府当差，宜姑也就随便派给他当一名所谓国术教官。

黑家底行期已经定了，宜姑非带麟趾去不可，她想着带她到上海，一定有很多帮助。女人底脸曾与武人底枪平分地创造了人间一大部历史。黑老爷要去联络各地战主，也许要仗着麟趾才能成功。

七

  南海底月亮虽然没有特别动人的容貌，因为只有它来陪着孤零的轮船走，所以船上很有些与它默契的人。夜深了，轻微的浪涌，比起人海中政争匪掠的风潮舒适得多。在枕上的人安宁地听着从船头送来波浪底声音，直如催眠的歌曲。统舱里躺着、坐着的旅客还没尽数睡着，有些还在点五更鸡煮挂面，有些躺在一边烧鸦片，有些围起来赌钱。几个要到普陀朝山的和尚受不了这种人间浊气，都上到舱面找一个僻静处所打坐去了，在石龙车站候车的那个老和尚也在里头。船上虽也可以入定，但他们不时也谈一两句话。从他们底谈话里，我们知道那老和尚又回到罗浮好些日子，为的是重新置备他底东西。

  在那班和尚打坐的上层甲板，便是大菜间客人底散步地方。藤椅上坐着宜姑。麟趾靠着舷边望月。别的旅客大概已经睡着了。宜姑日来看见麟趾心神恍惚，老像有什么事挂在心头一般，在她以为是待她不错；但她总是望着空间想，话也不愿意多说一句。

  "妹妹，你心里老像有什么事，不肯告诉我。你是不喜欢我们带你到上海去么？也许你想你底年纪大啦，该有一个伴了。若是如此，我们一定为你想法子。他底交游很广，面子也够，替你选择的人准保不错。"宜姑破了沉寂，坐在麟趾背后这样对她说。她心里是想把麟趾认做妹妹，介绍给一个督军底儿子当做一种政治钓饵。万一不成，也可以借着她在上海活动。

  麟趾很冷地说："我现在谈不到那事情，你们待我很好，我很感激。但我老想着到上海时，顺便到普陀去找找那个老师父，看他还在那里不在。我现在心里只有他。"

"你准知道他便是你父亲吗？"

"不，我不过思疑他是。我不是说过那天他开了后门出去，没听见他回到屋里的脚音吗？我从前信他是死了，自从那天起教我希望他还在人间。假如我能找着他，我宁愿把所有的珠宝给你换那所茅屋。我同他在那里住一辈子。"麟趾转过头来，带着满有希望的声调对着宜姑。

"那当然可以办的到。不过我还是希望你不要做这样没有把握的寻求。和尚们多半是假慈悲，老奸巨滑的不少；你若有意去求，若是有人知道你底来历，冒充你父亲，教你养他一辈子，那你不就上了当？幼年的事你准记得清楚么？"

"我怎么不记得？谁能瞒我？我底凭证老带在身边，谁能瞒得过我？"她说时拿出她几年来常在身边的两截带指甲的指头来，接着又说，"这就是凭证。"

"你若是非去找他不可，我想你一定会过那飘泊的生活。万一又遇见危险，后悔就晚了。现在的世界乱得很，何苦自己去找烦恼？"

"乱么？你、我都见过乱，也尝过乱的滋味。那倒没有什么。我底穷苦生活比你多过几年，我受得了。你也许忘记了。你现在的地位不同，所以不这样想。假若你同我换一换生活，你也许也会想去找你那耳聋的祖父罢。"她没有回答什么，嘴里漫应着："唔，唔。"随即站起来，说："我们睡去罢，不早了。明天一早起来看旭日，好不好？"

"你先去罢，我还要停一会儿才睡咧。"

宜姑伸伸懒腰，打了一个呵欠，说声"明天见！别再胡思乱想了，妹妹，"便自进去了。

她仍靠在舷边，看月光映得船边底浪花格外洁白，独自无言，深深地呼吸着。

甲板底下那班打坐的和尚也打起盹来了。他们各自回到统舱里去。下了扶梯，便躺着。那个老是用五更鸡煮挂面的客人，他虽已睡去，火仍是点着。一个和尚底袍角拂倒那放在上头的锅，几乎烫着别人底脚。再前便是那抽鸦片的客人，手拿着烟枪，仰面打鼾，烟灯可还未灭，黑甜的气味绕缭四围。斗纸牌的还在斗着。谈话的人可少了。

月也回去了，这时只剩下浪吼轮动的声音。

宜姑果然一清早便起来看海天旭日。麟趾却仍在睡乡里。报时的钟打了六下，甲板上下早已洗得干干净净。统舱底客人先后上来盥漱。麟趾也披着寝衣出来，坐在舷边底漆椅上。在桅梯边洗脸的和尚们牵引了她底视线。她看见那天在石龙车站相遇的那个老师父，喜欢得直要跳下去叫他。正要走下去，宜姑忽然在背后叫她，说："妹妹，你还没穿衣服咧。快吃早点了，还不去梳洗？"

"姐姐，我找着他了！"她不顾一切还是要下扶梯。宜姑进前几步，把她揪住，说："你这像什么样子，下去不怕人笑话，我看你真是有点迷。"她不由分说，把麟趾拉进舱房里。

"姐姐，我找着他了！"她一面换衣服，一面说："若果是他，你得给我靠近燕塘的那间茅屋。我们就在那里住一辈子。"

"我怕你又认错了人，你一见和尚便认定是那个老师父，我准保你又会闹笑话。我看吃过早饭叫'播外'下去问问。若果是，你再下去不迟。"

"不用问，我准知道是他。"她三步做一步跳下扶梯来。那和尚已漱完口下舱去了。她问了旁边底人便自赶到统舱去。下扶梯过急，猛不防把那点着的五更鸡踢倒。汽油洒满地，火跟着冒起来。

舱里底搭客见楼梯口着火，个个都惊惶失措，哭的、嚷的、乱跑的、混在一起。麟趾退上舱面，脸吓得发白，话也说不出来。船上底水手，知道火起，忙着解开水龙。警钟响起来了！

船底没有一个敢越过那三尺多高的火焰。忽然跳出那个老和尚，抱着一张大被窝腾身向火一扑，自己倒在火上压着。他把火几乎压灭了一半，众人才想起掩盖的一个法子。于是一个个拿被窝争着向剩下的火焰掩压。不一会把火压性了，水龙底水也到了。忙乱了一阵，好容易才把火扑灭了。各人取回冲湿的被窝时，直到最底下那层，才发见那老师父。众人把他扛到甲板上头，见他底胸背都烧烂了。

他两只眼虽还睁着，气息却只留着一丝，众人围着他，但具有感激他为众舍命的恐怕不多。有些只顾骂点五更鸡的人，有些，却咒那行动卤莽的女子。

麟趾钻进人丛中，满脸含泪。那老师父底眼睛渐次地闭了。她大声叫："爸爸！爸爸！"

众人中，有些肯定地说他死了。麟趾揸着他底左手，看看那剩下的三个指头。她大哭起来，嚷，说："真是我底爸爸呀！"这样一连说了好几遍。宜姑赶下来，把她扶开，说："且别哭啦，若真是你父亲，我们回到屋里再打算他底后事，在这里哭惹得大众来看热闹，也没什么好处。"

她把麟趾扶上去以后，有人打听老和尚和那女客的关系，却没有一个人知道。他同伴的和尚也不很知道他底来历。他们只知道他是从罗浮山下来的。有一个知道详细一点，说他在某年受戒，烧掉两个指头供养三世法佛。这话也不过是想，当然并没有确实的凭据，同伴底和尚并没有一个真正知道他底来历。他们最多知道他住在罗浮不过是四五年光景，从那里得的戒牒也不知道。

宜姑所得的回报，死者是一个虔心奉佛燃指供养的老和尚。麟趾却认定他便是好几年前自己砍断指头的父亲。死的已经死掉，再也没法子问个明白，他们也不能教麟趾不相信那便是她爸爸。

她躺在床上，哭得像泪人一般，宜姑在旁边直劝她。她说："你就将他底遗体送到普陀或运回罗浮去为他造一个塔，表表你底心也就够了。"

统舱底秩序已经恢复。麟趾到停尸的地方守着。她心里想：这到底是我父亲不是？他是因为受戒烧掉两个指头的么？一定的，这样的好人，一定是我父亲。她底泪沉静地流下，急剧地滴到膝上。她注目看着那尸体，好像很认得，可惜记忆不能给她一个反证。她想到普陀以后若果查明他底来历不对，就是到天边海角，她也要再去找找。她底疑心，很能使她再去过游浪的生活，长住在黑家决不是她所愿意的事。她越推想越入到非非之境，气息几乎像要停住一样。船仍在无涯的浪花中漂着，烟囱冒出浓黑的烟，延长到好几百丈，渐次变成灰白色，一直到消灭在长空里头。天涯底彩云一朵一朵浮起来，在麟趾眼里，仿佛像有仙人踏在上头一般。

（原载1933年《文学》第1卷4、5号）

人非人

离电话机不远的廊子底下坐着几个听差,有说有笑,但不晓得到底是谈些什么。忽然电话机响起来了,其中一个急忙走过去摘下耳机,问:"喂,这是社会局,您找谁?"

"唔,你是陈先生,局长还没来。"

"科长?也没来。还早呢。"

"……"

"请胡先生说话。是咯,请您候一候。"

听差放下耳机径自走进去,开了第二科底门,说:"胡先生,电话,请到外头听去罢,屋里底话机坏了。"

屋里有三个科员,除了看报抽烟以外,个个都像没事情可办。告近窗边坐着的那位胡先生出去以后,剩下的两位起首谈论起来。

"子清,你猜是谁来的电话?"

"没错,一定是那位。"他说时努嘴向着靠近窗边的另一个座位。

"我想也是她。只有可为这傻瓜才会被她利用。大概今天又要告假，请可为替她办桌上放着的那几宗案卷。"

"哼，可为这大头！"子清说着摇摇头，还看他底报。一会，他忽跳起来说："老严，你瞧，定是为这事。"一面拿着报纸到前头底桌上，铺着大家看。

可为推门进来。两人都昂头瞧着他。严庄问："是不是陈情又要揸你大头？"

可为一对忠诚的眼望着他，微微地笑，说："这算什么大头小头！大家同事，彼此帮忙……"

严庄没等他说完，截着说："同事！你别侮辱了这两个字罢。她是缘着什么关系进来的？你晓得么？"

"老严，您老信一些闲话，别胡批评人。"

"我倒不胡批评人，你才是糊涂人哪。你想陈情真是属意于你？"

"我倒不敢想。不过是同事，……"

"又是'同事'，'同事'，你说局长底候选姨太好不好？"

"老严，你这态度，我可不敢佩服，怎么信口便说些伤人格的话？"

"我说的是真话，社会局同人早就该鸣鼓而攻之，还留她在同人当中出丑。"

子清也像帮着严庄，说："老胡是着了迷，真是要变成老糊涂了。老严说的对不对，有报为证。"说着又递方才看的那张报纸给可为，指着其中一段说，"你看！"

可为不再作声，拿着报纸坐下了。

看过一遍，便把报纸扔在一边，摇摇头说："谣言，我不信。大概又是记者访员们底影射行为。"

"嗤！"严庄和子清都笑出来了。

"好个忠实信徒！"严庄说。

可为皱一皱眉头，望着他们两个，待要用话来反驳，忽又低下头，撇一下嘴，声音又吞回去了。他把案卷解开，拿起笔来批改。

十二点到了。严庄和子清都下了班。严庄临出门，对可为说："有一个叶老太太请求送到老人院去，下午就请您去调查一下罢，事由和请求书都在这里。"他把文件放在可为桌上便出去了。可为到陈情底位上检检那些该发出的公文。他想反正下午她便销假了，只检些待发出去的文书替她签押，其余留着给她自己办。

他把公事办完，顺将身子望后一靠，双手交抱在胸前，眼望着从窗户射来的阳光，凝视着微尘纷乱地盲动。

他开始了他底玄想。

陈情这女子到底是个什么人呢？他心里没有一刻不悬念着这问题。他认得她的时间虽不很长，心里不一定是爱她，只觉得她很可以交往，性情也很奇怪，但至终不晓得她一离开公事房以后干的什么营生。有一晚上偶然看见一个艳妆女子，看来很像她，从他面前掠过，同一个男子进万国酒店去。他好奇地问酒店前底车夫，车夫告诉他那便是有名的"陈皮梅"。但她在公事房里不但粉没有擦，连雪花膏一类保护皮肤的香料都不用。穿的也不好，时兴的阴丹士林外国布也不用，只用本地织的粗棉布。那天晚上看见的只短了一副眼镜，她日常戴着带深紫色的克罗克斯。局长也常对别的女职员赞美她。但他信得过他们没有什么关系，像严庄所胡猜的。她那里会做像给人做姨太太那样下流的事？不过，看早晨的报，说她前天晚上在板桥街底秘密窟被警察拿去，她立刻请出某局长去把她领出来。这样她或者也是一个不正当的女人。每常到肉市她家里，总见不着她。她到那里去了呢？她家里没有什么人，只有一个老妈子，按理每月几十块薪水可以够她用了。她何必出来干那非人的事？想来想去，想不出一个恰当的理由。

钟已敲一下了，他还叉着手坐在陈情底位上，双眼凝视着。心里想或者是这个原因罢，或者是那个原因罢？

他想她也是一个北伐进行中的革命女同志，虽然没有何等的资格和学识，却也当过好几个月战地委员会底什么秘书长一类的职务。现在这个职位，看来倒有些屈了她，月薪三十元，真不如其他办革命的同志们。她有一位同志，在共同秘密工作的时候，刚在大学一年级，幸而被捕下狱。坐了三年监，出来，北伐已经成功了。她便仗着三年间的铁牢生活，请党部移文给大学，说她有功党国，准予毕业。果然，不用上课，也不用考试，一张毕业文凭便到了手。另外还安置她一个肥缺。陈情呢，几年来，出生入死，据她说，她亲自收掩过几次被枪决的同志。现在还有几个同志家属，是要仰给于她的。若然，三十元真是不够。然而，她为什么不去找别的事情做呢？也许严庄说的对。他说陈在外间，声名狼藉，若不是局长维持她，她给局长一点便宜，恐怕连这小小差事也要掉了。

这样没系统和没论理的推想，足把可为底光阴消磨了一点多钟。他饿了，下午又有一件事情要出去调查，不由得伸伸懒腰，抽出一个抽屉，要拿浆糊把批条糊在卷上，无意中看见抽屉里放着一个巴黎拉色克香粉小红盒。那种香气，真如那晚上在万国酒店门前闻见的一样。她用的东西么？他自己问。把小盒子拿起来，打开，原来已经用完了。盒底有一行用铅笔写的小字，字迹已经模糊了，但从铅笔底浅痕，还可以约略看出是"北下洼八号"。唔，这是她常去的一个地方罢？每常到她家去找她，总找不着，有时下班以后自请送她回家时，她总有话推辞。有时晚间想去找她出来走走，十次总有九次没人应门；间或一次有一个老太太出来说："陈小姐出门去啦。"也许她是一只夜蛾，要到北下洼八号才可以找到她。也许那是她底朋友家，是她常到的一个地方。不，若是常到的地方，又何必写下来呢？想来想去总想不透。他只得皱皱眉头，叹了一口气，把东西放回原地，关好抽屉，回到自己座位。他看看时间快到一点半，想着不如把下午的公事交代清楚，吃过午饭不用回来，一直便去访问那个叶姓老婆子。一切都弄停妥以后，他戴着帽子，径自出了房门。

一路上他想着那一晚上在万国酒店看见的那个，若是陈修饰起来，可不就是那样。他闻闻方才拿过粉盒的指头，一面走，一面玄想。

在饭馆随便吃了些东西，老胡便依着地址去找那叶老太太。原来叶老太太住在宝积寺后底破屋里。外墙是前几个月下雨塌掉的，破门里放着一个小炉子，大概那便是她底移动厨房了。老太太在屋里听见有人，便出来迎客。可为进屋里只站着，因为除了一张破炕以外，椅、桌都没有。老太太直让他坐在炕上，他又怕臭虫，不敢径自坐下，老太太也只得陪着站在一边。她知道一定是社会局长派来的人，开口便问："先生，我求社会局把我送到老人院的事，到底成不成呢？"那种轻浮的气度，谁都能够理会她是一个不问是非想什么便说什么的女人。

"成倒是成，不过得看看你底光景怎样。你有没有亲人在这里呢？"可为问。

"没有。"

"那么，你从前靠谁养活呢？"

"不用提啦。"老太太摇摇头，等耳上那对古式耳环略为摆定了，才继续说，"我原先是一个儿子养我。那想前几年他忽然入了什么要命党，——或是敢死党，我记不清楚了，——可真要了他底命。他被人逮了以后，我带些吃的穿的去探了好几次，总没得见面。到巡警局，说是在侦缉队；到侦缉队，又说在司令部；到司令部，又说在军法处。等我到军法处，一个大兵指着门前底大牌楼，说在那里。我一看可吓坏了！他底脑袋就挂在那里！我昏过去大半天，后来觉得有人把我扶起来，大概也灌了我一些姜汤，好容易把我救活了，我睁眼一瞧已是躺在屋里底炕上。在我身边的是一个我没见过的姑娘。问起来，才知道是我儿子的朋友陈姑娘。那陈姑娘答允每月暂且供给我十块钱，说以后成了事，官家一定有年俸给我养老。她说人要命党也是做官，被人砍头或枪毙也算功劳。我儿子底名字，一定会记在功劳簿上的。唉，现在的世界到底是怎么一回事，我也糊涂了。陈姑娘养活了我，又把我底侄孙，他也是没爹娘的，带到她家，给他进学堂。现在还是她养着。"

老太太正要说下去，可为忽截着问："你说这位姑娘叫什么名字？"

"名字？"她想了很久，才说，"我可说不清，我只叫她陈姑娘，我侄孙也叫她陈姑娘。她就住在肉市大街，谁都认识她。"

"是不是戴着一副紫色眼镜的那位陈姑娘？"

老太太听了他底问，像很兴奋地带着笑容望着他，连连点头说："不错，不错，她戴的是紫色眼镜。原来先生也认识她，陈姑娘。"又低下头去，接着说补充的话："不过，她晚上常不戴镜子。她说她眼睛并没有毛病，只怕白天太亮了，戴着挡挡太阳，一到晚上，她便除下了。我见她的时候，还是不戴镜子的多。"

"她是不是就在社会局做事？"

"社会局？我不知道。她好像也入了什么会似地。她告诉我从会里得的钱除分给我以外，还有三个人也是用她底钱。大概她一个月的入款最少总有二百多，不然，不能供给那么些人。"

"她还做别的事吗？"

"说不清。我也没问过她。不过她一个礼拜总要到我这里来三两次。来的时候多半在夜里。我看她穿得顶讲究的。坐不一会,每有人来找她出去。她每告诉我,她夜里有时比日里还要忙。她说,出去做事,得应酬,没法子。我想她做的事情一定很多。"

可为越听越起劲,像那老婆子底话句句都与他有关系似地。他不由得问:"那么,她到底住在什么地方呢?"

"我也不大清楚,有一次她没来,人来我这里找她。那人说,若是她来,就说北下洼八号有人找,她就知道了。"

"北下洼八号,这是什么地方?"

"我不知道。"老太太看他问得很急,很诧异地望着他。

可为愣了大半天,再也想不出什么话问下去。

老太太也莫名其妙,不觉问此一声:"怎么,先生只打听陈姑娘?难道她闹出事来了么?"

"不,不,我打听她,就是因为你底事。你不说从前都是她供给你么?现在怎么又不供给了呢?"

"瞎!"老太太摇着头,揸着拳头向下一顿,接着说,"她前几天来,偶然谈起我儿子。她说我儿子底功劳,都教人给上在别人底功劳簿上了。她自己底事情也飘飘摇摇,说不定那一天就要下来。她教我到老人院去挂个号,万一她底事情不妥,我也有个退步。我到老人院去,院长说现在人满了,可是还有几个社会局底额,教我立刻找人写禀递到局里去。我本想等陈姑娘来,请她替我办。因为那晚上我们有点拌嘴,把她气走了。她这几天都没来,教我很着急。咋天早晨,我就在局前底写字摊花了两毛钱,请那先生给写了一张请求书递进去。"

"看来,你说的那位陈姑娘我也许认识。她也许就在我们局里做事。"

"是么？我一点也不知道。她怎么今日不同您来呢？"

"她有三天不上衙门了。她说今儿下午去，我没等她便出来啦。若是她知道，也省得我来。"

老太太不等更真切的证明，已认定那陈姑娘就是在社会局的那一位。她用很诚恳的眼光射在可为脸上问："我说，陈姑娘底事情是不稳么？"

"没听说，怕不至于罢。"

"她一个月支多少薪水？"

可为不愿意把实情告诉她，只说："我也弄不清，大概不少罢。"

老太太忽然沉下脸去，发出失望带着埋怨的声音说："这姑娘也许嫌我累了她，不愿意再供给我了。好好的事情在做着，平白地瞒我干什么！"

"也许她别的用费大了，支不开。"

"支不开？从前她有丈夫的时候也天天嚷穷，可是没有一天不见她穿绸戴翠。穷就穷到连一个月给我几块钱用也没有，我不信。也许这几年所给我的，都是我儿子底功劳钱，瞒着我，说是她拿出来的。不然，我同她既不是亲，又不是戚，她为什么养我一家？"

可为见老太太说上火了，忙着安慰她说："我想陈姑娘不是这样人。现在在衙门里做事，就是做一天算一天，谁也保不定能做多久，你还是不要多心罢。"

老太太走前两步，低声地说："我何尝多心！她若是一个正经女人，她男人何致不要她？听说她男人现时在南京或是上海当委员，不要她啦。他逃后，她底肚子渐渐大起来，花了好些钱到日本医院去，才取下来。后来我才听见人家说，他们并没穿过礼服，连酒都没请人喝过，怨不得拆得那么容易。"

可为看老太太一双小脚站得进一步退半步的，忽觉他也站了大半天，脚步未免也移动一下。老太太说："先生，您若不嫌脏就请坐坐，我去沏一点水您喝，再把那陈姑娘底事细细地说给您听。"可为对于陈底事情本来知道一二，又见老太太对于她底事业的不明了和怀疑，料想说不出什么好话。即如到医院堕胎，陈自己对他说是因为身体软弱，医生说非取出不可。关于她男人遗弃这事，全局底人都知道。除他以外多数是不同情于她的。他不愿意再听她说下去，一心要去访北下洼八号，看到底是个什么人家。于是对老太太说："不用张罗了，你底事情，我明天问问陈姑娘，一定可以给你办妥。我还有事，要到别处去，你请歇着罢。"一面说，一面踏出院子。

老太太在后面跟着，叮咛可为切莫向陈姑娘打听，恐怕她说坏话。可为说："断不会。陈姑娘既然教你到老人院，她总有苦衷，会说给我知道，你放心罢。"出了门，可为又把方才拿粉盒的手指举到鼻端，且走且闻，两眼像看见陈情就在他前头走，仿佛是领他到北下洼去。

北下洼本不是热闹街市，站岗的巡警很优游地在街心踱来踱去。可为一进街口，不费力便看见八号的门牌。他站在门口，心里想"找谁呢"，他想去问岗警，又怕万一问出了差，可了不得。他正在踌躇，当头来了一个人，手里一碗酱，一把葱，指头还吊着几两肉，到八号的门口，大嚷"开门"。他便向着那人抢前一步，话也在急忙中想出来。

"那位常到这里的陈姑娘来了么？"

那人把他上下估量了一会，便问："那一位陈姑娘？您来这里找过她么？"

"我……"他待要说没有时，恐怕那人也要说没有一位陈姑娘。许久才接着说，"我跟人家来过，我们来找过那位陈姑娘。她一头底刘海发不像别人烫得像石狮子一样，说话像南方人。"

那人连声说："唔，唔，她不一定来这里。要来，也得七八点以后。您贵姓？有什么话请您留下，她来了我可以告诉她。"

"我姓胡。只想找她谈谈。她今晚上来不来？"

"没准，胡先生今晚若是来，我替您找去。"

"你到那里找她去呢？"

"哼，哼！"那人笑着，说，"到她家里。她家就离这里不远。"

"她不是住在肉市吗：""肉市？不，她不住在肉市。"

"那么她住在什么地方？"

"她们这路人没有一定的住所。"

"你们不是常到宝积寺去找她么？"

"看来您都知道，是她告诉您她住在那里么？"

可为不由得又要扯谎，说："是的，她告诉过我。不过方才我到宝积寺，那老太太说到这里来找。"

"现在还没黑。"那人说时仰头看看天，又对着可为说，"请您上市场去绕个弯再回来，我替您叫她去。不然请进来歇一歇，我叫点东西您用，等我吃过饭，马上去找她。"

"不用，不用，我回头来罢。"可为果然走出胡同口，雇了一辆车上公园去，找一个僻静的茶店坐下。

茶已沏过好几次，点心也吃过，好容易等到天黑了。十一月的黝云埋没了无数的明星，挂在园里的灯也被风吹得摇动不停，游人早已绝迹了，可为直坐到听见街上底更夫敲着二更，然后踱出园门，直奔北下洼而去。

门口仍是静悄悄的，路上底人除了巡警，一个也没有。他急近前去拍门。里面大声问："谁？"

"我姓胡。"

门开了一条缝，一个人露出半脸，问："您找谁？"

"我找陈姑娘。"可为低声说。

"来过么？"那人问。

可为在微光里虽然看不出那人底面目，从声音听来，知道他并不是下午在门口同他问答的那一个。他一手急推着门，脚先已踏进去，随着说："我约过来的。"

那人让他进了门口。再端详了一会，没领他望那里走。可为也不敢走了。他看见院子里底屋子都像有人在里面谈话，不晓得进那间合适。那人见他不像是来过的，便对他说："先生，您跟我走。"

这是无上的命令。教可为没法子不跟随他。那人领他到后院去穿过两重天井，过一个穿堂，才到一个小屋子。可为进去四围一望，在灯光下只见铁床一张，小梳妆桌一台放在窗下，桌边放着两张方木椅。房当中安着一个发不出多大暖气的火炉。门边还放着一个脸盆架。墙上只有两三只冻死了的蝈蝈，还囚在笼里像妆饰品一般。

"先生请坐，人一会就来。"那人说完便把门反掩着。可为这时心里不觉害怕起来。他一向没到过这样的地方，如今只为要知道陈姑娘底秘密生活，冒险而来，一会她来了，见面时要说呢，若是把她羞得无地可容，那便造孽了。一会，他又望望那扇关着的门，自己又安慰自己说："不妨，如果她来，最多是向她求婚罢了。……她若问我怎样知道时，我必不能说看见她底旧粉盒子。不过，既是求爱，当然得说真话，我必得告诉她我底不该，先求她饶恕……"

门开了，喜惧交迫的可为，急急把视线连在门上，但进来的还是方才那人。他走到可为跟前，说："先生，这里底规矩是先赏钱。"

"你要多少？"

"十块，不多罢。"

可为随即从皮包里取出十元票子递给他。

那人接过去，又说："还请您打赏我们几块。"

可为有点为难了。他不愿意多纳，只从袋里掏出一块，说："算了罢。"

"先生，损一点，我们还没把茶钱和洗褥子的钱算上哪。多花您几块罢。"

可为说："人还没来，我知道你把钱拿走，去叫不去叫？"

"您这一点钱，还想叫什么人？我不要啦，您带着。"说着真个把钱都交回可为。可为果然接过来，一把就往口袋里塞。那人见是如此，又抢进前揸住他底手，说："先生，您这算什么？"

"我要走。你不是不替我把陈姑娘找来吗？"

"您瞧，你们有钱的人拿我们穷人开玩笑来啦？我们这里有白进来，没有白出去的。你要走，也得把钱留下。"

"什么，你这不是抢人么？"

"抢人？你平白进良民家里，非奸即盗，你打什么主意？"那人翻出一幅凶怪的脸，两手把可为拿定，又嚷一声，推门进来两个大汉，把可为团团围住，问他："你想怎样？"可为忽然看见那么些人进来，心里早已着了慌，简直闹得话也说不出来。一会他才鼓着气说："你们真是要抢人么？"

那三人动手掏他底皮包了。他推开了他们，直奔到门边，要开门。不料那门是望里开的，门里底钮也没有了，手滑拧不动。三个人已追上来了。他们把他拖回去，说："你跑不了。给钱罢。舒服要钱买，不舒服也得用钱买。你来找我们开心，不给钱，成么？"

可为果真有气了。他端起门边底脸盆向他们扔过去。脸盆掉在地上，砰嘣一声，又进来两个好汉。现在屋里是五个打一个。

"反啦？"刚进来的那两个同声问。

可为气得鼻息也粗了。

"动手罢。"说时迟，那时快，五个人把可为底长褂子剥下来，取下他一个大银表，一支墨水笔，一个银包，还送他两拳，加两个耳光。

他们抢完东西，把可为推出房门，用手巾包着他底眼和塞着他底口，两个揸着他底手，从一扇小门把他推出去。

可为心里想："糟了！他们一定下毒手要把我害死了！"手虽然放了，却不晓得抵抗，停一回，见没有什么动静，才把嘴里手巾拿出来，把绑眼的手巾打开，四围一望原来是一片大空地，不但巡警找不着，连灯也没有。他心里懊悔极了，到这时才疑信参半，自己又问："到底她是那天酒店前底车夫所说的陈皮梅不是？"慢慢地踱了许久才到大街，要报警自己又害羞，只得急急雇了一辆车回公寓。

他在车上，又把午间拿粉盒的手指举到鼻端闻，忽而觉得两颊和身上底余痛还在，不免又去摩挲摩挲。在道上，一连打了几个喷嚏，才记得他底大衣也没有了。回到公寓，立即把衣服穿上，精神兴奋异常，自在厅上踱来踱去，直到极疲乏的程度才躺在床上。合眼不到两个时辰，睁开眼时，已是早晨九点。他忙爬起来坐在床上，觉得鼻子有点不透气，于是急急下床教伙计提热水来，过一会，又匆匆地穿上厚衣服，上衙门去。

他到办公室，严庄和子清早已各在座上。

"可为，怎么今天晚到啦？"子清问。

"伤风啦，本想不来的。"

"可为，新闻又出来了！"严庄递给可为一封信，这样说，"这是陈情辞职的信，方才一个孩子交进来的。"

"什么？她辞职！"可为诧异了。

"大概是昨天下午同局长闹翻了。"子清用报告底口吻接着说："昨天我上局长办公室去回话,她已先在里头,我坐在室外候着她出来。局长照例是在公事以外要对她说些'私事'。我说的'私事'你明白。"他笑向着可为,"但是这次不晓得为什么闹翻了。我只听见她带着气说:'局长,请不要动手动脚,在别的夜间你可以当我是非人,但在日间我是个人,我要在社会做事,请您用人底态度来对待我。'我正注视听着,她已大踏步走近门前,接着说:'撤我底差罢,我底名誉与生活再也用不着您来维持了。'我停了大半天,始终不敢进去回话,也回到这屋里。我进来,她已走了。老严,你看见她走时的神气么?"

"我没留神。昨天她进来,像没坐下,把东西检一检便走了。那时还不到三点。"严庄这样回答。

"那么,她真是走了。你们说她是局长底候补姨太,也许永不能证实了。"可为一面接过信来打开看,信中无非说些官话。他看完又折起来,纳在信封里,按铃叫人送到局长室。他心里想陈情总会有信给他,便注目在他底桌上。明漆的桌面只有昨夜的宿尘,连纸条都没有。他坐在自己底位上,回想昨夜的事情,同事们以为他在为陈情辞职出神,调笑着说:"可为,别再想了。找苦恼受干甚么?方才那送信的孩子说,她已于昨天下午五点钟搭火车走了,你还想什么?"

说者无心,听者有意,可为只回答:"我不想什么,只估量她到底是人还是非人。"说着,自己摸自己底嘴巴。这又引他想起在屋里那五个人待遇他的手段。他以为自己很笨,为什么当时不说是社会局人员,至少也可以免打。不,假若我说是社会局底人,他们也许会把我打死咧。……无论如何,那班人都可恶。得通知公安局去逮捕,房子得封,家具得充公。他想有理,立即打开墨盒,铺上纸,预备起信稿,写到"北下洼八号",忽而记起陈情那个空粉盒,急急过去,抽开屉子,见原物仍在。他取出来，正要望袋里藏，可巧被子清看见。

"可为，到她屉里拿什么？"

"没什么！咋天我在她座位上办公，忘掉把我一盒日快丸拿去，现在才记起。"他一面把手插在袋里，低着头，回到本位，取出小手巾来擤鼻子。

（原载1934年《文学》2卷1号）

春　桃

　　这年底夏天分外地热。街上底灯虽然亮了，胡同口那卖酸梅汤的还像唱梨花鼓的姑娘耍着他的铜碗。一个背着一大篓字纸的妇人从他面前走过，在破草帽底下虽看不清她底脸，当她与卖酸梅汤的打招呼时，却可以理会她有满口雪白的牙齿。她背上担负得很重，甚至不能把腰挺直，只如骆驼一样，庄严地一步一步踱到自己门口。

　　进门是个小院，妇人住的是塌剩下的两间厢房。院子一大部分是瓦砾。在她底门前种着一棚黄瓜，几行玉米。窗下还有十几棵晚香玉。几根朽坏的梁木横在瓜棚底下，大概是她家最高贵的坐处。她一到门前，屋里出来一个男子，忙帮着她卸下背上底重负。

　　"媳妇，今儿回来晚了。"

　　妇人望着他，像很诧异他底话。"什么意思？你想媳妇想疯啦？别叫我媳妇，我说。"她一面走进屋里，把破草帽脱下，顺手挂在门后，从水缸边取了一个小竹筒向缸里一连舀了好几次，喝得换不过气来，张了一会嘴，到瓜棚底下把篓子拖到一边，便自坐在朽梁上。

那男子名叫刘向高。妇人底年纪也和他差不多，在三十左右，娘家也姓刘。除掉向高以外，没人知道她底名字叫做春桃。街坊叫她做捡烂纸的刘大姑，因为她底职业是整天在街头巷尾垃圾堆里讨生活，有时沿途嚷着"烂字纸换取灯儿"。一天到晚在烈日冷风里吃尘土，可是生来爱干净，无论冬夏，每天回家，她总得净身洗脸。替她预备水的照例是向高。

向高是个乡间高小毕业生，四年前，乡里闹兵灾，全家逃散了，在道上遇见同是逃难的春桃，一同走了几百里，彼此又分开了。

她随着人到北京来，因为总布胡同里一个西洋妇人要雇一个没混过事的乡下姑娘当"阿妈"，她便被荐去上工。主妇见她长得清秀，很喜爱她。她见主人老是吃牛肉，在馒头上涂牛油，喝茶还要加牛奶，来去鼓着一阵臊味，闻不惯。有一天，主人叫她带孩子到三贝子花园去，她理会主人家底气味有点像从虎狼栏里发出来的，心里越发难过，不到两个月，便辞了工。到平常人家去，乡下人不惯当差，又挨不得骂，上工不久，又不干了。在穷途上，她自己选了这捡烂纸换取灯儿的职业，一天的生活，勉强可以维持下去。

向高与春桃分别后的历史倒很简单，他到涿州去，找不着亲人，有一两个世交，听他说是逃难来的，都不很愿意留他住下，不得已又流到北京来。由别人底介绍，他认识胡同口那卖酸梅汤的老吴，老吴借他现在住的破院子住，说明有人来赁，他得另找地方，他没事做，只帮着老吴算算账，卖卖货。他白住房子白做活，只赚两顿吃。春桃底捡纸生活渐次发达了，原住的地方，人家不许她堆货，她便沿着德胜门墙根来找住。一敲门，正是认识的刘向高。她不用经过许多手续，便向老吴赁下这房子，也留向高住下，帮她底忙。这都是三年前的事了。他认得几个字，在春桃捡来和换来的字纸里，也会抽出些少比较能卖钱的东西，如画片或某将军、某总长写的对联、信札之类。二人合作，事业更有进步。向高有时也教她认几个字，但没有什么功效，因为他自己认得的也不算多，解字就更难了。

他们同居这些年，生活状态，若不配说像鸳鸯，便说像一对小家雀罢。

言归正传。春桃进屋，向高已提着一桶水在她后面跟着走。他用快活的声调说："媳妇，快洗罢，我等饿了。今晚咱们吃点好的，烙葱花饼，赞成不赞成？若赞成，我就买葱酱去。"

"媳妇，媳妇，别这样叫，成不成？"春桃不耐烦地说。

"你答应我一声，明儿到天桥给你买一顶好帽子去。你不说帽子该换了么？"向高再要求。

"我不爱听。"

他知道妇人有点不高兴了，便转口问："到底吃什么？说呀！"

"你爱吃什么，做什么给你吃。买去罢。"

向高买了几根葱和一碗麻酱回来，放在明间底桌上。春桃擦过澡出来，手里拿着一张红贴子。

"这又是那一位王爷底龙凤帖！这次可别再给小市那老李了。托人拿到北京饭店去，可以多卖些钱。"

"那是咱们的，要不然，你就成了我底媳妇啦？教了你一两年的字，连自己底姓名都认不得！"

"谁认得这么些字？别媳妇媳妇的，我不爱听。这是谁写的？"

"我填的。早晨巡警来查户口，说这两天加紧戒严，那家有多少人，都得照实报。老吴教我们把咱们写成两口子，省得麻烦。巡警也说写同居人，一男一女，不妥当。我便把上次没卖掉的那分空帖子填上了。我填的是辛未年咱们办喜事。"

"什么？辛未年？辛未年我哪儿认得你？你别捣乱啦。咱们没拜过天地，没喝过交杯酒，不算两口子。"

春桃有点不愿意，可还和平地说出来。她换了一条蓝布裤。上身是白的，脸上虽没脂粉，却呈露着天然的秀丽。若她肯嫁的话，按媒人底行情，说是二十三四的小寡妇，最少还可以值得一百八十的。

她笑着把那礼帖搓成一长条，说："别捣乱！什么龙凤贴？烙饼吃了罢。"她掀起炉盖把纸条放进火里，随即到桌边和面。

向高说："烧就烧罢，反正巡警已经记上咱们是两口子；若是官府查起来，我不会说龙凤帖在逃难时候丢掉的么？从今儿起，我可要叫你做媳妇了。老吴承认，巡警也承认，你不愿意，我也要叫。媳妇嗳！媳妇嗳！明天给你买帽子去，戒指我打不起。"

"你再这样叫，我可要恼了。"

"看来，你还想着那李茂。"向高底神气没像方才那么高兴。他自己说着，也不一定要春桃听见，但她已听见了。

"我想他？一夜夫妻，分散了四五年没信，可不是白想？"春桃这样说。她曾对向高说过她出阁那天底情形。花轿进了门，客人还没坐席，前头两个村子来人说，大队兵已经到了，四处拉人挖战壕，吓得大家都逃了，新夫妇也赶紧收拾东西，随着大众望西逃。同走了一天一宿。第二宿，前面连嚷几声"胡子来了，快躲罢"，那时大家只顾躲，谁也顾不了谁。到天亮时，不见了十几个人，连她丈夫李茂也在里头。她继续方才的话说："我只想他一定跟着胡子走了，也许早被人打死了。得啦，别提他啦。"

她把饼烙好了，端到桌上。向高向沙锅里舀了一碗黄瓜汤，大家没言语，吃了一顿。吃完，照例在瓜棚底下坐坐谈谈。一点点的星光在瓜叶当中闪着。凉风把萤火送到棚上，像星掉下来一般。晚香玉也渐次散出香气来，压住四围底臭味。

"好香的晚香玉！"向高摘了一朵，插在春桃底髻上。

"别糟蹋我底晚香玉。晚上戴花，又不是窑姐儿。"她取下来，闻了一闻，便放在朽梁上头。

"怎么今儿回来晚啦？"向高问。

"吓！今儿做了一批好买卖！我下午正要回家，经过后门，瞧见清道夫推着一大车烂纸。我见里面红的、黄的一大堆，便问他卖不卖；他说，你要，少算一点装去罢。你瞧！"她指着窗下那大篓，"我花了一块钱，买那一大篓！赔不赔，可不晓得，明儿检一检得啦。"

"宫里出来的东西没个错。我就怕学堂和洋行出来的东西，分量又重，气味又坏，值钱不值，一点也没准。"

"近年来，街上包东西都作兴用洋报纸。不晓得哪里来的那么些看洋报纸的人。捡起来真是分量又重，又卖不出多少钱。"

"念洋书的人越多，谁都想看看洋报，将来好混混洋事。"

"他们混洋事，咱们捡洋字纸。"

"往后恐怕什么都要带上个洋字，拉车要拉洋车，赶驴要赶洋驴，也许还有洋骆驼要来。"向高把春桃逗得笑起来了。

"你先别说别人。若是给你有钱，你也想念洋书，娶个洋媳妇。"

"老天爷知道，我绝不会发财。发财也不会娶洋婆子。若是我有钱，回乡下买几亩田，咱们两个种去。"

春桃自从逃难以来，把丈夫丢了，听见乡下两字，总没有好感想。她说："你还想回去？恐怕田还没买，连钱带人都没有了。没饭吃，我也不回去。"

"我说回我们锦县乡下。"

"这年头，哪一个乡下都是一样，不闹兵，便闹贼；不闹贼，便闹日本，谁敢回去？还是在这里捡捡烂纸罢。咱们现在只缺一个帮忙的人。若是多个人在家替你归着东西，你白天便可以出去摆地摊，省得货过别人手里，卖漏了。"

"我还得学三年徒弟才成，卖漏了，不怨别人，只怨自己不够眼光。这几个月来我可学了不少。邮票，哪种值钱，哪种不值，也差不多会瞧了。大人物底信札手笔，卖得出钱，卖不出钱，也有一点把握了。前几天在那堆字纸里检出一张康有为底字，你说今天我卖了多少？"他很高兴地伸出拇指和食指比仿着，"八毛钱！"

"说得是！若是每天在烂纸堆里能检出八毛钱就算顶不错，还用回乡下种田去？那不是自找罪受么？"春桃愉悦的声音就像春深的莺啼一样。她接着说："今天这堆准保有好的给你检。听说明天还有好些，那人教我一早到后门等他。这两天宫里底东西都赶着装箱，往南方运，库里许多烂纸都不要。我瞧见东华门外也有许多，一口袋一口袋陆续地扔出来。明儿你也打听去。"

说了许多话，不觉二更打过。她伸伸懒腰站起来说："今天累了，歇吧！"

向高跟着她进屋里。窗户下横着土炕，够两三人睡的。在微细的灯光底下，隐约看见墙上一边贴着八仙打麻雀的谐画，一边是烟公司"还是他好"的广告画。春桃底模样，若脱去破帽子，不用说到瑞蚨祥或别的上海成衣店，只到天桥搜罗一身落伍的旗袍穿上，坐在任何草地，也与"还是他好"里那摩登女差不上下。因此，向高常对春桃说贴的是她底小照。

她上了炕，把衣服脱光了，顺手揪一张被单盖着，躺在一边。向高照例是给她按按背，捶捶腿。她每天的疲劳就是这样含着一点微笑，在小油灯底闪烁中，渐次得着苏息。在半睡的状态中，她喃喃地说："向哥，你也睡罢，别开夜工了，明天还要早起咧。"

妇人渐次发出一点微细的鼾声，向高便把灯灭了。

一破晓，男女二人又像打食老鸹，急飞出巢，各自办各底事情去。

刚放过午炮，十刹海底锣鼓已闹得喧天。春桃从后门出来，背着纸篓，向西不压桥这边来，在那临时市场底路口，忽然听见路边有人叫她："春桃，春桃！"

她底小名，就是向高一年之中也罕得这样叫唤她一声。自离开乡下以后，四五年来没人这样叫过她。

"春桃，春桃，你不认得我啦？"

她不由得回头一瞧，只见路边坐着一个叫化子。那乞怜的声音从他满长了胡子的嘴发出来。他站不起来，因为他两条腿已经折了。身上穿的一件灰色的破军衣，白铁钮扣都生了锈，肩膀从肩章底破缝露出，不伦不类的军帽斜戴在头上，帽章早已不见了。

春桃望着他一声也不响。

"春桃，我是李茂呀！"

她进前两步，那人底眼泪已带着灰土透入蓬乱的胡子里。她心跳得慌，半响说不出话来，至终说："茂哥，你在这里当叫化子啦？你两条腿怎么丢啦？"

"嗳，说来话长。你从多咱起在这里呢？你卖的是什么？"

"卖什么！我捡烂纸咧。……咱们回家再说罢。"

她雇了一辆洋车，把李茂扶上去，把篓子也放在车上，自己在后面推着。一直来到德胜门墙根，车夫帮着她把李茂扶下来。进了胡同口，老吴敲着小铜碗，一面问："刘大姑，今儿早回家，买卖好呀？"

"来了乡亲啦。"她应酬了一句。

李茂像只小狗熊，两只手按在地上，帮助两条断腿爬着。

她从口袋里拿出钥匙，开了门，引着男子进去。她把向高底衣服取一身出来，像向高每天所做的，到井边打了两桶水倒在小澡盆里教男人洗澡。洗过以后，又倒一盆水给他洗脸。然后扶他上炕坐，自己在明间也洗一回。

"春桃，你这屋里收拾得很干净，一个人住吗？"

"还有一个伙计。"春桃不迟疑地回答他。

"做起买卖来啦？"

"不告诉你就是捡烂纸么？"

"捡烂纸？一天捡得出多钱？"

"先别盘问我，你先说你的罢。"

春桃把水泼掉，理着头发进屋里来，坐在李茂对面。

李茂开始说他底故事：

"春桃，唉，说不尽哟！我就说个大概罢。

"自从那晚上教胡子绑去以后，因为不见了你，我恨他们，夺了他们一杆枪，打死他们两个人，拚命地逃。逃到沈阳，正巧边防军招兵，我便应了招。在营里三年，老打听家里底消息，人来都说咱们村里都变成砖瓦地了。咱们底地契也不晓得现在落在谁手里。咱们逃出来时，偏忘了带着地契。因此这几年也没告假回乡下瞧瞧。在营里告假，怕连几块钱的饷也告丢了。

"我安分当兵，指望月月关饷，至于运到升官，本不敢盼。也是我命里合该有事：去年年头，那团长忽然下一道命令，说，若团里底兵能瞄枪连中九次靶，每月要关双饷，还升差事。一团人没有一个中过四枪；中，还是不进红心。我可连发连中，不但中了九次红心，连剩下那一颗子弹，我也放了。我要显本领，背着脸，弯着腰，脑袋向地，枪从裤裆放过去，不偏不歪，正中红心。当时我心里多快活呢。那团长教把我带上去。我心里想着总要听几句褒奖的话。不料那畜生翻了脸，楞说我是胡子，要枪毙我！他说若不是胡子，枪法决不会那么准。我底排长、队长都替我求情，担保我不是坏人好容易不枪毙我了，可是把我底正兵革掉，连副兵也不许我当。他说，当军官的难免不得罪弟兄们，若是上前线督战，队里有个像我瞄得那么准，从后面来一枪，虽然也算阵亡，可值不得死在仇人手里。大家没话说，只劝我离开军队，找别的营生去。

"我被革了不久，日本人便占了沈阳；听说那狗团长领着他底军队先投降去了。我听见这事，愤不过，想法子要去找那奴才。我加入义勇军，在海城附近打了几个月，一面打，一面退到关里。前个月在平谷东北边打，我去放哨，遇见敌人，伤了我两条腿。那时还能走，躲在一块大石底下，开枪打死他几个。我实在支持不住了，把枪扔掉，向田边底小道爬，等了一天、两天，还不见有红十字会或红卍字会底人来。伤口越肿越厉害，走不动又没吃的喝的，只躺在一边等死。后来可巧有一辆大车经过，赶车的把我扶了上去，送我到一个军医底帐幕。他们又不瞧，只把我扛上汽车，往后方医院送。已经伤了三天，大夫解开一瞧，说都烂了，非用锯不可。在院里住了一个多月，好是好了，就丢了两条腿。我想在此地举目无亲，乡下又回不去；就说回去得了，没有腿怎能种田？求医院收容我，给我一点事情做，大夫说医院管治不管留，也不管找事。此地又没有残废兵留养院，迫着我不得不出来讨饭，今天刚是第三天。这两天我常想着，若是这样下去，我可受不了，非上吊不可。"

春桃注神听他说，眼眶不晓得什么时候都湿了。她还是静默着。李茂用手抹抹额上底汗，也歇了一会。

"春桃，你这几年呢？这小小地方虽不如咱们乡下那么宽敞，看来你倒不十分苦。"

"谁不受苦？苦也得想法子活。在阎罗殿前，难道就瞧不见笑脸？这几年来，我就是干这捡烂纸换取灯的生活，还有一个姓刘的同我合伙。我们两人，可以说不分彼此，勉强能度过日子。"

"你和那姓刘的同住在这屋里？"

"是，我们同住在这炕上睡。"春桃一点也不迟疑，她好像早已有了成见。

"那么，你已经嫁给他？"

"不，同住就是。"

"那么，你现在还算是我底媳妇？"

"不，谁底媳妇，我都不是。"

李茂底夫权意识被激动了。他可想不出什么话来说。两眼注视着地上，当然他不是为看什么，只为有点不敢望着他底媳妇。至终他沉吟了一句："这样，人家会笑话我是个活王八。"

"王八？"妇人听了他底话，有点翻脸，但她底态度仍是很和平。她接着说："有钱有势的人才怕当王八。像你，谁认得？活不留名，死不留姓，王八不王八，有什么相干？现在，我是我自己，我做的事，决不会玷着你。"

"咱们到底还是两口子，常言道，一夜夫妻百日恩——"

"百日恩不百日恩我不知道。"春桃截住他底话，"算百日恩，也过了好十几个百日恩。四五年间，彼此不知下落；我想，你也想不到会在这里遇见我。我一个人在这里，得活，得人帮忙。我们同住了这些年，要说恩爱，自然是对你薄得多。今天我领你回来，是因为我爹同你爹的交情，我们还是乡亲。你若认我做媳妇，我不认你，打起官司，也未必是你赢。"

李茂掏掏他底裤带，好像要拿什么东西出来，但他底手忽然停住，眼睛望望春桃，至终把手缩回去撑着席子。

李茂没话，春桃哭。日影在这当中也静静地移了三四分。

"好罢，春桃，你做主。你瞧我已经残废了，就使你愿意跟我，我也养不活你。"李茂到底说出这英明的话。

"我不能因为你残废就不要你，不过我也舍不得丢了他。大家住着，谁也别想谁是养活着谁，好不好？"春桃也说了她心里底话。

李茂底肚子发出很微细的咕噜咕噜声音。

"噢，说了大半天，我还没问你要吃什么！你一定很饿了。"

"随便罢，有什么吃什么。我昨天晚上到现在还没吃，只喝水。"

"我买去。"春桃正踏出房门，向高从院外很高兴地进来，两人在瓜棚底下撞了个满怀。"高兴什么？今天怎样这早就回来？"

"今天做了一批好买卖！昨天你背回的那一篓，早晨我打开一看，里头有一包是明朝高丽王上底表章，一分至少可卖五十块钱。现在我们手里有十分！方才散了几分给行里，看看主儿出得多少，再发这几分。里头还有两张盖上端明殿御宝的纸，行家说是宋家的，一给价就是六十块，我没敢卖，怕卖漏了，先带回来给你开开眼。你瞧……"他说时，一面把手里底旧蓝布包袱打开，拿出表章和旧纸来。"这是端明殿御宝。"他指着纸上底印纹。

"若没有这个印，我真看不出有什么好处，洋宣比它还白咧。怎么官里管事的老爷们也和我一样不懂眼？"春桃虽然看了，却不晓得那纸底值钱处在那里。

"懂眼？若是他们懂眼，咱们还能换一块几毛么？"向高把纸接过去，仍旧和表章包在包袱里。他笑着对春桃说："我说，媳妇……"

春桃看了他一眼，说："告诉你别管我叫媳妇。"

向高没理会她，直说："可巧你也早回家。买卖想是不错。"

"早晨又买了像昨天那样的一篓。"

"你不说还有许多么？"

"都教他们送到晓市卖到乡下包落花生去了！"

"不要紧，反正咱们今天开了光，头一次做上三十块钱的买卖。我说，咱们难得下午都在家，回头咱们上十刹海逛逛，消消暑去，好不好？"

他进屋里，把包袱放在桌上。春桃也跟进来。她说："不成，今天来了人了。"说着掀开帘子，点头招向高，"你进去。"

向高进去，她也跟着。"这是我原先的男人。"她对向高说过这话，又把他介绍给李茂说，"这是我现在的伙计。"

两个男子，四只眼睛对着，若是他们眼球底距离相等，他们底视线就会平行地接连着。彼此都没话，连窗台上歇的两只苍蝇也不做声。这样又教日影静静地移一二分。

"贵姓？"向高明知道，还得照便地问。

彼此谈开了。

"我去买一点吃的。"春桃又向着向高说，"我想你也还没吃罢？烧饼成不成？"

"我吃过了。你在家，我买去罢。"

妇人把向高拖到炕上坐下，说："你在家陪客人谈话。"给了他一副笑脸，便自出去。

屋里现在剩下两个男人，在这样情况底下，若不能一见如故，便得打个你死我活。好在他们是前者的情形。但我们别想李茂是短了两条腿，不能打。我们得记住向高是拿过三五年笔杆的，用李茂底分量满可以把他压死。若是他有枪，更省事，一动指头，向高便得过奈何桥。

李茂告诉向高，春桃底父亲是个乡下财主，有一顷田。他自己底父亲就在他家做活和赶叫驴。因为他能瞄很准的枪，她父亲怕他当兵去，便把女儿许给他，为的是要他保护庄里底人们。这些话，是春桃没向他说过的。他又把方才春桃说的话再述一遍，渐次迫到他们二人切身的问题上头。

"你们夫妇团圆，我当然得走开。"向高在不愿意的情态底下说出这话。

"不，我已经离开她很久，并且残废了，养不活她，也是白搭。你们同住这些年，何必拆？我可以到残废院去。听说这里有，有人情便可进去。"

这给向高很大的诧异。他想，李茂虽然是个大兵，却料不到他有这样的侠气。他心里虽然愿意，嘴上还不得不让。这是礼仪底狡猾，念过书的人们都懂得。

"那可没有这样的道理。"向高说："教我冒一个霸占人家妻子的罪名，我可不愿意。为你想，你也不愿意你妻子跟别人住。"

"我写一张休书给她，或写一张契给你，两样都成。"李茂微笑诚意地说。

"休？她没什么错，休不得。我不愿意丢她底脸。卖？我哪儿有钱买？我底钱都是她的。"

"我不要钱。"

"那么，你要什么？"

"我什么都不要。"

"那又何必写卖契呢？"

"因为口讲无凭，日后反悔，倒不好了。咱们先小人，后君子。"

说到这里，春桃买了烧饼回来，她见二人谈得很投机，心下十分快乐。

"近来我常想着得多找一个人来帮忙，可巧茂哥来了。他不能走动，正好在家管管事，检检纸。你当跑外卖货。我还是当捡货的。咱们三人开公司。"春桃另有主意。

李茂让也不让，拿着烧饼望嘴送，像从饿鬼世界出来的一样，他没工夫说话了。

"两个男人，一个女人，开公司？本钱是你的？"向高发出不需要的疑问。

"你不愿意吗？"妇人问。

"不，不，不，我没有什么意思。"向高心里有话，可说不出来。

"我能做什么？整天坐在家里，干得了什么事？"李茂也有点不敢赞成。他理会向高底意思。

"你们都不用着急，我有主意。"

向高听了，伸出舌头舔舔嘴唇，还吞了一口唾沫。李茂依然吃着，他底眼睛可在望春桃，等着听她底主意。

捡烂纸大概是女性中心底一种事业。她心中已经派定李茂在家把旧邮票和纸烟盒里底画片检出来。那事情，只要有手有眼，便可以做。她合一合，若是天天有一百几十张卷烟画片可以从烂纸堆里检出来，李茂每月的伙食便有了门。邮票好的和罕见的，每天能检得两三个，也就不劣。外国烟卷在这城里，一天总销售一万包左右，纸包的百分之一给她捡回来，并不算难。至于向高还是让他检名人书札，或比较可以多卖钱的东西。他不用说已经是个行家，不必再受指导。她自己干那吃力的工作，除去下大雨以外，在狂风烈日底下，是一样地出去捡货。尤其是在天气不好的时候，她更要工作，因为同业们有些就不出去。

她从窗户望望太阳，知道还没到两点，便出到明间，把破草帽仍旧戴上，探头进房里对向高说："我还得去打听宫里还有东西出来没有。你在家招呼他。晚上回来，我们再商量。"

向高留她不住，便由她走了。

她几天的光阴都在静默中度过。但二男一女同睡一铺炕上定然不很顺心。多夫制底社会到底不能够流行得很广。其中的一个缘故是一般人还不能摆脱原始的夫权和父权思想。

由这个，造成了风俗习惯和道德观念。老实说，在社会里，依赖人和掠夺人的，才会遵守所谓风俗习惯；至于依自己底能力而生活的人们，心目中并不很看重这些。像春桃，她既不是夫人，也不是小姐；她不会到外交大楼去赴跳舞会，也没有机会在隆重的典礼上当主角。她底行为，没人批评，也没人过问；纵然有，也没有切骨之痛。监督她的只有巡警，但巡警是很容易对付的。两个男人呢，向高诚然念过一点书，含糊地了解些圣人底道理，除掉些少名分底观念以外，他也和春桃一样。但他的生活从同居以后，完全靠着春桃。春桃底话，是从他耳朵进去的维他命，他得听，因为于他有利。春桃教他不要嫉妒，他连嫉妒底种子也都毁掉。李茂呢，春桃和向高能容他住一天便住一天，他们若肯认他做亲戚，他便满足了。当兵的人照例要丢一两个妻子。但他底困难也是名分上的。

向高底嫉妒虽然没有，可是在此以外的种种不安，常往来于这两个男子当中。

暑气仍没减少，春桃和向高不是到汤山或北戴河去的人物。他们日间仍然得出去谋生活。李茂在家，对于这行事业可算刚上了道，他已能分别哪一种是要送到万柳堂或天宁寺去做糙纸的，那一样要留起来的，还得等向高回来鉴定。

春桃回家，照例还是向高侍候她。那时已经很晚了，她在明间里闻见蚊烟底气味，便向着坐在瓜棚底下的向高说："咱们多会点过蚊烟，不留神，不把房子点着了才怪咧。"

向高还没回答，李茂便说："那不是熏蚊子，是熏秽气，我央刘大哥点的。我打算在外面地下睡。屋里太热，三人睡，实在不舒服。"

"我说，桌上这张红贴子又是谁底？"春桃拿起来看。

"我们今天说好了，你归刘大哥。那是我立给他的契。"声从屋里底炕上发出来。

"哦，你们商量着怎样处置我来！可是我不能由你们派。"她把红帖子拿进屋里，问李茂，"这是你底主意，还是他底？"

"是我们俩底主意。要不然，我难过，他也难过。"

"说来说去，还是那话。你们都别想着咱们是丈夫和媳妇，成不成？"

她把红帖子撕得粉碎，气有点粗。

"你把我卖多少钱？"

"写十几块钱做个彩头。白送媳妇给人，没出息。"

"买媳妇，就有出息？"她出来对向高说，"你现在有钱，可以买媳妇了。若是给你阔一点……"

"别这样说，别这样说。"向高拦住她底话，"春桃，你不明白。这两天，同行底人们直笑话我。……"

"笑你什么？"

"笑我……"向高又说不出来。其实他没有很大的成见，春桃要怎办，十回有九回是遵从的。他自己也不明白这是什么力量。在她背后，他想着这样该做，那样得照他底意思办；可是一见了她，就像见了西太后似地，样样都要听她底懿旨。

"噢，你到底是念过两天书，怕人骂，怕人笑话。"

自古以来，真正统治民众的并不是圣人底教训，好像只是打人的鞭子和骂人的舌头。风俗习惯是靠着打骂维持的。但在春桃心里，像已持着"人打还打，人骂还骂"的态度。她不是个弱者，不打骂人，也不受人打骂。我们听她教训向高的话，便可以知道。

"若是人笑话你，你不会揍他？你露什么怯？咱们底事，谁也管不了。"

向高没话。

"以后不要再提这事罢。咱们三人就这样活下去，不好吗？"

一屋里都静了。吃过晚饭，向高和春桃仍是坐在瓜棚底下，只不像往日那么爱说话。连买卖经也不念了。

李茂叫春桃到屋里，劝她归给向高。他说男人底心，她不知道，谁也不愿意当王八；占人妻子，也不是好名誉。他从腰间拿出一张已经变成暗褐色的红纸帖，交给春桃，说："这是咱们底龙凤帖。那晚上逃出来的时候，我从神龛上取下来，揣在怀里。现在你可以拿去，就算咱们不是两口子。"

春桃接过那红帖子，一言不发，只注视着炕上破席。她不由自主地坐下，挨近那残废的人，说："茂哥，我不能要这个，你收回去罢。我还是你底媳妇。一夜夫妻百日恩，我不做缺德的事。今天看你走不动，不能干大活，我就不要你，我还能算人吗？"

她把红帖也放在炕上。

李茂听了她底话，心里很受感动。他低声对春桃说："我瞧你怪喜欢他的，你还是跟他过日子好。等有点钱，可以打发我回乡下，或送我到残废院去。"

"不瞒你说，"春桃底声音低下去，"这几年我和他就同两口子一样活着，样样顺心，事事如意；要他走，也怪舍不得。不如叫他进来商量，瞧他有什么主意。她向着窗户叫，"向哥，向哥！"可是一点回音也没有。出来一瞧，向哥已不在了。这是他第一次晚间出门。她愣一会，便向屋里说："我找他去。"

她料想向高不会到别的地方去。到胡同口，问问老吴。老吴说望大街那边去了。她到他常交易的地方去，都没找着。人很容易丢失，眼睛若见不到，就是渺渺茫茫无寻觅处。快到一点钟，她才懊丧地回家。

屋里底油灯已经灭了。

"你睡着啦？向哥回来没有？"她进屋里，掏出洋火，把灯点着，向炕上一望，只见李茂把自己挂在窗棂上，用的是他自己底裤带。她心里虽免不了存着女性底恐慌，但是还有胆量紧爬上去，把他解下来。幸而时间不久，用不着惊动别人，轻轻地抚揉着他，他渐次苏醒回来。

杀自己底身来成就别人是侠士底精神。若是李茂底两条腿还存在，他也不必出这样的手段。两三天以来，他总觉得自己没多少希望，倒不如毁灭自己，教春桃好好地活着。春桃于他虽没有爱，却很有义。她用许多话安慰他，一直到天亮。他睡着了，春桃下炕，见地上一些纸灰，还剩下没烧完的红纸。她认得是李茂曾给她的那张龙凤贴，直望着出神。

那天她没出门。晚上还陪李茂坐在炕上。

"你哭什么？"春桃见李茂热泪滚滚地滴下来，便这样问他。

"我对不起你。我来干什么？"

"没人怨你来。"

"现在他走了，我又短了两条腿。……"

"你别这样想。我想他会回来。"

"我盼望他会回来。"

又是一天过去了。春桃起来，到瓜棚摘了两条黄瓜做菜，草草地烙了一张大饼，端到屋里，两个人同吃。

她仍旧把破帽戴着，背上篓子。

"你今天不大高兴，别出去啦！"李茂隔着窗户对她说。

"坐在家里更闷得慌。"

她慢慢地踱出门。作活是她底天性，虽在沉闷的心境中，她也要干。中国女人好像只理会生活，而不理会爱情，生活底发展是她所注意的，爱情底发展只在盲闷的心境中沸动而已。自然，爱只是感觉，而生活是实质的，整天躺在锦帐里或坐在幽林中讲爱情，也是从皇后船或总统船运来的知识。春桃既不是弄潮儿底姊妹，也不是碧眼胡底学生，她不懂得，只会莫名其妙地纳闷。

一条胡同过了又是一条胡同。无量的尘土，无尽的道路，涌着这沉闷的妇人。她有时嚷"烂纸换洋取灯儿"，有时连路边一堆不用换的旧报纸，她都不捡。有时该给人两盒取灯，她却给了五盒。胡乱地过了一天，她便随着天上那班只会嚷嚷和抢吃的黑衣党慢慢地踱回家。仰仰头看见新贴上的户口照，写的户主是刘向高妻刘氏，使她心里更闷得厉害。

刚踏进院子，向高从屋里赶出来。

她瞪着眼，只说："你回来……"其余的话用眼泪连续下去。

"我不能离开你，我底事情都是你成全的。我知道你要我帮忙。我不能无情无义。"其实他这两天在道上漫散地走，不晓得要往那里去。走路的时候，直像脚上扣着一条很重的铁镣，那一面是扣在春桃手上一样。加以到处都遇见"还是他好"的广告，心情更受着不断的搅动，甚至饿了他也不知道。

"我已经同向哥说好了。他是户主，我是同居。"

向高照旧帮她卸下篓子。一面替她抹掉脸上底眼泪。他说："若是回到乡下，他是户主，我是同居。你是咱们底媳妇。"

她没有做声，直进屋里，脱下衣帽，行她每日的洗礼。

买卖经又开始在瓜棚底下念开了。他们商量把宫里那批字纸卖掉以后，向高便可以在市场里摆一个小摊，或者可以搬到一间大一点点的房子去住。

屋里，豆大的灯火，教从瓜棚飞进去的一只油葫芦扑灭了。李茂早已睡熟，因为银河已经低了。

"咱们也睡罢。"妇人说。

"你先躺去，一会我给你捶腿。"

"不用啦，今天我没走多少路。明儿早起，记得做那批买卖去，咱们有好几天不开张了。"

"方才我忘了拿给你。今天回家，见你还没回来，我特意到天桥去给你带一顶八成新的帽子回来。你瞧瞧！"他在暗里摸着那帽子，要递给她。

"现在那里瞧得见！明天我戴上就是。"

院子都静了，只剩下晚香玉底香还在空气中游荡。屋里微微地可以听见"媳妇"和"我不爱听，我不是你底媳妇"等对答。

（原载1934年《文学》3卷1号）

萤 灯

萤是一种小甲虫。它底尾巴会发出青色的冷光，在夏夜底水边闪烁着，很可以启发人们底诗兴。它底别名和种类在中国典籍里很多，好象耀夜、景天、熠耀、丹良、丹鸟、夜光、照夜、宵烛、挟火、据火、炤燐、夜游女子、蚈、焰等等都是。种类和名目虽然多，我们在说话时只叫它做萤就够了。萤底发光是由于尾部薄皮底下有许多细胞被无数小气管缠绕着。细胞里头含有一种可燃的物质，有些科学家怀疑它是一种油类，当空气通过气管的时候，因氧化作用便发出光耀。不过它到底成分是什么，和分泌底机关在那里，生物学家还没有考察出来，只知道那光与灯光不同，因为后者会发热，前者却是冷的。我们对于这种萤光，希望将来可以利用它。萤底脾气是不愿意与日月争光的。白天固然不发光，就是月明之夜，它也不大喜欢显出它底本领。

自然的萤光在中国或外国都被利用过。墨西哥海岸底居民从前为防海贼底袭掠，夜间宁愿用萤火也不敢点灯。美洲劳动人民在夜里要通过森林，每每把许多萤虫绑在脚趾上。古巴底妇人在夜会时，常爱用萤来做装饰，或系在衣服上，或做成花样戴在头上。我国晋朝底车胤，因为家贫，买不起灯油，也利用过萤光来读书。古时好奇的人也曾做过一种口袋叫做聚萤囊，把许多萤虫装在囊中，当做玩赏用的灯。不但是人类，连小裁缝鸟也会逮捕萤虫，用湿泥黏住它底翅膀安在巢里，为的是教那囊状的垂巢在夜间有灯。至于扑萤来玩或做买卖的，到处都有。有些地方，像日本，还有萤虫批发所，一到夏天就分发到都市去卖。隋炀帝有一次在景华宫，夜里把好几斛的萤虫同时放出才去游山，萤光照得满山发出很美丽的幽光。

关于萤虫故事很多。北美洲人底传说中有些说太古时候有一个美少年住在森林里，因为失恋便化成一只大萤飞上天去，成为现在的北极星。我国从前都以为萤是腐草所变的。其实萤底幼虫是住在水边的，所以池塘底四围在夏夜里常有萤火点缀着。岸边底树影加上点点的微光，我们想想，是多么优美呢！

我们既经知道萤虫那样含有浓厚诗意，又是每年的夏夜在到处都可以看见的，现在让我说一段关于萤底故事罢。

从前西方有一个康国，人民富庶，土地膏腴，因而时常被较贫乏的邻国羝原所侵略。康国在位的常喜王只有一个儿子，名叫难胜，很勇敢强健，容貌也非常的美，远看着他站在殿上就像一根玉柱立着一样。有一次，羝原人又来侵犯边境，难胜太子便请求父王给他一支兵，由他领出都门去抵御寇敌。常喜王因为爱他太甚，舍不得教他上前敌，没有应许他。无奈难胜时刻地申请，常喜王就给他一个难题，说："若是你必要上前敌去的话，除非是不用油和蜡，也不用火把，能够把那座灯台点亮了才可以。这是要试验你底智力，因为战争是不能单靠勇力的。"

难胜随着父王所指的地方看去，只见大堂当中安着一座很大很大的灯台，一丈多高，周围满布着小灯，各色各样的玻璃罩子罩在各盏灯上，就是不点也觉得它很美丽。父王指着他看过之后，便垂着头到外殿去了。难胜走到灯台跟前,细细地观察它。原来那灯台是纯金打成的,台柱满镶上各样宝贝。因为受宝光底眩惑,使他不由得不用手去摩触那上头底各个宝饰。他触到一颗红宝的时候,忽然把柱上底一扇门打开了。这个使他很诧异,因为宫里底好东西太多了,那座灯台放在堂中从来也没人注意过,没人知道它底构造,甚至是在什么时代传下来的,连官里最老的太监都不知道。国王舍不得用它,怕把它弄脏了,所以只当做一种奇物陈设着。那台柱底直径有三尺左右,台座能容一个人躺下还有很宽裕的空间。它支持着一千盏灯,想来是世间最大的灯台。难胜踏进台柱里去,门一关,正好把自己藏在里头。他蹲下去,躺在台座里,仰望着各色的小圆光从各种宝石透射进来,真是好看。他又理会座上铺着一层厚垫子,好象是预备给人睡的。他想这也许是宫里底一个临时避难所,外边有什么变故,国王尽可以避到这里头来。但是他父亲好像不知道有这个地方,不然,怎么一向没听见他说过,也没人见他开过这扇门?他胡思乱想了一阵,几乎忘了他父亲所要求于他的事情。过了一会,他才想回来,立刻站起,开了门,从原处跳出来。他把门关好,绕着灯台一面望,一面想着方才的问题。

几天之后,战争底消息越发不利了。难胜却还想不出一个不用油蜡等物而可以把那座灯台点起来的方法。可是他心里生出一个别的计划,他想万一敌人攻到都城附近,父王难免领兵出去迎战,假如不幸城被攻破,宫里底宝物一定会被掠夺尽的。他虽然能战,无奈一个兵也没有,无论如何,是不成功;不如藏在灯台里头,若是那东西被搬到羝原去,他便可以找机会出来报复。他想定了,便把干粮、水,和一切应备的用具及心爱的宝贝、兵器,都预先藏在灯台里头。

果然不出所料,强寇竟破了都城,常喜王也阵亡了。全城到处起火,号哭和屠杀的惨声已送到宫里。太子立刻教他底学伴慧思自想方法逃避些时,他又告诉了他他底计策。难胜看见慧思走了,自己才从容地踏进灯台去。不到一顿饭的工夫，敌兵已进入王宫，到处搜掠东西。一群兵士走到灯台跟前，个个认定是金的，都争着要动手击毁，以为人人可以平分一份。幸而主帅中来到，说："这灯台是要献给大王的，不许毁坏。"大家才不敢动手。他教十几个兵士守着，当天把它搬上大车，载回本国去。

"好美的灯台！"羝原国底王鸢眼看见元帅把战利品排在宝座前的时候这么说。他命人把它送到他最喜欢的玉华公主底寝室去。难胜躺在灯台里，听见这话，暗中叫屈，因为他原来是希望被放在国王底寝殿里，好乘机会杀了他的。但是他一声也不敢响，安然地被放在公主底房里。

公主进来，叫它女们都来看这新受赐的宝灯，人人看了都赞美一番。有一个宫女说："这灯台来得正好，过两个月，不是公主底生日吗？我们可以把它点起来，请大王和王后来赏玩。"

"这得用多少油呢？"另一个宫女这样问。她数着，忽然发觉了什么似地，嚷起来："你看！这灯台是假的！"大家以为她有什么发现，都注视着她。她却说："没有油盏，怎样点呢？"又一个说："就使有油盏，一千盏灯，得多少人来点？当下议论纷纷，毫无结果。玉华也被那上头底宝光眩惑住，不去注意点它的方法。

夜深了，玉华睡在床上，宫女们也歇息去了。难胜轻轻地从灯台跳出来，手里拿着一把刀，慢慢踱到公主底床边。在稀微的灯光底下，看见她躺着，直像对着一片被月光照耀的银渚。她胸前底一高一低，直像沙头底微浪在寒光底下荡漾着。他看呆了，因为世间从来没有比对着这样一个美人更能动人心情的事。他没想着那是仇人底女儿，反而发生了恋慕的情怀。他把刀放下，从身上取出一个小金盒，打开，在灯光底下用小刀轻轻地刻了几个字："送给最可爱的公主。"刻完之后，合回去，轻微地放在公主底枕边。他不敢惊动公主，只守着她，到听见掌灯火的宫女底脚步声，才急忙地踏进灯台去。

第二天早晨，公主醒来，摩着枕边底小金盒，就非常惊异。可是她不敢声张，心里怀疑是什么天神鬼怪之类。晚烟又上来了，公主回到寝室去。到第二天早晨，她在枕边又得到一个很宝贵的戒指。这样一连好些日子，什么手镯、足钏、耳环、臂缠种种女子喜欢的装饰品都莫名其妙地从枕头边得着了，而且比她在大典大节时候所用的还要好得多。原来康国底风俗，男女底装饰品没有多大的分别；他所赠与的，都是他日常所用的。

公主倒好奇起来了，她立定主意要看看夜间那来送东西的人物。但是她常熟睡，候了好几夜都没看见。最后，她不告诉别人，自己用针把小指头刺伤，为的是教夜间因痛而睡不着。到夜静之后，果然看见灯台底中柱开了一扇门，从门里跳出一个美男子来。她像往时一样，睡在床上，两眼却微微地开着。那男子走近床边，正要把一颗明珠放在她枕边，她忽然坐起来，问："你是谁？"

难胜看见她起来，也不惊惶，从容地回答："我是你底俘虏。"

"你是灯台精罢？"

"我是人，是难胜太子。你呢？"

"我名叫玉华。"

公主也曾听人说过难胜太子底才干，一来心里早已羡慕，二来要探探究竟，于是下床把灯弄亮了，请他坐下。彼此相对着，便互相暗赞彼此底美丽。从此以后，每夜两人必聚谈些时，才各自睡去。从此以后，公主也命人每日多备些好吃的东西，放在房里。这样日子久了，就惹起宫女们底疑惑，她们想着公主底食粮忽然增加起来，而且据她说都是要在夜间睡了一会儿才起来吃的。不但如此，洗衣服的宫女也理会到常洗着奇怪的衣服，不是公主平日所穿的。她们大家都以为公主近来有点奇怪，大家都愿意轮流着伺察她在夜间的动静。

自从玉华与难胜亲热之后，公主便不许任何人在她睡后到她底卧室里，连掌灯的宫女也不教进去。她也不要灯光了。她住的宫庭是靠着一个池塘，在月明之夜，两人坐在窗边，看月光印在水里，玉簪和晚香玉底香气不时掠袭过来，更帮助了他们相爱底情。在众星历落的时分，就有无数的萤火像拿着灯的一群小仙人在树林中做闲逸的夜游。他俩每常从窗户跳出去，到水边坐下谈心。在幽好的夜间，彼此相对着，使他们感到天地间底一切都是属于他们的。

宫女们轮流侦察的结果，使宫中遍传公主着了邪魔。有些说听见公主在池边和男子谈话，有些说看见一个人影走近灯台就不见了。但是公主一点也不知道大家底议论，她还是每夜与难胜相会，虽然所谈的几乎是一样的话，可是在他们彼此听来，就像唱着一阕百听不厌的妙歌，虽然唱了再唱，听过再听，也不觉得是陈腐。

这事情教王后知道了，她怕公主被盘问不好意思，只教人把灯台移到大堂中间。公主很不愿意，但王后对她说："你底生日快到了，留着那珍贵的灯台不点做什么？"

"儿不愿意看见这灯台被弄脏了，除非妈妈能免掉用油蜡一类底东西，使全座灯台用过像没用一样，儿才愿意咧。"玉华公主这个意思当然是从难胜得着的。难胜父王把难题交给他，公主又同调地把它交给母后。可是她底母亲并不重视她底难题，只说："要灯台不脏还不容易吗？难道我们没有夜明珠？我到你父亲库里捡出一千颗出来放在灯盏上不就成了吗？""她于是教人到库里去要，可是真正的夜明珠是不容易得到，司宝库的官吏就给王后出一个主意，教她还是把工匠召来，做上一千盏灯，说明不许用油和蜡。工匠得了这个难题便到处请教人家，至终给他打听出一个方法。

他听见人说在北方很远的地方有个山坑，恒常地发出一种气体，那里底人不点油，不用蜡，只用那种气。他想这个很符合王后底要求，于是请求王后给他多些日子预备，把灯盏底大小量好，骑着千里马到那地方去。他看见当地底人们用猪膀胱来盛那种气体，便搜集了二千个，用好几天的工夫把它们充满了，才赶程回都城去。

在预备着灯盏的时候，玉华老守着那座灯。甚至晚上也铺上一张行床在旁边。王后不愿意太拂她的意思，只令一个侍女在她身边侍候。在侍女躺在床上的时候，她用一种安眠香轻轻地放在她鼻孔旁边，这样可以使她一觉睡到天明。玉华仍然可以和难胜在大堂底一个犄角的珠幔底下密谈。

工匠回到都城，将每个猪膀胱都嵌在金球里，每个金球底上端露出一根小小的气管，远看直像一颗金橙子。管与球底连接处有个小掣可以拧动。那就是管制灯火大小的关键。好容易把一千个灯球做好了，把一千个猪膀胱装进去，其余一千个留着替换。

玉华底生日到了。王与后为她开了很大的宴会，当夜把灯台上的一千盏灯点着了。果然一点油脏和煤炭都没有，而且照得满庭光亮无比。正在歌舞得高兴的时候，台柱里忽然跳出一个人，吓得贵族们都各自躲藏起来。他们都以为是神怪出现。玉华也吓楞了。原来难胜在灯台里受不了一千盏灯火底热，迫得他要跳出来。国王底侍卫们没等他走到王跟前就把他逮起来。王在那里审问他，知道他是什么人以后，就把他送到牢里去。

玉华要上前去拦住，反被父王申斥了一顿，不由得大哭着往自己底寝室去了。

自从那晚上起，玉华老躺在床上，像害很重的病，什么都不进口。王后着急，鸢眼王也很心痛，因为她们只有这个爱女。王后劝王把难胜放出来与她结婚，鸢眼王为国仇底关系老不肯点头。他一面教把难胜刑罚得遍体受伤，把他监在城外一个暗洞；一面教宣令官布告全国寻找名医。这样的病，不说全国，就是全世界也少有人能够把它治好的。现在先要办的事是用方法教玉华吃东西，因为她底身体越来越荏弱了。御膳房所做的羹汤没有一样是她要吃的。王于是命令全国底人都试做一碗或一盆菜羹，如公主吃了那人所做的东西，他就得受很宝贵的奖品，而且可以自已挑选。

我们记得当日难胜太子当国破家亡的时候，曾教他底学伴自己逃生。这个学伴名叫慧思，也流落到羝原国底都城来。他是为着打听难胜下落来的，所以不敢有固定的职业，只是到处乞食，随地打听。宫里底变故他已听说过，所以他用尽方法去打听难胜监禁的地方。他从一个狱卒那里知道太子是被禁在城外一个暗洞里，便到那里去查勘。原来那是一个水洞，洞里底水有七八尺深，从洞口泅水进去，许久还不到尽头处，而且从来就没有人敢这样尝试过。洞里底黑暗简直不能形容，曾有人用小筏持火把进去，但走不到百尺，火就被洞里底风吹灭了。听说洞里那边是通天上的，如有人走到底，他便会成仙，可是一向也没有人成功过，甚至常见尸首漂流出来。很奇怪的是洞里底水老向洞口流出，从没见过水流进去。王教人把难胜幽禁在暗洞底深处，那里头有一个浮礁，可容四五人，历来犯重罪的人都被送到那上头去。犯人一到里头只好等死，无论如何，不能逃生。

难胜在那洞里经过三天，睁着眼，什么都看不见，身上底伤痕因着冷气渐渐不觉得痛苦，可是他是没法逃脱的。离他躲的地方两三尺，四围都是水，所以他在那里只后悔不该与仇人底女儿做朋友，以至仇没报得，反被拘禁起来。

慧思知道太子在洞里，可没法拯救他。他想着惟有教玉华公主知道，好商量一个办法。他立意找个机会与公主见面，可巧鸢眼王征求调羹的命令发出来，于是他也预备一钵盂的菜汤送到王宫去。众守卫看见他穿得那么褴褛，用的是乞丐底钵盂，早就看不起他，比着剑要驱逐他。其中一个人说："看你这样贱相，配做菜给公主尝吗？一大帮的公子王孙用金盆、银盏来盛东西，她还看不上眼哪。快走罢，一会大王出来大家都不方便。"

"好老爷，让我把这点粗东西献给公主罢。我知道公主需要这样特异的风味。若是她肯尝，我必要将所得的一半报答你们。"

守卫的兵士商量了一会，便领他进宫里去。宫女们都掩着嘴偷笑，或提着鼻子走开。他可很庄严，直像领班的宰相在大街上走着一般。到公主底寝室门口，侍女要上前来接他手捧着的钵盂，他说："我得亲自献给公主，不然，这汤底味道就会差了。"侍女不由得把他领到公主床边。公主一睁眼看见是个乞丐，就很生气说："你是哪里来的流氓，敢冒昧地到我这里来？"

慧思说："公主，请不要凭外貌来评定人，我这钵盂菜汤除掉难胜太子尝过以外，谁也没尝过。公主请……"

他还没说完，玉华已被太子底名字吸住了。她急问："你认得难胜太子么？你是谁？"

他把手上戴着的一个戒指向着公主说："我是他底学伴。我手上戴的是他赠与我的。他有一对这样的戒指，我们两人分着戴。"

公主注视那戒指，果然和太子所给她的是一对东西。不由得坐起来，说："好，你把汤端来我尝尝。"

她一面喝，一面问慧思与太子底关系。那时侍女们都站得远远地，他们说什么都听不见，只看见公主起来喝着那乞丐底东西。有一个性急的宫女赶紧跑到王面前报告。王随即到公主寝室里来。

"你说！现在你想要求什么呢？"王问。

"求大王赐给我那陈列在大庭中间的金灯台。"

王一听见要那金灯台便注视看慧思，他问："那灯台于你有什么用呢？看你底样子，连房子都不会有一间的，那东西你拿去安排在哪里？"

慧思心里以为若要到黑洞里去找难胜，非得用那座灯台不可，因为它可以发出很大的光，而且每盏都有灯罩，不怕洞里底风把它吹灭了，但是鸢眼盘问之后，知道他也是难胜底人，不由得大怒，立刻命令侍卫来把他拖下去，也幽禁在那暗洞里。侍卫还没到之前，宫女忽然来报宰相在外庭有要事要见他。王于是径自出去了。

玉华教慧思到她底床前，安慰他。在宫里，无论如何他是不能逃脱的。他只告诉公主他要那座灯台的意思。公主知道难胜被幽在洞里，也就教他先去和太子作伴，等她慢慢想方法把那座灯台弄出宫外去。刚刚说了几句话，侍卫们便来把慧思带出去了。

慧思在路上受尽许多侮辱。他只低着头任人耻笑，因自己有主意，一点也不发作，怒气只隐藏在心里，非要等到复国那一天，最好是先不要表示什么。他们来到水边，两个狱卒把慧思放在筏上，慢慢地撑进洞里。那两人是进去惯了的，他们知道撑几篙就可以到那浮礁。把慧思推上去之后，还从原筏泛出来。

慧思摩触难胜，对他说："我是慧思呀。"又告诉他怎样从公主那里来。难胜底创痕虽好了些，可是饿得动不得了，好在慧思临出宫庭的时候，公主暗自把一些吃的掖在他怀里。他就取出来，在黑暗中送到太子底嘴里。

洞里是永远的夜，他们两个不说话的时候，除去滴水和流水底声音以外，一点也听不见什么。他们不晓得经过多少时候，忽然看见远远有光射进来，不觉都坐在礁上观望。等到那光越来越近，才听见玉华喊叫难胜的声音。她踏上浮礁，与难胜相见。这时满洞都光亮得很，筏上底灯台印在水面，光度更加上一倍。

玉华公主开始说她怎样怂恿母后把灯台交给金匠去熔化掉，然后教一两个亲近的人去与那匠人说通了，用高价把它买回来，偷偷地运出城外去。有一个亲信的宫女底家就在那洞口底水边，就把那灯台暂时藏在那里。她底难题在要把灯台送进洞里去的时候发生了。小小的筏子绝不能载得起那么重的金灯台，而且灯球当着洞口底风也点不着。公主私自在夜间离开宫庭，帮着点灯，在太阳没出来以前又赶着回宫去。这样做了好些晚上，可是灯点着了，筏子又载不起，至终把灯球底气都点完了。到最后几盏，在将灭未灭的时候，忽然树林里飞来一大群萤火，有些不晓得怎样飞进灯罩里去，不能出来，在罩里射出闪闪烁烁的光辉。这个，激发了公主底心思，她想为什么不把萤火装在一千盏灯里头呢？她既有了主意，几个亲信立刻用纱缝了些网子到水边各处去捕获。不到两晚上，已经装满了一千盏灯。公主一面又想着怎样把灯台安在小筏上面。最后她决定用那一千个金球，连结起来，放在水面，然后把筏子压在球上头。这样做法，使筏子底浮力增加了好些倍，灯台于是被安置得上。一切都安排好了，公主和两个亲近的人就慢慢地撑进洞里去。幸而水流还不很急，灯台和人在筏子上也有相当的重量，所以进行得很顺利。

洞里现在是充满了青光，一切都显得更美丽。好冒险的难胜太子提议暂时不出洞外，可以试试逆溯到洞底。大家因为听过传说，若能达到洞底，就可以到另一个天地，就可以成仙，所以暂时都不从危险方面着想；而且人多胆壮，都同意溯流而进。慧思底力量是很大的，只有他一个撑篙。那筏离开浮礁渐渐远了。一路上看见许多怪样的石头，有时筏上人物底影子射在洞壁上头，显得青一片，黑一片的。在走了好些水程之后，果然远远地看见前面一点微光好象北极星那么大。筏子再进前，那光丸越显得大了些。他们知道那是另外一个洞口。原来这洞是一条暗河，难胜许久没与强度的阳光接触，不由得晕眩了一会。至终他认识所在的四围好像是他从前曾在那里打过猎的地方。他对慧思说："这不是到了我们底国境吗？这不就是龙潭吗？你一定也认得这个地方。"慧思经过这样提醒，也就认得是本国底边境龙潭，一向没有人理会，那潭水还通着一条暗河。他说："可不是？我们可以立刻回到宫里去。"

康国自从常喜王阵亡了之后，就没人敢承继，因为大家都很尊敬难胜，知道他有一天终会回来，所以国政是由几个老臣摄行。鸢眼王底军队侵略进来之后，大队不久也自退出去了，只留下些小队伍守着都城。太子同慧思到村落里找村长。村长认得是小主，喜欢得很，立刻骑上马到都城去，告诉那班老臣，几个老臣赶到村里来迎接他们，相见之下，悲喜交集。太子问了些国家大事，都说兵精粮足，可以报仇了，现在散布在都城外的各地，所等待的只是一位领兵底元帅。现在太子回来，什么都具备了。

慧思劝太子不要用兵，说："对于邻国是要和睦的，我们既有了精强的兵力，本来可以复仇，但是这不会太伤玉华公主底心吗？不如把军队从刚才来的那个水洞送到那边去，再分一队把部城底敌兵围起来，若不投降便歼灭他们，我单人去见国王，要他与我们订盟，彼此不相侵略，从前的损失要他偿还；他若不答应我们再开仗也不迟。他们一定不会防到我们底兵会从那水洞泛出来的。胜算操在我们手里，我们为什么要多杀人呢？"

这话把与会的文武官员都说服了。难胜即日登了王位，老臣们分头调动军队，预备竹筏，又派慧思为使者骑着快马到羝原国去。

鸢眼王看见当日的乞丐忽然以使者底身份现在他座前，不由得生气，命人再把他送到黑洞里去，慧思心里只好笑，临行的时候对他说："大王不要太骄傲，我们底兵不久就会到你底城下来。"

兵士把他送进暗洞里象往时一样。但一到浮礁，早有难胜底哨兵站在那里。他们把送慧思来的兵士绑起来，一面用萤火底光做信号报告到帅府。不到三个时辰，大兵已进到水洞。个个兵士头上都顶着一盏萤灯，竹筏连结起来，简直成为一条很长的浮桥。暗洞里又充满了青光，在水面像凌乱的星星浮泛着。

大队出了洞口，立刻进到都城。鸢眼王真是惊讶难胜进兵的神速，却还不知道兵是从哪里来的，他恐慌了，群臣都劝他和平解决，于是遣派了最信任的宰相来到难胜军帐中与他议和。难胜只要求偿还历次侵略的损失，和将玉华许配给他。这条件很顺利地被接纳了。他们把玉华公主送回国去，择个吉日迎娶过来。

从此以后，那黑暗的水洞变成赏萤火的名胜，因为两国人民从此和好，个个都忆起那条水和水边底萤虫，都喜欢到那里去游玩。

难胜把那座金灯台仍然安置在宫庭中间。那是它永久的地方。它这回出国带着光荣回来，使人人尊仰。所以每到夏夜，难胜王必要命人把萤火装在一千个灯罩里，为的是纪念他和玉华王后底旧事。

（原载1941年7月香港《新儿童》）

桃金娘

桃金娘是一种常绿灌木,粤、闽山野很多,叶对生,夏天开淡红色的花,很好看的,花后结圆形像石榴的紫色果实。有一个别名广东土话叫做"冈拈子",夏秋之间结子像小石榴,色碧绛,汁紫,味甘,牧童常摘来吃,市上却很少见。还有常见的蒲桃,及连雾(土名番鬼蒲桃),也是桃金娘科底植物。

一个人没有了母亲是多么可悲呢!我们常看见幼年的孤儿所遇到的不幸,心里就会觉得在母亲底庇荫底下是很大的一份福气。我现在要讲从前一个孤女怎样应付她底命运的故事。

在福建南部,古时都是所谓"洞蛮"住着的。他们底村落是依着山洞建筑起来,最著名的有十八个洞。酋长就住在洞里,称为洞主。其余的人们搭茅屋围着洞口,俨然是聚族而居的小民族。十八洞之外有一个叫做仙桃洞,出的好蜜桃,民众都以种桃为业,拿桃实和别洞底人们交易，生活倒是很顺利的。洞民中间有一家，男子都不在了，只剩下一个姑母一个小女儿金娘。她生下来不到一个月，父母在桃林里被雷劈死了。迷信的洞民以为这是他们二人犯了什么天条，连他们底遗孤也被看为不祥的人。所以金娘在社会里是没人敢与她来往的。虽然她长得绝世的美丽，村里底大歌舞会她总不敢参加，怕人家嫌恶她。

她有她自己的生活，她也不怨恨人家，每天帮着姑母做些纺织之外，有工夫就到山上去找好看的昆虫和花草。有时人看见她戴得满头花，便笑她是个疯女子，但她也不在意。她把花草和昆虫带回茅寮里，并不是为玩，乃是要辨认各样的形状和颜色，好照样在布匹上织上花纹。她是一个多么聪明的女子呢！姑母本来也是很厌恶她的，从小就骂她，打她，说她不晓得是什么妖精下凡，把父母底命都送掉。但自金娘长大之后，会到山上去采取织纹的样本，使她家底出品受洞人们底喜欢，大家拿很贵重的东西来互相交易，她对侄女底态度变好了些，不过打骂还是不时会有的。

因为金娘家所织的布花样都是日新月异的。许多人不知不觉地就忘了她是他们认为不祥的女儿，在山上常听见男子底歌声，唱出底下底辞句：

　　你去爱银姑，
　　我却爱金娘。
　　银姑歌舞虽漂亮，
　　不如金娘衣服好花样。
　　歌舞有时歇，
　　花样永在衣裳上。

你去爱银姑，

我来爱金娘，

我要金娘给我做的好衣裳。

　　银姑是谁？说来是很有势力的。她是洞主底女儿，谁与她结婚，谁就是未来的洞主。所以银姑在社会里，谁都得巴结她。因为洞主底女儿用不着十分劳动，天天把光阴消磨在歌舞上，难怪她舞得比谁都好。她可以用歌舞教很悲伤的人快乐起来，但是那种快乐是不恒久的，歌舞一歇，悲伤又走回来了。银姑只听见人家赞她的话，现在来了一个艺术底敌人，不由得嫉妒心发作起来，在洞主面前说金娘是个狐媚子，专用颜色来蛊惑男人。洞主果然把金娘底姑母叫来，问她怎样织成蛊惑男人的布匹，她定是使上巫术在所织的布上了。必要老姑母立刻把金娘赶走，若是不依，连她也得走。姑母不忍心把这消息告诉金娘，但她已经知道她底意思了。

　　她说："姑妈，你别瞒我，洞主不要我在这里，是不是？"

　　姑母没做声，只看着她还没织成的一匹布滴泪。

　　"姑妈，你别伤心，我知道我可以到一个地方去。你照样可以织好看的布。你知道我不会用巫术，我只用我底手艺。你如要看我的时候，可以到那山上向着这种花叫我，我就会来与你相见的。"金娘说着，从头上摘下一枝淡红色的花递给她姑母，又指点了那山底方向，什么都不带就望外走。

　　"金娘，你要到那里去，也得告诉我一个方向，我可以找你去。"姑母追出来这样对她说。

　　"我已经告诉你了。你到那山上，见有这样花的地方，只要你一叫金娘，我就会到你面前来。"她说着，很快地就向树林里消逝了。

原来金娘很熟悉山间底地理，她知道在很多淡红花底所在有许多野果可以充饥，在那里，她早已发现了一个仅可容人的小洞，洞里底垫褥都是她自己手织的顶美的花布。她常在那里歇息，可是一向没人知道。

村里底人过了好几天才发见金娘不见了，他们打听出来是因为一首歌激怒了银姑，就把金娘撵了。于是大家又唱起来：

谁都恨银姑，
谁都爱金娘。
银姑虽然会撒谎，
不能涂掉金娘底花样。
撒谎涂污了自己，
花纹还留衣裳上。
谁都恨银姑，
谁都想金娘，
金娘回来，给我再做好衣裳。

银姑听了满山底歌声都是怨她的辞句，可是金娘已不在面前，也发作不了。那里底风俗是不能禁止人唱歌的。唱歌是民意底表示，洞主也很诧异为什么群众那么喜欢金娘。有一天，他召集族中底长老来问金娘底好处。长老们都说她是一个顶聪明勤劳的女子，人品也好，所差的就是她是被雷劈的人底女儿；村里有一个这样的人，是会起纷争的。看现在谁都爱她，将来难保大家不为她争斗，所以把她撵走也是一个办法。洞主这才放了心。

天不做美，一连有好几十天的大风雨，天天有雷声绕着桃林。这教村里人个个担忧，因为桃子是他们唯一的资源。假如桃林教风拔掉或教水冲掉，全村底人是要饿死的。但是村人不去防卫桃树，却忙着把金娘所织的衣服藏在安全的地方。洞主问他们为什么看金娘所织的衣服比桃树重。他们就唱说：

桃树死掉成枯枝，
金娘织造世所稀。
桃树年年都能种，
金娘去向无人知。

洞主想着这些人们那么喜欢金娘，必得要把他们底态度改变过来才好。于是他就和他底女儿银姑商量，说："你有方法教人们再喜欢你么？"

银姑唯一的本领就是歌舞，但在大雨滂沱的时候，任她底歌声嘹亮也敌不过雷音泉响，任她底舞态轻盈，也踏不了泥淖砾场。她想了一个主意，走到金娘底姑母家，问她金娘底住处。

"我不知道她住在那里，可是我可以见着她。"姑母这样说。

"你怎样能见着她呢？你可以教她回来么？"

"为什么又要她回来呢？"姑母问。

"我近来也想学织布，想同她学习学习。"

姑母听见银姑底话就很喜欢地说："我就去找她。"说着披起蓑衣就出门。银姑要跟着她去，但她阻止她说："你不能跟我去，因为她除我以外，不肯见别人。若是有人同我走，她就不出来了。"

银姑只好由她自己去了。她到山上,摇着那红花,叫:"金娘,你在那里?姑妈来了。"

金娘果然从小林中踏出来。姑母告诉她银姑怎样要跟她学织纹。她说:"你教她就成了。我也没有别的巧妙,只留神草树底花叶,禽兽底羽毛,和到山里找寻染色底材料而已。"

姑母说:"自从你不在家,我底染料也用完了,怎样染也染不出你所染的颜色来。你还是回家把村里底个个女孩子都教会了你底手艺罢。"

"洞主怎样呢?"

"洞主底女儿来找我,我想不至于难为我们罢。"

金娘说:"最好是教银姑在这山下搭一所机房,她如诚心求教,就到那里去,我可以把一切的经验都告诉她。"

姑母回来,把金娘底话对银姑说。银姑就去求洞主派人到山下去搭棚。众人一听见是为银姑搭的,以为是她底歌舞,都不肯去做。这教银姑更嫉妒。她当着众人说:"这是为金娘搭的。她要回来把全洞底女孩子都教会了织造好看的花纹。你们若不信,可以问问她底姑母去。"

大家一听金娘要回来,好像吃了什么兴奋药,都争前恐后地搭竹架子,把各家存着的茅草搬出来。不到两天工夫,在阴晴不定的气候中把机房盖好了。一时全村底女儿都齐集在棚里,把织机都搬到那里去,等着金娘回来教导她们。

金娘在众人企望的热情中出现了,她披着一件带宝光的蓑衣,戴的一顶箬笠,是她在小洞里自己用细树皮和竹箨交织成的。众男子站在道旁争着唱欢迎她的歌:

大雨淋不着金娘底头；

大风飘不起金娘底衣。

风丝雨丝，

金娘也能安它上织机；

她是织神底老师。

金娘带着笑容向众男子行礼问好，随即走进机房与众妇女见面。一时在她指导底下，大家都工作起来。这样经过三四天，全村底男子个个都企望可以与她攀谈，有些提议晚间就在棚里开大宴会。因为她回来，大家都高兴了。又因露天地方雨水把土地淹得又湿又滑，所以要在棚里举行。

银姑更是不喜欢，因为连歌舞底后座也要被金娘夺去了。那晚上可巧天晴了，大家格外兴奋，无论男女都预备参加那盛会。每人以穿着一件金娘所织的衣服为荣；最低限度也得搭上一条她所织的汗巾，在灯光底下更显得五光十色。金娘自己呢，她只披了一条很薄的轻纱，近看是像没穿衣服，远见却像是一个在一根水晶柱子里藏着，只露出她底头——一个可爱的面庞向各人微笑。银姑呢，她把洞主所有的珠宝都穿戴起来，只有她不穿金娘所织的衣裳。但与金娘一比，简直就是天仙与独眼老猕猴站在一起。大家又把赞美金娘的歌唱起来，银姑觉得很窘。本来她叫金娘回来就是不怀好意的，现在怒火与妒火一齐燃烧起来，趁着人不觉得的时候，把茅棚点着了，自己还走到棚外等着大变故底发生。

一会火焰底舌头伸出棚顶，棚里底人们个个争着逃命。银姑看见那狼狈情形一点也没有恻隐的心，还在一边笑，指着这个说："吓吓！你底宝贵的衣服烧焦了！"对着那个说："喂，你底金娘所织的服装也是禁不起火的！"诸如此类的话，她不晓得说了多少。金娘可在火棚里帮着救护被困的人们，在火光底下更显出她为人服务的好精神。忽然哗啦一声，全个棚顶都塌下来了。里面只听见嚷救的声音。正在烧得猛烈的时候，大雨猛然降下，把火淋灭了。可是四围都是漆黑，火把也点不着，水在地上流着，像一片湖沼似的。

第二天早晨，逃出来的人们再回到火场去，要再做救人的工作，但仔细一看，场里底死尸很多，几乎全是村里底少女。因为发现火头起来的时候，个个都到织机那里，要抢救她们所织的花纹布。这一来可把全洞底女子烧死了一大半，几乎个个当嫁的处女都不能幸免。

事定之后，他们发现银姑也不见了。大家想着大概是水流冲激的时候，她随着流水沉没了。可是金娘也不见了！这个使大家很着急，有些不由得流出眼泪来。

雨还是下个不止，山洪越来越大，桃树被冲下来的很多，但大家还是一意找金娘。忽然霹雳一声，把洞主所住的洞也给劈开了。一时全村都乱着各逃性命。

过了些日子天渐晴回来，四围恢复了常态，只是洞主不见。他是给雷劈死了。一时大家找不着银姑，所以没有一个人有资格承继洞主底地位。于是大家又想起金娘来，说："金娘那么聪明，一定不会死的。不如再去找找她底姑母，看看有什么方法。"

姑母果然又到山上去，向着那小红花嚷说："金娘，金娘，你回来呀。大家要你回来，你为什么不回来呢？"

随着这声音，金娘又面带笑容，站在花丛里，说："姑妈，要我回去干什么？所有的处女都没有了。我还能教谁呢？"

"不，是所有的处男要你，你去安慰他们罢。"

金娘于是又随着姑母回到茅寮里。所有的未婚男子都聚拢来问候她，说："我们要金娘做洞主。金娘教我们大家纺织，我们一样地可以纺织。"

金娘说："好，你们如果要我做洞主，你们用什么来拥护我呢？"

"我们用我们底工作来拥护你，把你底聪明传播各洞去。教人家觉得我们底布匹比桃实好得多。"

金娘于是承受众人底拥戴做起洞主来。她又教大家怎样把桃树种得格外肥美。在村里，种植不忙的时候，时常有很快乐的宴会。男男女女都能采集染料，和织造好看的布匹。一直做到她年纪很大的时候，把所有织布、染布底手艺都传给众人。最后，她对众人说："我不愿意把我底遗体现在众人面前教大家伤心。我去了之后，你们当中，谁最有本领、最有为大家谋安全的功绩的，谁就当洞主。如果你们想念我，我去了之后，你们看见这样的小红花就会记起我来。"说着她就自己上山了。

因为那洞本来出桃子，所以外洞底人都称呼那里底众人为"桃族"。那仙桃洞从此以后就以织纹著名，尤其是织着小红花的布，大家都喜欢要，都管它叫做"桃金娘布"。

自从她底姑母去世之后，山洞底方向就没人知道。全洞底人只知道那山是金娘往时常到的，都当那山为圣山，每到小红花盛开的时候，就都上山去，冥想着金娘。所以那花以后也就叫做"桃金娘"了。

对于金娘的记忆很久很久还延续着，当我们最初移民时，还常听到洞人唱的：

桃树死掉成枯枝，

金娘织造世所稀。

桃树年年都能种，

金娘去向无人知。

（原载1941年8月香港《新儿童》）

在费总理的客厅里

费总理的会客厅里面的陈设都能表示他是一个办慈善事业具有热心和经验的人。梁上悬着两块"急公好义"和"善与人同"的匾额,自然是第一和第二任大总统颁赐的,我们看当中盖着一方"荣典之玺"的印文便可以知道。在两块匾当中悬着一块"敦诗说礼之堂"的题额,听说是花了几百圆的润笔费请求康老先生写的。因为总理要康老先生多写几个字,所以他的堂名会那么长。四围墙上的装饰品无非是褒奖状、格言联对、天官赐福图、大镜之类。厅里的镜框很多,最大的是对着当街的窗户那面西洋大镜。厅里的家私都是用上等楠木制成。几桌之上杂陈些新旧真假的古董和东西洋大小自鸣钟。厅角的书架上除了几本《孝经》《治家格言注》《理学大全》和些日报以外,其余的都是募捐册和几册名人的介绍字迹。

当差的引了一位穿洋服、留小胡子的客人进来,说:"请坐一会儿,总理就出来。"客人坐下了。当差的进里面去,好像对着一个丫头说:"去请大爷,外头有位黄先生要见他。"里面隐约听见一个女人的声音说:"翠花,老爷在五太房间哪。"我们从这句话可以断定费总理的家庭是公鸡式的,他至少有五位太太,丫头还不算在内。其实这也算不了怎么一回事,在这个礼教之邦,又值一般大人物及当代政府提倡"旧道德"的时候,多纳几位"小星",既足以增门第的光荣,又可以为敦伦之一助,有些少身家的人不娶姨太都要被人笑话,何况时时垫款出来办慈善事业的费总理呢!

已经过一刻钟了,客人正在左观右望的时候,主人费总理一面整理他的长褂,一面踏进客厅,连连作揖,说:"失迎了,对不住,对不住!"黄先生自然要赶快答礼说:"岂敢,岂敢。"宾主叙过寒暄,客人便言归正传,向总理说:"鄙人在本乡也办了一个妇女慈善工厂,每听见人家称赞您老先生所办的民生妇女慈善习艺工厂成绩很好,所以今早特意来到,请老先生给介绍到贵工厂参观参观,其中一定有许多可以为敝厂模范的地方。"

总理的身材长短正合乎"读书人"的度数,体质的柔弱也很相称。他那副玄黄相杂的牙齿,很能表现他是个阔人。若不是一天抽了不少的鸦片,决不能使他的牙齿染出天地的正色来!他现出很谦虚的态度,对客人详述他创办民生女工厂的宗旨和最近发展的情形。从他的话里我们知道工厂的经费是向各地捐来的。女工们尽是乡间妇女。她们学的手艺都很平常,多半是织袜、花边、裁缝,那等轻巧的工艺。工厂的出品虽然很多,销路也很好,依理说应当赚钱,可是从总理的叙述上,他每年总要赔垫一万几千块钱!

总理命人打电话到工厂去通知说黄先生要去参观,又亲自写了几个字在他自己的名片上作为介绍他的证据。黄先生现出感谢的神气,站起来向主人鞠躬告辞,主人约他晚间回来吃便饭。

主人送客出门时，顺手把电扇的制钮转了，微细的风还可以使书架上那几本《孝经》之类一页一页地被吹起来，还落下去。主人大概又回到第几姨太房里抽鸦片去。客厅里顿然寂静了。不过上房里好像有女人哭骂的声音，隐约听见"我是有夫之妇……你有钱也不成……"，其余的就听不清了。午饭刚完，当差的又引导了一位客人进来，递过茶，又到上房去回报说："二爷来了。"

二爷是与费总理交换兰谱的兄弟。实际上他比总理大三四岁，可是他自己一定要说少三两岁，情愿列在老弟的地位。这也许是因为他本来排行第二的缘故。他的脸上现出很焦急的样子，恨不能立时就见着总理。

这次总理却不教客人等那么久。他也没穿长褂，手捧着水烟筒，一面吹着纸捻，进到客厅里来。他说："二弟吃过饭没有？怎么这样着急？"

"大哥，咱们的工厂这一次恐怕免不了又有麻烦。不晓得谁到南方去报告说咱们都是土豪劣绅，听说他们来到就要查办咧。我早晨为这事奔走了大半天，到现在还没吃中饭哪。假使他们发现了咱们用民生工厂的捐款去办兴华公司，大哥，你有什么方法对付？若是教他们查出来，咱们不挨枪毙也得担个无期徒刑！"

总理像很有把握的神气，从容地说："二弟，别着急，先叫人开饭给你吃，咱们再商量。"他按电铃，叫人预备饭菜，接着对二爷说："你到底是胆量不大，些小事情还值得这么惊惶！'土豪劣绅'的名词难道还会加在慈善家的头上不成？假使人来查办，一领他们到这敦诗说礼之堂来看看，捐册、帐本、褒奖状，件件都是来路分明，去路清楚，他们还能指摘什么？咱们当然不要承认兴华公司的资本就是民生工厂的捐款。世间没有不许办慈善事业的人兼办公司的道理，法律上也没有讲不过去的地方。"

"怕的是人家一查，查出咱们的款项来路分明，去路不清。我跟着你大哥办慈善事业，倒办出一身罪过来了，怎办，怎办？"二爷说得非常焦急。

"你别慌张，我对于这事早已有了对付的方法。咱们并没有直接地提民生工厂的款项到兴华公司去用。民生的款项本来是慈善性质，消耗了是当然的事体，只要咱们多划几笔账便可以敷衍过去。其实捐钱的人，谁来考查咱们的账目？捐一千几百块的，本来就冲着咱们的面子，不好意思不捐，实在他们也不是为要办慈善事业而捐钱，他们的钱一拿出来，早就存着输了几圈麻雀的心思，捐出去就算了。只要他们来到厂里看见他们的名牌高高地悬挂在会堂上头，他们就心满意足了。还有捐一百几十的'无名氏'，我们也可以从中想法子。在四五十个捐一百元的'无名氏'当中，我们可以只报出三四个，那捐款的人个个便会想着报告书上所记的便是他。这里岂不又可以挖出好些钱来？至于那班捐一块几毛钱的，他们要查账，咱们也得问问他们配不配。"

"然则工厂基金捐款的问题呢？"二爷又问。

"工厂的基金捐款也可以归在去年证券交易失败的账里。若是查到那一笔，至多是派咱们'付托失当，经营不善'这几个字，也担不上什么处分，更挂不上何等罪名。再进一步说，咱们的兴华公司，表面上岂不能说是为工厂销货和其他利益而设的？又公司的股东，自来就没有咱姓费的名字，也没你二爷的名字，咱的姨太开公司难道是犯罪行为？总而言之，咱们是名正言顺，请你不要慌张害怕。"他一面说，一面把水烟筒吸得哔罗哔罗地响。

二爷听他所说，也连连点头说："有理有理！工厂的事，咱们可以说对得起人家，就是查办，也管教他查出功劳来。……然而，大哥，咱们还有一桩案未了。你记得去年学生们到咱们公司去检货，被咱们的伙计打死了他们两个人，这桩案件，他们来到，一定要办的。昨天我就听见人家说，学生会已宣布了你、我的罪状，又要把什么标语、口号贴在街上。不但如此，他们又要把咱们伙计冒充日籍的事实揭露出来。我想这事比工厂的问题还要重大。这真是要咱们的身家、性命、道德、名誉咧。"

总理虽然心里不安，但仍镇静地说："那个事情，我已经拜托国仁向那边接洽去了，结果如何，虽不敢说定；但据我看来，也不致于有什么危险。国仁在南方很有点势力，只要他向那边的当局为咱们说一句好话，咱们再用些钱，那就没有事了。"

"这一次恐怕钱有点使不上罢？他们以廉洁相号召，难道还能受贿赂？"

"咳！二弟你真是个老实人！世间事都是说的容易做的难。何况他们只是提倡廉洁政府，并没明说廉洁个人。政府当然是不会受贿赂的，历来的政府哪一个受过贿呢？反正都是和咱们一类的人，谁不爱钱？只要咱们送得有名目，人家就可以要。你如心里不安，就可以立刻到国仁那里去打听一下，看看事情进行到什么程度。"

"那么，我就去罢。我想这一次用钱有点靠不住。"

总理自然愿意他立刻到国仁那里去打听。他不但可以省一顿客饭，并且可以得着那桩案件的最近消息。他说："要去还得快些去，饭后他是常出门的。你就在外头随便吃些东西罢。可恶的厨子，教他做一顿饭到大半天还没做出来！"他故意叫人来骂了几句，又吩咐给二爷雇车。不一会，车雇得了，二爷站起来顺便问总理说："芙蓉的事情和谐罢？恭喜你又添了一位小星。"总理听见他这话，脸上便现出不安的状态。他回答说："现在没有工夫和你细谈那事，回头再给你说罢。"他又对二爷说:"你快去快回来,今晚上在我这里吃晚饭罢。我请了一位黄先生,正要你来陪。国仁有工夫,也请他来。"

二爷坐上车,匆匆地到国仁那里去了。总理没有送客出门,自己吸着水烟,回到上房。当差的进客厅里来,把桌上茶杯里的茶倒了,然后把它们搁在架上。客厅里现在又寂静了。我们只能从壁上的镜子里看见街上行人的反影;其中看见时髦的女人开着汽车从窗外经过,车上只坐着她的爱犬。很可怪的就是坐在汽车上那只畜生不时伸出头来向路人狂吠,表示它是阔人的狗!它的吠声在费总理的客厅里也可以听见。

时辰钟刚敲过三下,客厅里又热闹起来了。民生工厂的庶务长魏先生领着一对乡下夫妇进来,指示他们总理客厅里的陈设。乡下人看见当中二块匾就连想到他们的大宗祠里也悬着像旁边两块一样的东西,听说是皇帝赐给他们第几代的祖先的。总理客厅里的大小自鸣钟、新旧古董和一切的陈设,教他们心里想着就是皇帝金銮殿也不过是这般布置而已。

他们都坐下,老婆子不歇地摩挲放在身边的东西,心里有的是赞羡。

魏先生对他们说:"我对你们说,你们不信,现在理会了。我们的总理是个有身家有名誉的财主,他看中了芙蓉,就算你们两人的造化。她若嫁给总理做姨太,你们不但不愁没得吃的、穿的、住的,就是将来你们那个小狗儿要做一任县知事也不难。"

老头子说:"好倒很好,不过芙蓉是从小养来给小狗儿做媳妇,若是把她嫁了,我们不免要吃她外家的官司。"

老婆子说:"我们送她到工厂去也是为要使她学些手艺,好教我们多收些钱财,现在既然是总理财主要她,我们只得怨小狗儿没福气。总理财主如能吃得起官司,又保得我们的小狗儿做个营长、旅长,那我们就可以要一点财礼为他另娶一个回来。我说魏老爷呀,营长是不是管得着县知事?您方才说总理财主可以给小狗儿一个县知事做,我想还不如做个营长、旅长更好。现在做县知事的都要受气,听说营长还可以升到督办那。"

魏先生说:"只要你们答应,天大的官司,咱们总理都吃得起。你看咱们总理几位姨太的亲戚没有一个不是当阔差事的。小狗儿如肯把芙蓉让给总理,那愁他不得着好差事!不说是营长、旅长,他要什么就得什么。"

老头子是个明理知礼的人,他虽然不大愿意,却也不敢违忤魏先生的意思。他说:"无论如何,咱们两个老伙什是不能完全做主的。这个还得问问芙蓉,看她自己愿意不愿意。"

魏先生立时回答他说:"芙蓉一定愿意。只要你们两个人答应,一切的都好办了。她昨晚已在这里上房住一宿,若不愿意,她肯么?"

老头子听见芙蓉在上房住一宿就很不高兴。魏先生知道他的神气不对,赶快对他说明工厂里的习惯,女工可以被雇到厂外做活去。总理也有权柄调女工到家里当差,譬如翠花、菱花们,都是常留在家里做工的。昨晚上刚巧总理太太有点活要芙蓉来做,所以住了一宿,并没别的缘故。

芙蓉的公姑请求叫她出来把事由说个明白,问她到的愿意不愿意。不一会,翠花领着芙蓉进到客厅里。她一见着两位老人家,便长跪在地上哭个不休。她嚷着说:"我的爹妈,快带我回家去罢,我不能在这里受人家欺侮。……我是有夫之妇。我决不能依从他。他有钱也不能买我的志向。……"

她的声音可以从窗户传达到街上,所以魏先生一直劝她不要放声哭,有话好好地说。老婆子把她扶起来,她咒骂了一场,气泄过了,声音也渐渐低下去。

老婆子到的是个贪求富贵的人，她把芙蓉拉到身边，细声对她劝说，说她若是嫁给总理财主，家里就有这样好处，那样好处。但她至终抱定不肯改嫁，更不肯嫁给人做姨太的主意。她宁愿回家跟着小狗儿过日子。

魏先生虽然把她劝不过来，心里却很佩服她。老少喧嚷过一会，芙蓉便随着她的公姑回到乡间去。魏先生把总理请出来，对他说那孩子很刁，不要也罢，反正厂里短不了比她好看的女人。总理也骂她是个不识抬举的贱人，说她昨夜和早晨怎样在上房吵闹。早晨他送完客，回到上房的时候，从她面前经过，又被她侮辱了一顿。若不是他一意要她做姨太，早就把她一脚踢死。他教魏先生回到工厂去，把芙蓉的名字开除，还教他从工厂的临时费支出几十块钱送给她家人，教他们不要播扬这事。

五点钟过了。几个警察来到费总理家的门房，费家的人个个都捏着一把汗，心里以为是芙蓉同着她的公姑到警察厅去上诉，现在来传人了。警察们倒不像来传人的样子。他们只报告说："上头有话，明天欢迎总司令、总指挥，各家各户都得挂旗。"费家的大小这才放了心。

当差的说："前几天欢送大帅，你们要人挂旗；明天欢迎总司令，又要挂旗，整天挂旗，有什么意思？"

"这是上头的命令，我们只得照传。不过明天千万别挂五色国旗，现在改用海军旗做国旗。"

"哪里找海军旗去？这都是你们警厅的主意，一会儿要人挂这样的旗，一会儿又要人挂那样的旗。"

"我们也管不了。上头说挂龙旗，我们便教挂龙旗；上头说挂红旗，我们也得照传，教挂红旗。"

警察叮咛一会，又往别家通告去了。客厅的大镜里已经映着街上一家新开张的男女理发所门口挂着两面二丈四长、垂到地上的党国大旗。那旗比新华门平时所用的还要大，从远地看来，几乎令人以为是一所很重要的行政机关。

掌灯的时候到了。费总理的客厅里安排着一席酒，是为日间参观工厂的黄先生预备的。还是庶务长魏先生先到。他把方才总理吩咐他去办的事情都办妥了。他又对总理说他已买了两面新的国旗。总理说他不该买新的，费那么些钱，他说应当到估衣铺去搜罗。原来总理以为新的国旗可以到估衣铺去买。

二爷也到了。从他眉目的舒展可以知道他所得的消息是不坏的。他从袖里掏出几本书来，对费总理说："国仁今晚要搭专车到保定去接司令，不能来了。他教我把这几本书带来给你看。他说此后要在社会上做事，非能背诵这里头的字句不成。这是新颁的《圣经》，一点一画也不许人改易的。"

他虽然说得如此郑重，总理却慢慢地取过来翻了几遍。他在无意中翻出"民生主义"几个字，不觉狂喜起来，对二爷说："咱们民生工厂不就是民生主义么？"

"有理有理。咱们的见解原先就和中山先生一致呵！"二爷又对总理说国仁已把事情办妥，前途大概没有什么危险。

总理把几本书也放在《孝经》、《治家格言》等书上头。也许客厅的那一个犄角就是他的图书馆！他没有别的地方藏书。

黄先生也到了，他对于总理所办的工厂十分赞美，总理也谦让了几句，还对他说他的工厂与民生主义的关系。黄先生越发佩服他是个当代的社会改良家兼大慈善家，更是总理的同志。他想他能与总理同席，是一桩非常荣幸可以记在参观日记上头、将来出版公布的事体。他自然也很羡慕总理的阔绰。心里想着，若不是财主，也做不了像他那样的慈善家。他心中最后的结论以为若不是财主，就没有做慈善家的资格。可不是！

宾主入席，畅快地吃喝了一顿，到十点左右，各自散去。客厅里现在只剩下几个当差的在那里收拾杯盘。器具摩荡的声音与从窗外送来那家新开张的男女理发所的留声机唱片的声音混在一起。

（原载1928年《小说月报》19卷11号）

文 学馆

文化论述

许地山精品选

我们要什么样的宗教

一、宗教是不是普遍的需要

宗教是社会的产物,由多人多时所形成,并非由个人所创造。宗教的需要,是普遍的,其理由有五:

1、凡宗教必有一特别的理想,这个理想是人类所欲达到,为人间生活所必要有的。

2、凡宗教全要想解决"人生目的"的问题。

3、凡在宗教团体的人,必用自己的宗教理想,表现于实行上。

4、凡宗教必不满意于现实生活,以现实生活是病害的,不完全的,都是要想法子,去驱除他,或改正他。

5、凡宗教皆栽培,节制,完成人类的欲望,人类欲望大别有三,(一)肉欲(Sensuality),(二)我欲(Selfishness),(三)意欲(Willingness)。三种欲望全是人间生活所不能免的。肉欲从肉体种种器官，为感觉发生，感觉不能免除，则肉欲必须存在，于是发生有利有害的两个方面，凡宗教全是试要节制他有害的方面，而栽培发展他有利的方面。在现实的生活之下，我欲是较高的欲望，例如作文作画，必要写出自己的名字，表明是自己的作品，便是由于我欲的缘故。但我欲过强，便成自私，有时也有妨碍，所以宗教要去节制他，而他之一方面，仍要栽培他，完成他，因为个人的人格，也是由我欲造成的。意欲是更高的欲望，可以管理一生的生活。倘若意欲不正就可毁坏一生生活的全体。佛教所谓"心如工画师，善画诸世间"便是表明意志有创造世界的能力。宗教的终极目的是要指导他，发展他，强健他。

由上述的理论，看人生免不了有理想，欲望，病害，故此要向上寻求安康，宗教的感情，于是乎起，可以见宗教的本体，是人生普遍的需要。但是宗教的生长，必须适应环境。所以宗教的适用，必须受空间时间的限制，因时因地而不同。例如：六朝时候的佛教、因政治的关系而发达，可见政治与宗教之关系；又如，在天灾流行的时候，人类朝不保夕，于是就希望超绝的能力，可见天灾与宗教的关系；在国家衰弱的时代，宗教的情操越强，宗教的信仰越烈，可见强弱势力与宗教的关系。所以今晚的讲题"我们要什么样的宗教？"这"我们"是指我们今日中国说的。

二、宗教的领域

许多人不看一看宗教的领域，不知道他有如何的大，所以一提宗教二字，便要唾弃。其实宗教的领域最大，可以说占人生之最大部分。人的行动，若仔细分析，少有不含宗教色彩的。由此广大无边的领域之中，依我的意见，可以为三大国度：（1）巫祝的宗教，（2）恩威的宗教，（3）情理的宗教。

巫祝的宗教全基于过去的经验，其所行全是礼仪的，神圣的，秘密的。不问参与之意义如何，参与者之了解与否。在原始的社会，这是很盛行的。

恩威的宗教，亦多基于经验。重礼节，信条，全以威权吓人、从者有福，违者有祸，使人因慕升天之福，畏入狱之祸，而信服。因此人便立于无限威权之下，不能不信服而持守戒律。

情理的宗教，不专恃恩威的作用，而重慈心，与智慧。佛所谓"悲智双修"就是这个意思。其实行，全是依其智慧，情感，而得了解。提高感情，用以打动人的慈悲，提高理智，用以坚定人的意向。使人在不知不觉之间，就实现此悲，此智，于行为上。

此三种教，因时因地而异，共适用之处无绝对的善恶优劣之可言。智慧过低的地方，用情理的宗教，倒会发生病害，反之文化极高的时候，巫祝的宗教也就无所用了，

三、中国现在缺乏的宗教精神

我们对于宗教所缺的精神，总括起来，可得下列的五种。

1、多注重难思的妙法，而轻看易行的要道。人都以为宗教是玄妙的，肤浅便不是宗教。讲宗教，要你越听不懂，越妙。古来佛教经典，有些伪造梵文，或者直译梵音，以为是圣语不翻，使人不易了解，正是这个缘故。

2、多注重个人的修习，而轻看群众的受持。修道的人，不甚注意传播，和发展的事。所以我们宗教态度，是独善的，不是普济的。

3、重视来世的祸福、而忘却现实之受用，与享乐。我国人种种宗教行为，多是为求来生之福，免来生之祸，而不知宗教正是使人得现实的享受。

4、只见宗教柔弱方面，而忽略了宗教的刚强方面。反对宗教者、多以下列四项为理由：（甲）以为信仰古来圣人听从他的主张，认他作主，便是认己为奴，在名分上实已小看自己的人格。（乙）信则有福，否则受罚，是崇拜威权，而轻看自由。（丙）个性本应发展，而因宗教之故，每每使人萎退。（丁）已死之人，其智识经验全比现在的人少，宗教崇拜死人，服从其主张，则使人愚拙。这些话，似乎不错。然而人在宇宙，或太阳系之中本来不能算是最好的；就是在地球之上，人类也不能算是最完全的，最自由的。所以我们，于现有之理智以外，要想求得一位更高明的"神"，来服从。神的有无，不是今晚我们所说的问题。但所谓神，不过人类更高理想的表现，人设立他来，作个模范；并不算是怎样专制，或约束人的理性。

5、多注重思维，而少注重实行。以为宗教是超绝现实生活的，所以要主张入定，持斋等事，若是多去活动便不算得宗教。例如：善堂，养老院，孤儿院等设施，本出于儒道作善降祥的思想，而不认为宗教行为；在屋中焰香，默坐，反认为宗教。

以上所说的五项，倘若不错，就是见我们所缺乏的宗教思想和度了。

四、我国今日所需要的宗教

1、要容易行的。所谓容易行，并不是幼稚的念念阿弥陀佛，画画十字，就算了事。乃是要人在日常生活中，不多费气力，就可以去作的善业。

2、要群众能修习的宗教。并不为特定的人，特定的事，而发生。所以无论智愚，全能受持，才是合适的宗教。一个人坐在屋里苦修行，不是我们需要的。

3、要道德情操很强的。人的理性，每自有光明的启示、因理智经验，而评判将来的结果。此即自己对于自己道德情操所立的标准；而人的共同的道德标准，则不可不由宗教来供给。

4、要有科学精神的。或谓宗教与科学不并立，其实不对。科学对于物质的世界有正确的解释，能与吾人以正确的智识，此正确的智识，正为宗教所需要。必先有正确的智识，然后有正确的信仰。所以宗教，必须容纳科学，且要有科学的精神。

5、要富有感情的。感情有感力，令人不能不去作。所以感情强，则一切愿望全可成全。在宗教，决不能不重感情，而专重理智。

6、要有世界性质的。因为人的生活、日趋于大同。人同此心，心同此理。世界上的人心、全有交通的可能，所以宗教，必须是世界的。

7、必注重生活的。旧日宗教，重死后的果报，其实宗教正为生前的受用。宗教不注重生活，就失去其最高的价值。

8、要合于情理的。不能只重恩威，而不重情理。若是不合情理，不论是什么宗教，一律在排除之列。

总之我们今日所需的宗教必要合于中国现在生活的需要。我们中国古代"礼"的宗教既多流弊，近代输入的佛耶两教又多背我们国性的部分，宗教既是社会多年的产物，我们想即时造一个新的宗教也是不可能，所以我们指出现有的一个宗教而说她是最适合中国现在生活的需要是很难的。按耶教近年发展的趋向似其合于上述的理论。否认或证实不是在我今晚讲演的范围，所以我对今天问题的答案是凡不背上述条件的宗教就是我们中国今日所需要的宗教，并且我们所要的宗教不能专为上等社会着想而忘却宗教是一切人所需要的。

观音崇拜之由来

最受崇拜的菩萨，是观音与弥勒，观音崇拜完全是宗教性的，而弥勒带些政治性，因为他是未来世的弥赛亚，自白莲教至义和团，教友与团友都尊崇弥勒菩萨，现在专讲观音。

观音是梵语"阿缚卢枳多伊湿伐罗"的讹译。"音"（婆婆罗）乃是"自在"（伊舍婆罗）之误。自在在哲学上与信仰上，都指神、十、主而言。凡是求菩提的，无论其是否凡人，都可称为自在。凡菩萨具足菩萨性者，即是菩萨摩诃萨。今日甘地受其同胞的尊敬，故有摩诃萨（大有情）甘地之称。

从文法上讲，观自在应当解作以慈悲观察的主，可以见到一切，救度众生，他是世间的主，所以也称为世自在，他并无人性，其受人崇拜之始，约在纪元前一世纪与后一世纪之间。

他也是将死者的神，当病人快死的时候，家人总将观音像捧到他的床前，让他可以安然去世。

净土宗说观音是阿弥陀的儿子，阿弥陀是日神。住在西方日落处，观音与阿弥陀之日性，见于《阿弥陀经》。从《妙法莲花经》的"普门品"里，我们可以看到他的大慈大悲。虔诚的人，天天念"普门品"（《观音经》），在鸠摩罗什的《莲花经》里，观音有三十三个化身，就各人等级高低而随时现不同的身说法。

观音崇拜源于印度教的神妃派（Snktism）。梵，昆纽，湿缚是印度教的最胜三尊，湿缚的配偶最受普遍的信仰，她是毁灭与再造之神，隐为弥陀，为无量光，显为观音，为有限光。原来印度当一世纪时。神妃派大盛，每个神都有配偶，现在西洋人进入印度教的庙宇，看见了具有生殖器的神像，以为是非常猥亵的，其实，阴阳性器不过是生命的象征。

观音亦是生命的赐予者；观者送子，东西京大教授高楠顺次即说："欧洲骑士风气与圣母崇拜，都是受着经小亚细亚而传入的印度思想之影响而产生的。"圣方济各沙勿略（St. Francis Xavier）将天主教传人日本之后，日本的幕府，有一时期迫害过天主教徒。那时圣母崇拜者，假称玛利亚为子安观音（即送子观音）。

中同的观音崇拜大约始于四世纪时，法显（399—414）留学印度时，只见一处大乘教徒，崇拜观音，而玄奘（629—645）至印度时、看见许多的观音像供奉着，大概朝拜佛迹圣地回来的人，不无助进观音崇拜的贡献。

补陀落迦即是观音所住的圣地，在印度河口的赦罪（Pa-panasam）岛上，每年不少善男信女，南来沐浴，希望圣地的泉水，能够洗去他们的罪孽（浙江定海县的普渡山，梵名亦为补陀落迦）。

在中国，不少关于观音有兴味的故事。南北朝时，年年刀兵，人民处于水深火热之中，惟有念《观音经》，以求大悲之解救。同时，产生了不少关于神迹的故事；而观音像的形式，也并不一致。我们知道，观音的原始，是个阴性的神。不过无论说其是男神或是女神，总是一个观音；一个观音有多数不同的化身。且说唐太宗为了姓李的缘故，把老子当作祖先而重道教。僧法淋不以为然，他说皇室原属鲜卑，本没有汉姓。皇帝怒，定其死罪；限其用七天工夫，在牢监里呼求观音之名，且看他所信仰的菩萨来救他不救。第七日，他求见皇帝。皇帝问他是否天天求告菩萨，他说："这七天内，我一心只呼求陛下。因为陛下实在是观音的化身，所以人民在这强盛而公平的大国里必不致无辜受死。"于是皇帝发动慈心，免其死，将他放逐到岭南去。佛教徒当这件事为神迹。喇嘛教徒公认西藏的达赖喇嘛，为观音的化身。

中国与日本佛教艺术所表现的观音，可以列举出七种来：

（一）圣观音（大慈观音）。原始的最佛教化的观音，左手拿着莲花，右手放在胸部，是代表佛教的纯净和特殊性。

（二）马头观音（师子无畏观音）。他有马的头，一对伸出口外的长牙，和八只臂，其中的两只，握着Vaira和莲花，他代表佛教进步与非常的能力。

（三）十一面观音（大光普照观音）。有十一个面孔，前面的三个是慈善的，左面的三个是忿怒的，右面的三个是训诲的，一个向上，是心平气和，泰然自若的态度。又有四只手，一只拿着念珠，一只拿着莲花，一只拿着水瓶，另一只手手掌向外举着。他显示对人类的关切，四面八方普照着。

（四）如意轮观音（大梵深远观音）。普通都是二只手臂的，少数也有六个手臂的。是在深思的样子，头有些向右转，右手支腮，左手扶膝。如果有六只手，则其余四只拿着希望石，轮子，念珠与莲花。他满足人类的需求。

（五）准提观音（天人丈夫观音）。一个三眼十八臂的女性，代表光明与智慧。

（六）千手观音（大悲观音）。面上有三只眼睛，身上四十或三十八只手臂、每个手心上有眼睛一只。他拿着刀，剑，斧等物，是最受尊重的菩萨之一。

（七）不空羂索观音（与不空钩观音同体）。三面，八臂，手里拿着绳子。

在中国最受普遍崇拜的是圣观音，白衣观者，柳枝水瓶观音。在印度，水瓶与柳枝是家家必用的东西。每天早晨，印度人折柳枝来刷牙，刷完就丢弃。牙刷印度人不喜欢用，厌它不洁。至于观音的柳枝，是奇妙不过的，是普济众生的象征。

此外，还有鱼篮观音，送子观音，与青颈观音。关于鱼篮观音有这样的一个传说：海龙王的女儿，化了一条鱼在水中游玩，不留神，被渔翁捉获。观音见了，发动慈心，从座而降，将她买过来放生。从此这龙王的女儿，因感激观音的恩典而精修。

送子观音，在日本叫做子安观音，是生命的赐予者。妇女最崇拜她。有将她供奉在卧室里的。

青颈观音的来历，也有一种说法。有个乳海，充满了生命的奶。恶魔起恶意，想倒一碗极猛烈的毒药下去。观音为欲解救这苦难，亲自将毒药饮尽。毒发，头颈就变蓝了。

礼俗与民生

礼俗是合礼仪与风俗而言。礼是属于宗教的及仪式的，俗是属于习惯的及经济的。风俗与礼仪乃国家民族底生活习惯所成，不过礼仪比较是强迫的，风俗比较是自由的。风俗底强迫不如道德律那么属于主观的命令；也不如法律那样有客观的威胁，人可以遵从它，也可以违背它。风俗是基于习惯，而此习惯是于群己都有利，而且便于举行和认识。我国古来有"风化""风俗""政俗""礼俗"等名称。风化是自上而下言；风俗是自一社团至一社团言；政俗是合法律与风俗言；礼俗是合道德与风俗言。被定为唐朝底书刘子风俗篇说，"风者气也；俗者习也。土地水泉，气有缓急，声有高下，谓之风焉。人居此地，习以成性，谓之俗焉。风有薄厚，俗有淳浇、明王之化，当称风使之雅；易俗使之正。是以上之化下、亦为之风焉。民习而行，亦为之俗焉。……"我国古说以礼俗是和地方环境有密切关系的，地方环境实际上就是经济生活。所以风俗与民生有相因而成底关系。

人类和别的动物不同的地方，最显然的是他有语言文字衣冠和礼仪。礼仪是社会的产物，没有社会也就没有礼仪风俗。古代社会几乎整个生活是礼仪风俗捆绑住，所谓礼仪三百，成仪三千，是指示人没有一举一动是不在礼仪与习俗里头。在风俗里最易辨识底是礼仪。它是一种社会公认的行为，用来表示精神的与物质的生活底象征，行为底警告，和危机底克服。不被公认底习惯，便不是风俗，只可算为人的或家族的特殊行为。

生活的象征。所谓生活底象征，意思是我们在生活上有种种方面，如果要在很短的时间把它们都表现出来，那是不可能的。不得已，就得用身体底动作表示出来。如此，有人说，中国人底"作揖"，是种地时候，拿锄头刨土底象征行为。古时两个人相见，彼此底语言不一定相通，但要表示友谊时、使作彼此生活上共同的行为，意思是说，"你要我帮忙种地，我很喜欢效劳。"朋友本有互助底情分，所以这刨土底姿势，便成表现友谊底"作揖"了。又如欧洲人"拉手或顿手"与中国底"把臂"有点相同，不过欧洲底文化是从游牧氏族生活发展底，不像中国作揖是从农业文化发展底，拉手是象征赶羊入圈底互助行为。又如，中国底叩头礼，原是表示奴隶对于主人底服从；欧洲底脱帽礼原是武士入到人家，把头盔脱下，表示解除武装，不伤害人的意思。这些都是生活底象征。

行为底警告。依据生活底经验，凡在某种情境上不能做某样事，或得做某样事，于是用一种仪式把它表示出来。好像官吏就职底宣誓典礼，是为警告他在职位时候应尽忠心，不得做辜负民意底事情。又如西洋轮船下水时，要行掷香槟酒瓶礼，据说是不要船上底水手因狂饮而误事底意思。又如古代社会里冠礼，多半是用仪式来表示成年人在社会里应尽底义务，同时警告他不要做那违抗社会或一个失败的人。

危机底克服。人在生活底历程上，有种种危机。如生产底时候，母子底性命都很危险。这危险底境地，当在过得去与过不去之间，便是一个危机。从旧生活要改入新生活底时期，也是一个危机。如社会里成年底男女，在没有结婚底时候，依赖父母家长，一到结婚时候，便要从依赖的生活进入独立的生活，在这个将入未入底境地，也是生活底一个危机。因所要娶要嫁底男女在结合以后，在生活上能否顺利地过下去，是没有把握底。又如家里底主人就是担负一家经济生活底主角，一旦死了，在这主要的生产者过去，新底主要生产者将要接上底时候，也是一个危机。过年过节，是为时间底进行，于生产上有利不利底可能，所以也是一种危机。风俗礼仪由巫术渐次变成，乃至生活方式变迁了，仍然保留着，当做娱乐日，或休息日。

礼俗与民生底关系从上说三点底演进可以知道。生活上最大的四个阶段是生，冠，婚，丧。生产底礼俗现在已渐次消灭了。女人坐月，三朝洗儿，周岁等，因生活形式改变，社会组织更变，知识生活提高，人也不再找这些麻烦了。做生日并不是古礼，是近几百年，官僚富家，借此夸耀及收受礼物底勾当，我想这是应当禁止底。冠礼也早就不行了。在礼仪上，与民生最有关系的是婚礼与丧礼。这两礼原来会有很重的巫术色彩，人试要用巫术把所谓不祥的境遇克服过来。现在拿婚礼来说，照旧时的礼仪，新娘从上头，上轿，乃至三朝回门、层层节节，都有许多禁忌，许多迷信的仪式，如像新娘拿镜子，新郎蹋轿门，闹新人等等，都含有巫术在内。说到丧礼，迷信行为更多，因为人怕死鬼，所以披麻，变形，神主所以点主，后来生活进步，便附上种种意义，人因风习也就不问而随着做了。

今天并不是要讲礼俗之起源，只要讲我们应当怎样采用礼仪，使它在生活上有意思而不至于浪费时间，金钱，与精神。礼仪与风俗习惯是人人有的，但行者须顾到国民底经济生活。自入民国以来，没工夫顾到制礼作乐，变服剪发，乃成风俗，不知从此例底没顾到国民底经济与工业，以致简单钮扣一项，每年不知向外买入多少，有底矫枉过正，变本加厚，只顾排场，不管自己财力如何，有底甚至全盘采取西礼。要知道民族生存是赖乎本地生活上传统的习惯和理想，如果全盘采用别人的礼仪风俗，无异自己毁灭自己，古人说要灭人国，得先灭人底礼俗，所以婚丧应当保留固有的，如其不便，可从简些。风俗礼仪凡与我生活上没有经验底，可以不必去学人家，像披头纱，拿花把，也于我们没有意义、为何要行呢？至于贺礼、古人对于婚丧在亲友分上，本有助理之分。不过得有用，现在人最没道理底是送人银盾，丧礼底幛，甚拿有子送终父母底，也有男用女语女用男语底，最可笑的，有个殡仪，幛上写着"川流不息"！这又是乱用了。丧礼而张灯结彩，大请其客，也是不应该的，婚礼有以"文凭"为嫁妆扛着满街游行底，这也不对。

故生活简单，用钱底机会少，所以一旦有事，要行繁重的仪式，但也得依其人之经济与地位而行，不是随意的。又生产方式变迁，礼俗也当变，如丧礼在街游行，不过是要人知道某人已死，而且是个好人，因城市上人个个那么忙，谁有心读个人的历史呢？礼仪与民生底关系至密切，有时因习俗所驱，有人弄到倾家荡产，故当局者应当提倡合乎国民生活与经济底礼俗，庶几乎不教固有文化沦丧了。

宗教的妇女观

这个题目是这个讲演会选给兄弟说底。自然，宗教是社会的产物。它里面所有的理论和见解都离不了社会一般的见解。常常有人说，"男子建立了宗教而女子去迷信它"底话，从这个态度看来，宗教底立场显然有男子与女子底两样。这也可以说男女底地位在社会上不同，在宗教上他们也就不能相同。并且宗教制造了许多规律来限制男女的行为，它对于男女态度既有不同的地方，对于男女底观见因而不同，所立底规律也就不同。所以我们讲宗教对于女子底哲学应该注意之点。

第一点是男子底态度，尤其是对于这种问题，男女二种性情不同的现状，是应该注意底。第二点是男女底职业不同。第三点是男女底体格不同。我们可以说第一点是心理上的不同，第二点是经济上的不同，第三点是生理上的不同。所以男女地位底不平等多半是由于这三点不同而生底许多花样。这些，在以前几个演讲里已经有经济学家给我们说得很详细，现在不必细说。

从宗教方面说起来，由这些不同的现象所产生底有三种，对于女子底态度。第一是婚姻态度，第二是女子解放问题，第三是女子底职业问题。宗教就是要帮助社会和政府试行解决这些问题底一种理论和机关。但这三种问题在宗教上的解决法和理论不是我现在所要讨论底，也不是今天所要说底问题。我只要把宗教对于女子底态度，宗教的妇女观，略为说明一下。不过在说明底历程上，我们应当把以上之点记住就是了。

我们中国所谓"惟女子与小人为难养也，近之则不逊，远之则怨"（《论语·阳货》），是孔夫子所说底。这话自然不是宗教的话，也不是后来曲解他这话底意思。孔夫子底话不能当做纯粹的宗教教训看。所以这话不能说是中国宗教对于女子底态度是这样。实际上说，除非在哲学上儒家有一种不同的见解，在地位上男女是平等的。"男正位乎内，女正位乎外""夫扶，妻齐""男女居室，人之大伦。"种种说法，都可以看出中国底男女观是对等的，不是差等的，不过这也不是我要讨论底问题。现时暂且不去详究它。

我们现在且看看佛教对于女子底意见。在巴利典小品（Cullavagga）可以看出它对于女人底性格持着怎样的态度。大概宗教对于女人底态度离不了这三样：一样是从女人底性情讲，一样是从女子对于宗教生活底影响讲，一样是从女人底本分讲。我们要明白宗教对于女人底观念，先要记住宗教是男子建立却叫女子去崇拜底一种礼制，所以宗教的立场并不是从女子方面来看女子，是从男子方面说女子应当怎样怎样。

在小品里对于女子底性情说，"女人底本性像鱼在水里头所走底道路一样不可测度，她们是取巧多智的贼，和她们同在一块儿真理就很难找得着。"它底态度是很明白的，跟女人在一块儿，就没有方法可以得着真理。我们再看《智度论》（十四）"风可捉，蛇可触，女心难得实"这句底意思。它说风你可以捉住它，蛇你可以触着它，但是女人底性情你就不能够摸得着的。所以宗教对于女人底性情有一种神秘的见解。实际地说起来这就是没有能透澈了解女人底性情底男子，所以觉得女子底性情很难捉摸。我们中国底俗语也说女人底心像黄蜂尾后底针刺一样阴毒。在《毗奈耶杂事》（七）里头说女人有五过像大黑蛇一样。五样过失便是：瞋，恨，作恶，无恩，和刻毒。《增一阿含》（二七）也说女人底本性含有五想欲，就是：不净行，瞋恚，妄语，嫉妒，和心不正。《正法念经》（二五）也说女人有三种放逸就是：自恃身色，自恃丈夫，和骄慢。《增一阿含》（一二）说佛出世为底是救度女人和救度男子脱离女人底羁绊。女人应被救度，因为她有五难，所谓秽恶，两舌，嫉妒，瞋恚，和无返复（见《增一阿含》二七）。所以说"佛不出世时，女人入地狱如春雨雹，著贪欲，睡眠，调戏故。女人朝嫉妒，日中眠，暮贪欲。"又男女底分别便在欲多和欲少上头，故《增一阿含》（三四）说：劫初光音天，欲意多者成女人。《智度论》（七五）说女人著欲故，虽行福，不能得男身。这话底意思是女人要变男人必得先把贪欲弃掉，不然虽积福修好也没用处。佛教以为女人要享受来世底福乐必得先变男身才能达到。

从宗教方面讲，因为女子底性情既然那么坏，她对于宗教生活一定发出许多妨碍。宗教家要找出女人所以能够妨碍男子底宗教生活底根源，除了性情以外，还有天赋给她底美色美声，和美的行动。所以在生理方面，宗教家常持着"女人是不干净的"和女人擅于用她底姿色来迷惑人底态度。《佛所行赞》（四）记佛见庵摩罗女来到，恐怕徒弟们坏了戒行，便对他们说：——

"此女极端正，能留行者情。汝等当正念，以慧镇其心。宁在暴虎口，狂夫利剑下，不于女人所，而起爱欲情。女人显姿态，若行，住，坐，卧，乃至画像形，悉表妖冶容，劫夺人善心，如何自不妨？见啼，笑，喜，怒，纵体而垂肩，或散发髻倾，犹尚乱人心。况复饰容仪，以显妙姿颜，庄严隐陋形，诱诳于愚夫。迷乱生恶想，不觉丑秽形，当观无常苦，不净无我所，谛见其真实，灭除贪欲想。"

我们再看《涅槃经》，也是这种态度。它说女色好像妙花干上有毒蛇缠着它。如果有人贪得这个花就被那蛇咬了。"女色者，如妙华茎，毒蛇缠之。贪五欲华，如受蛇螫，堕三恶道"。（《南涅经》一二）

在《宝积经》里面也是这种意思。它说女色就好像一个被人打怕了底猪，它不怕死，它看见了粪还要吃，人贪女色也是像猪一样。又好像不要戴金花而戴热铁冠，那是一定要把他底头烧坏了。"女色者，如被怖猪，见粪贪复生；加舍金花鬘，戴热铁"。（《宝积经》九七）这个意思是说女子是迷惑男子底人。还有讲得很明白的，是在佛经里，有一部《大爱道经》（下）说女色就好像锦囊盛着臭屎一样，外边看很好看，里面是要不得的。众生沉在女色好像在粪中底虫一样，整天在粪里生活。佛教最注意的《普贤行》愿品也有这样态度说："众生愚痴迷惑，依女色香醉其心，如粪中虫，乐著粪处。（一七）"所以《智度论》（一四）说："宁以刀剑杀身，也不贪着女色。"又《增一阿含》（四八）也说："宁以火烧铁锥烙眼，不以视色与乱想。"这话是说特别不要亲近女色，女子是能够迷惑人底。这是男子的心理作用。

在《瑜伽论》（五七）里面说女子有八种事情她可以把男子绑起来，第一种是跳舞，第二是唱歌，第三是笑，第四是送一个好看的媚眼给人，第五是美颜或好看的样子，第六是妙触就是搽粉把身体弄得很滑教人摸着很细滑，第七是奉承，第八是成礼就是结婚。第八种事情就是女子使男子受捆绑底重要的现象。

在基督教《圣经》里头也有这种意思。头一个死罪底就是夏娃。这样看起来，女人是容易趋于受诱惑或诱惑人底境地。如以在《宝积经》里给女人底定义说女人是众苦之本，是障碍之本，是杀害之本，是系缚之本，是爱恶之本，是怨怼之本，是生育之本。女人为生育底根本，故能使众生受苦，因而造成世界上种种不安的事情。自然，佛教是不赞成生育底，言话以后再替他辩护。如果男子亲近了女人，照《宝积经》

（九七）说，就有四种不好处。女子如果被男子所爱，那男子一定是倒霉了，第一因为他很容易亲近恶道，第二就是造成了地狱之本，女人也要入地狱，第三是成就了住恶趣，第四是完满了恶趣底业。

从心理方面看，女人对于宗教生活底妨碍，就是在她底欲望过多，不但她自己难以修行，她并且能够妨害男子，《增一阿含》（二七）说女人有五欲想，所谓生豪贵家，嫁富贵家，使夫从语；多有儿息，和在家独得由已。还有屡见于佛经底，有女人八欲底说法。因为她有八欲，所以不如男子。什么八种呢？她第一有色欲，她喜欢各种的颜色比男子更甚，第二是形貌之欲。第三是威仪之欲。第四是她有姿态之欲，她喜欢装模作样。第五她喜欢说话有言语欲。第六她有声音欲，爱唱歌作乐。第七她有细滑欲，爱细滑的东西。第八是人相之欲，喜欢强壮和庄严的身相。看来女人对于世界的欲念欲望比男子多而容易。像英国的俗语说："男子需要底很少，并且不难使他满足，但女人——是可爱的——要她所见一切的东西。（Man wants but little here below, and is not hard to please. But Woman-bless her little heart-Wants everything she sees.）这也含有女子欲望比男子多底意思。

上头所讲都是关于女子心理和生理方面在佛教上底见解。别的宗教差不多也有相同的见解，不过没有像佛教说得这样透澈。佛教对于女子多持鄙薄的态度，但是它并非看轻女人。因为女人底生理与心理在宗教看来是与男子不一样底。男子能够守宗教的规律，如果与女人亲近，他就有把一切的戒律都丢掉底危险。总而言之，在修行上，宗教家不得不呵斥女人。但佛教底呵斥是先斥女人，然后约束自己，这和耶稣所说："看见妇女就动淫念底，这人心里已经与她犯了奸淫了。"（《马太》五：二八）底态度完全不一样。

在经济方面，宗教对于婚姻和妇女解放问题有什么见解和主持什么态度呢？论到这一点我便要看宗教对于女人底本分底态度。也可以说这是宗教对女子经济生活底态度。女子经济独立不过是近世纪底新运动，故并没注意到这一点，以古人的见解为神怪底宗教当然没想到要主张什么，它不过照着流俗所要求底女人本分加入一种神圣的规律而已。现在先拿印度婆罗门教来说说。婆罗门教对于个人过结婚的生活男女都是应该的，在《曼奴法典》（印度古来的法典到现在英国还采用这个法典来作根本的法律）里头说丈夫是妻的主人，等于我们中国所说丈夫是妻子的"所天"底态度一样。妻子不能怠慢丈夫，就是丈夫把他底爱移给别人，她也不能够不爱他。在家教的圣典里，也这样说，丈夫如果死了，妻子也不能再嫁，最好是跟他一块死，如果她再嫁，她就不能够死后同她的丈夫活在同一个天堂里。所以女人再嫁，将来就不能见她以前的丈夫了。女人不能独立。在印度的法律上，女子没有承继权，丈夫死了她就跟她底最大的儿子过活，与中国"夫死从子"底意思一样。但是我们不能怨《曼奴法典》所讲底，因为它里头也有讲敬重女人底事情。它说，"丈夫如果待他底妻子不好，教妻子不高兴，那圣火一定会灭掉。圣火就是供神的火。假如妻子有时候不喜欢家庭，那末所有的东西都灭亡了。"所以丈夫妻子必要相爱才能成就宗教的本性。佛教底成具光明定意经也举出贤女居家二十事所谓：——

（1）持戒不毁；

（2）捐妒心；

（3）减镮钏之好；

（4）除脂粉之饰；

（5）无姿态；

（6）衣服真纯不奢；

（7）育养室内以慈；

（8）奴婢不加楚痛；

（9）摄护孤独，衣食平等；

（10）孝事上，仁接下；

（11）下声下意自责；

（12）谦卑知惭愧；

（13）清净香洁施姑父母，供养三尊师友；

（14）亲疏善恶，无差别相；

（15）一人在私室不念欲；

（16）精一心常在法；

（17）所欲报所尊，然后乃行；

（18）无专心诚身会如正法；

（19）不垣窥有邪念；

（20）坐起言语终不调戏常应法律而无轻失。

波斯是这样主张，男女婚姻都是应该的，男女都可以要求父母在成年的时候跟他找一个妻子或是丈夫。在波斯教里头女子嫁了丈夫以后在宗教上所要行底责任是什么呢？她就要像念祈祷文一样每天早晨问她底丈夫九次说，你要我最好干什么事情呢？男子就总说让她施舍作好事等等，她就照样去作，所以每天早晨必得向丈夫说这样相同的话说九次。这是表示妻子尊重丈夫底意思。女人应当时常敬重丈夫。后来的《圣颂》（Gatha）把女人底地位提得很高，女人甚至于有绝对的自由来选择她们所爱底男子。

我们讲婚姻的态度同对于女子的态度不能不看看回教。回教是被人看为看不起女人底宗教，因为回教是主张多妻主义底。但是这个问题，社会学者还有怀疑，到底它是否有利益，还待研究。在回教里女人没有地位，但是自从摩哈默德以来，把亚拉伯女人底地位已经提高了。因为女子在亚拉伯受许多宗教的束缚，社会的束缚，不能自由。在现在的回教国家，像土耳其，埃及，她们底上等女人大多数都能够受教育。回教社会里女人有绝对的自由可以选择她爱的男子。自然在宗教上承认男子可以同时娶四个妻子，她们不是妾，是四个平等妻，不像中国的多妾制度一样。

基督教对于女人的态度有许多地方好像是带罗马色彩底。罗马的女人观整份地搬到基督教来用。罗马的女人虽说是很自由，但是地位很低。就是现在的欧洲女子，都免不了受罗马法律所影响。她们从一般的眼光看来很高，但实际上她们并不比东方女子底地位高到若干程度。在罗马女人被她底丈夫看待像自己底女儿，由丈夫教训她、管束她。但在基督教以前，罗马人对于婚姻底见解却好多了。当时的结婚底定义说："结婚是男女底结合，是生活底完全团体，是在神圣相人间的法律里底连合的共享。"（Marriage is the union of man and woman, complete community of life, joint-participation in divine and human law）所以在《新约圣经》里耶稣也持这种态度。我们看《马太福音》第五章三十二节所讲底，"耶稣说人若休妻就当给她休书。凡休妻底若不是为淫乱底缘故，就叫她作了淫妇了，人若娶了这个被休底妇人也是犯了奸淫了。"所以他看男子同女子都是平等的。男子不应当无故休妻，不应当强迫女子作淫妇，强迫人底也是罪人。《马太》第十九章第三节也是讲："有人问耶稣休妻是对不对？耶稣回答他说：那时起初造人是造一男一女，并且说因此人要离开父母同妻子连合，两人成为一体。所以上帝连合底，人不可分开他。"在《马可福音》里也是这样说。

所以在基督教里面，我们从《新约》可以知道它有两派，一派是耶稣，另一派是耶稣底使徒保罗，保罗是看不起女人底。他说女人在会堂上不能说话，这也许是因为当时的景况底缘故。但是耶稣就不同，他很鼓励女人在社团里活动。在基督教底初期，寡妇很占势力，我们稍微研究教会史便知道。

佛教对于妇女底行为除了上面所说底，我们还有它对于丈夫应当做五件事情来爱他底妻子而妻子也应当作十三件事情来爱她底丈夫底条件。丈夫底五件事情是什么呢？第一是怜爱，第二是不要轻慢她，第三是给她买衣服穿买装饰品，因为女子是爱装饰的，第四是自在，就是使她在家中可以舒服自在，第五是念妻子底亲人。丈夫对妻子作五件事情可以换得妻子对于他作底十三件。第一妻子要敬重怜爱她底丈夫；第二她应当敬重供养她底丈夫；第三要思念她底丈夫，不可思念别人；第四要主理家事；第五是要服侍丈夫；第六是要赡侍；第七是要受行，就是受丈夫指导作事情；第八是要诚实；第九不禁制门，就是不要阻止丈夫出外；第十要常常赞美她底丈夫；第十一是丈夫在家底时候她要为他铺床，就是他睡底地方，坐底地方，也要为他预备好；第十二是要预备好吃的东西给丈夫吃；第十三是供养沙门和尚，或是为宗教行乞底梵志。所以在宗教里面对于夫妇底态度，都是说明妻子要照丈夫所说底作去，丈夫要怎样作就怎样作。

以上三种宗教的妇女观以外，还有一种不讲理的成见，也可以在此地略为说说。这个成见，在各个宗教里都有，不过在佛教里比较地重一点。《玉耶经》说女人身中有十恶事，所谓：（一）女人初生，父母不喜；（二）养育无滋味；（三）心常畏人；（四）父母恒爱嫁娶；（五）父母生相离别；（六）常畏失夫若心；（七）产子甚难；（八）小为父母所检录；（九）中为夫所禁制；（十）老为儿所呵。所以《智度论》（二四）说：女人不作轮王，及佛，因为："一切女人皆属男子，不得自在故。"佛经里每说女人不得做五种人物：第一，她不能做佛；第二，不能做转轮王；第三，不能做天帝释；第四，不能做魔王；第五，不能做梵天。（《六度集经》六；《五分律》二九；《中阿含》二八；《智度论》二、九；《增一阿含》三八）宗教对于女人底态度多半是根据一般的成见加以系统的解释，现在我们再看看宗教为什么对于女子看不起，看它有什么哲学在里头。凡是宗教底成立都离不了四种的条件。宗教是社会底宣传部，凡是社会有什么意见，它就马上代它去宣传。这四种条件是什么呢？第一对于个人生命底尊重，所以宗教都不要人杀生或是杀人。第二是个人财产底尊重，不要偷东西，如果偷东西是反对社会，所以宗教的见解是要作不偷盗宣传。第三是性的生活底尊重，所以劝人不要奸淫。第四是社会秩序底尊重，劝人服从权威。现在我们要讨论底是第三条件。关于两性问题宗教是怎样呢？严格的规定起来，因为宗教是超世界的，所以它要呵斥女人。但是在宗教里面对于女人底观念有两种看法：第一是信宗教的，所谓居士或信者；第二就是行者，以身修行底人。他不但是信并且去行，照着宗教所规定底生活去过。所以在信者同行者两方面，对于女人底态度，应当有不同的地方。宗教对于女人底态度，在行者是要他离开女人。所以有许多宗教都主张修道者要终身守独身主义，不结婚；或者妻子死后就不再娶。像天主教底神父是永不结婚底，佛教底和尚也是一样。这种态度是宗教普通的现象。在《宝积经》（四四）里说："摄受妻妾女色，即是摄受怨仇，摄受地狱，傍生，鬼趣等。"如果亲近了女人，就常常有冤家在一块来作对，到坠到傍生，或是鬼趣底境地。所以在《正法念经》它说："出家法不近亲属，亲属心著，如火如蛇。"亲属连女人在内，会像火把你烧了，或像蛇把你咬了。若用佛教行者底眼光来看女人，女人就有几种名字。第一是"女衰"就是女子能够使人衰败；所有衰败之中这个最为重大。第二是"女鏁"就是像把锁一样，把修道者锁得很坚固，使他不能解脱。第三是"女病"从女子方面可以使人得病，而且是极坏的病。第四是"女贼"女人是贼，比蛇还难捉住，她偷了男子很宝贵的灵性，她是不可亲近的。所以《智度论》（一四）说，"女鏁难解；女病难脱；女贼害人。"宗教所以看不起女人是要叫它底行者保持独身主义，并不叫一般的信者去实行与女人断绝关系。在行者是要他坚持他这样的宗教生活，所以说女人是这样不好。可是在信者方面，宗教还是主张男女过相爱相亲的生活。这种见解并没有什么特别，就是以社会的意见为转移,凡是社会说是好的,它就说好,说不好的,就说不好。它是没有成见的,社会看重女人,它也看重女人。

在纯粹的宗教生活上根据什么原则说女色不好呢?《诃欲经》说,"女色者,世间之枷锁,凡夫恋着,不能自拔。女色者,世间之重患,凡夫困之,至死不免。女色者,世间之衰祸,凡夫遭之,无死不至。"所以《诃欲经》主张离开女人,还说世间有四样是能迷惑人的,第一样是名誉,第二样是财宝,第三样是权力威权,第四样就是女人。《僧祇律》(一)说,"天下可畏,无过女人,败政伤德,靡不由之。"《正法念经》(五四)也说,"妇女如雹,能害善苗"。《善见律》(一二)也说,"女人是出家人怨家。"《大毗婆娑论》(一)也说,"女是梵行垢。"

在一方面看,我们要原谅宗教,宗教是超人生活,它要行者在生活上作出一种更重要的工作,所以不能叫他过平常的生活。要过宗教的生活,就要牺牲他一切,并没有所要求。所以要牺牲金钱,牺牲名誉。但牺牲性欲是最大的牺牲,因为它是最重要的,性欲所能给的愉快要比一切的愉快大得多,所以牺牲性欲,在宗教行者方面看来,是一种表现牺牲底精神。所以女人是被行者所愇鄙的。这是第一点。第二点,女人是生育之本,尤其是佛教的态度,以为生育是绝对的痛苦。人生若要解脱痛苦就当灭绝生育。生育就连累子孙受孽。因为女人会生育,所以在佛教人愇恶她。当年释迦牟尼底姨母也要出家,释边牟尼就对她说是她不能出家,因为她是个女人,有许多的欲念,很难得着成就。后来虽然许她出家,可是不能像男人一样享受僧伽底权利。比丘尼要受长老比丘底教训和约束。她也不能公然地讲道。天主教的贞女,也是一样地不能公然在会堂里讲道。尼姑底地位不能同和尚一样,也是因为宗教是男子所有底,女子要过纯粹的宗教生活就得服从男子。印度古时的见解说女人底灵魂还不如一只象底灵魂。又佛教以为女人要先变男子才能够上天或成佛。《大集经》(五)说,"一切菩萨不以女业受身,以神通力,现女身耳。"这是表示菩萨虽也会现女身,但都是由于神通力所化,并不真是女人。《大集经》说底"宝女于无量劫已离女身"底意思也是这样。

宗教底信士,如佛教所谓梵志(Brahmacarjng),就是行梵行底人。他一生也不犯奸淫。印度人在他底一生必要过四种或三种生活,第一是梵志时期,第二是居士时期,第三个是隐士时期,第四是乞士时期。自八岁至到四十八岁底时候是梵志时代,他要过一种精神生活,或是宗教的生活,受一个志诚的人来指导他。他在这四十年之中不能亲近女色,如果亲近女色就是非梵行,这个若在佛教里就是犯了婆罗夷罪。过了这个时期,他就可以在两种生活中自由地选择一种,或是作居士(Grihapati),或是作隐士(Vanaprastha),做居士底可以结婚过在家底生活;做隐士就不结婚,独居林中,为灵性上较深的修养。到了老年便可以做乞士(Sanyasin)。第一和第四种是强迫的,凡人在少年时代都得去当梵志,到老年时代去当乞士。

行者对于女人为什久要厌弃?不,与其说厌恶,毋宁说是舍弃。在这里,我们应当注意三点。

第一,如果要过纯粹的宗教生活,必定要舍弃色欲,情爱,和一切欲望如名誉,金钱等。行者如不能舍弃这些欲念,他一生就要困在烦恼之中,就不能求上进。一个行者或过纯粹宗教生活底人,最重要的德行便是牺牲,而一切牺牲中,又以色情底牺牲为最难行。自然为利他而牺牲自己底生命,是最大的牺牲,但完成这种功行底时间远不如牺牲色情那么难过和那么多引诱或反悔底机会。所以出家人每说他们割爱出家都为成就众生一切最上的利益底缘故。退一步说,两性生活所给愉快,从肉感上说,是一切的愉快所不能比拟底。能够割爱才能舍弃世间一切物质的受用,如若不能,别的牺牲也不用说了。有爱染,便有一切的顾虑，有顾虑，终归要做色情底奴隶，终不能达到超凡入圣底地步。

第二，要趋避色情发动底机会，自然要去过出家生活。加以修道底人，行者都是要依赖社会来供养他，如果他带着一家人去过宗教生活，在事实上一定很困难，因为他要注意他家里底事情，和担负家庭经济底责任，分心于谋生底事业，是不能修行底。这是属于经济方面，家庭生活对于行者不利之处。而且男女底性情有许多地方是不同的，在共同生活中，难免惹起许多烦恼。宗教是不要人动性动情底，凡是修道底都应该以身作则，情感发动底机会愈少愈好。在家生活很容易动情感，所以从这个立场上看，宗教是反对一个行者、或是牧师神父等等，去过结婚生活。这是属于性情方面，家庭生活于修行者不利之处。所以不结婚就可以减轻行者经济的担负，也教他爆发情感的机会少。一个人若是要求少，情感底爆发也就少了。

第三，出家可以断绝生育，或减少儿女底担负。在实际方面讲，如果有了妻子就难免会生儿女，有了儿女就要为他们去经营各样活计，因为儿女底缘故必得分心不能安然过他底出世生活。这一点本来也可以当做经济的担负看，但从佛教看来，生育是一种造业，世间既是烦恼和苦痛底巢窟，自己已经受过，为什么还要产生些子女迫他们去受呢？有子女底人自己免不了有相当的痛苦、在子女方面也免不了有相同的感觉。佛教对于这一点，在它底"无生"底教义里头讲得很明白。使女人怀胎已经可以看为一种贪恋世界生活底行为，何况生育子女。

宗教以为男子修行当过独身生活，为底是免去种种的关系。它对于女子底态度也是如此。宗教也承认女人也可以同男子一样地过宗教的生活。如果一个女人嫁了丈夫，她一定受丈夫底束缚，一定不能自由，和非常苦恼。至于生育子女底事情就更不必说了。所以女人出了家，也可以避免许多束缚和灭掉许多烦恼。

出家人为表示他底决心，所以要把他底形貌毁了，像和尚和尼姑都要把头发剃掉是一个显然的例。男子与女子要把容貌毁了然后能够表示修道者底威仪。宗教对于女人底态度总说起来，所以有两种看法。第一是信者底看法，这不过照社会所给宗教底意见，去宣传，它并没有多少成见。第二是对行者底看法。它是要保护行者在修道上不发生很大的障碍，所以说女人是不好的。这都是因为宗教是男子所设立底，在立教底时候，女子运动或女子一切问题都还没发生出来，自然不能不依着社会以为女子应当怎样或应当是怎样去说。宗教没了解女子，乃是在立教时社会没了解女子所致，我们知道社会也是男子底社会，看轻女子底现象是普遍的，不单是宗教底错处。假使现在有产生新宗教底须要与可能，我敢断定地说它对于女子态度一定不像方才所说底，最少也要当她做与男子一样底人格，与男子平等和同工底人。在事实上许多宗教已经把它们轻看女子改过来了。

国粹与国学

"国粹"这个名词原是不见于经传的。它是在戊戌政变后,当"中学为体,西学为用"的呼声嚷到声嘶力竭的时候所呼出来的一个怪口号。又因为国粹学报的刊行,这名词便广泛地流行起来。编辞源的先生们在"国粹"条下写着:"一国物质上,精神上,所有之特质。此由国民之特性及土地之情形,历史等,所养成者。"这解释未免太笼统,太不明了。国民的特性,地理的情形,历史的过程,乃至所谓物质上与精神上的特质,也许是产生国粹的条件,未必就是国粹。陆衣言先生在中华国语大辞典里解释说,"本国特有的优越的民族精神与文化",就是国粹。这个比较好一点,不过还是不大明白。在重新解释国粹是什么之前,我们应当先问条件。

(一)一个民族所特有的事物不必是国粹。特有的事物无论是生理上的,或心理上的,或地理上的,只能显示那民族的特点,可是这特点,说不定连自己也不欢喜它。假如世间还有一个尾巴的民族,从生理上的特质,使他们的尾巴显出手或脚的功用,因而造成那民族的精神与文化。以后他们有了进化学的知识，知道自己身上的尾巴是这类人猿都没有了的，在知识与运动上也没有用尾巴的必要，他们必会厌恶自己的尾巴，因而试要改变从尾巴产出来的文化。用缺乏碘质的盐，使人现出粗颈的形态，是地理上及病理上的原因。由此颈腺肿的毛病，说话的声音，衣服的样式，甚至思想，都会受影响的。可是我们不能说这特别的事物是一种"粹"，认真说来，却是一种"病"。假如有个民族，个个身上都长了无毒无害的瘿瘤，忽然有个装饰瘿瘤的风气，渐次成为习俗，育为特殊文化，我们也不能用"国粹"的美名来加在这"爱瘿民族"的行为上。

（二）一个民族在久远时代所留下的遗风流俗不必是国粹。民族的遗物如石镞，雷斧；其风俗，如种种特殊的礼仪与好尚，都可以用物质的生活，社会制度，或知识程度来解释它们，并不是绝对神圣，也不必都是优越的。三代尚且不同礼，何况在三代以后的百代万世？那么，从久远时代所留下的遗风流俗，中间也曾经过千变万化，当我们说某种风俗是从远古时代祖先已是如此做到如今的时候，我们只是在感情上觉得是如此，并非理智上真能证明其为必然。我们对于古代事物的爱护并不一定是为"保存国粹"，乃是为知识，为知道自己的过去，和激发我们对于民族的爱情；我们所知与所爱的不必是"粹"，有时甚且是"渣"。古坟里的土俑，在葬时也许是一件不祥不美之物，可是千百年后会有人拿来当做宝贝，把它放在紫檀匣里，在人面前被夸耀起来。这是赛宝行为，不是保存国粹。在旧社会制度底下，一个大人物的丧事必要举行很长时间的仪礼，孝子如果是有官守的，必定要告"丁忧"，在家守三年之丧。现在的社会制度日日在变迁着，生活的压迫越来越重，试问有几个孝子能够真正度他们的"丁忧"日子呢？婚礼的变迁也是很急剧的。这个用不着多说，如到十字街头睁眼看看便知道了。

（三）一个民族所认为美丽的事物不必是国粹。许多人以为民族文化的优越处在多量地创造各种美丽的事物，如雕刻，绘画，诗歌，书法，装饰等。但是美或者有共同的标准，却不能说有绝对的标准的。美的标准寄在那民族对于某事物的形式，具体的、或悬象的好尚。因好尚而发生感情，因感情的奋激更促成那民族公认他们所以为美的事物应该怎样。现代的中国人大概都不承认缠足是美，但在几十年前，"三寸金莲"是高贵美人的必要条件，所谓"小脚为娘，大脚为婢"，现在还萦回在年辈长些的人们的记忆里。在国人多数承认缠足为美的时候，我们也不能说这事是国粹，因为这所谓"美"，并不是全民族和全人类所能了解或承认的。中国人如没听过欧洲的音乐家歌咏，对于和声固然不了解，甚至对于高音部的女声也会认为像哭丧的声音，毫不觉得有什么趣味。同样地，欧洲人若不了解中同戏台上的歌曲，也会感觉到是看见穿怪样衣服的疯人在那里作不自然的呼嚷。我们尽可以说所谓"国粹"不一定是人人能了解的，但在美的共同标准上最少也得教人可以承认，才够得上说是有资格成为一种"粹"。

从以上三点，我们就可以看出所谓"国粹"必得在特别，久远，与美丽之上加上其它的要素。我想来想去，只能假定说：一个民族在物质上、精神上与思想上对于人类，最少是本民族，有过重要的贡献，而这种贡献是继续有功用，继续在发展的，才可以被称为国粹。我们假定的标准是很高的。若是不高，又怎能叫做"粹"呢？一般人所谓国粹，充其量只能说是"俗道"的一个形式（俗道是术语Folk—Ways的翻译，我从前译做"民彝"）。譬如在北平，如要做一个地道的北平人，同时又要合乎北平人所理想的北平人的标准的时候。他必要想到保存北平的"地方粹"，所谓标准北平人少不了的六样——天棚、鱼缸、石榴树，鸟笼、叭狗、大丫头，——他必要具备。从一般人心目中的国粹看来，恐怕所"粹"的也像这"北平六粹"，但我只承认它为俗道而已。我们的国粹是很有限的，除了古人的书画与雕刻，丝织品，纸，筷子，豆腐，乃至精神上所寄托的神主等，恐怕不能再数出什么来。但是在这些中间已有几种是功用渐次丧失的了。像神主与丝织品是在趋向到没落的时期，我们是没法保存的。

这样"国粹沦亡"或"国粹有限"的感觉，不但是我个人有，我信得过凡放开眼界，能视察和比较别人的文化的人们都理会得出来。好些年前，我与张君劢先生好几次谈起这个国粹问题。有一次，我说过中国国粹是寄在高度发展的祖先崇拜上，从祖先崇拜可以找出国粹的种种。有一次，张先生很感叹地说："看来中国人只会写字作画而已。"张先生是政论家，他是叹息政治人才的缺乏，士大夫都以清谈雅集相尚，好像大人物必得是大艺术家，以为这就是发扬国光，保存国粹。国粹学报所揭露的是自经典的训注或诗文字画的评论，乃至墓志铭一类的东西，好像所萃的只是这些。"粹"与"学"好像未曾弄清楚，以致现在还有许多人以为"国粹"便是"国学"。近几年来，"保存国粹"的呼声好像又集中在书画诗古文辞一类的努力上；于是国学家，国画家，乃至"科学书法家"，都像负着"神圣使命"，想到外国献宝去。古时候是外国到中国来进宝，现在的情形正是相反，想起来，岂不可痛！更可惜的，是这班保存国粹与发扬国光的文学家及艺术家们不想在既有的成就上继续努力，只会做做假骨董，很低能地描三两幅宋元画稿，写四五条苏黄字帖，做一二章毫无内容的诗古文辞，反自诩为一国的优越成就都荟萃在自己身上。但一研究他们的作品，只会令人觉得比起古人有所不及，甚至有所诬蔑，而未曾超越过前人所走的路。"文化人"的最大罪过，制造假骨董来欺己欺人是其中之一。

我们应当规定"国粹"该是怎样才能够辨认，哪样应当保存，哪样应当改进或放弃。凡无进步与失功用的带"国"字头的事物，我们都要下工夫做澄清的工作，把渣滓淘汰掉，才能见得到"粹"。从我国往时对于世界文化的最大贡献看来，纸与丝不能不被承认为国粹。可是我们想想我们现在的造纸工业怎样了？我们一年中要向外国购买多量的印刷材料。我们日常所用的文具，试问多少是"国"字头的呢？可怜得很，连书画纸，现在制造的都不如从前。技艺只有退化，还够得上说什么国粹呢！讲到丝，也是过去的了。就使我们能把蚕虫养到一条虫可以吐出三条的丝量，化学的成就，已能使人造丝与乃伦丝夺取天然丝的地位。养蚕文化此后是绝对站不住的了。蚕虫要回到自然界去，蚕箔要到博物院，这在我们生存的期间内一定可以见得着的。

讲到精神文化更能令人伤心。现代化的物质生活直接和间接地影响到个个中国人身上。不会说洋话而能吃大菜，穿洋服，行洋礼的固不足为奇，连那仅能维系中国文化的宗族社会（这与宗法社会有点不同），因为生活的压迫，也渐渐消失了。虽然有些地方还能保存着多少形式，但它的精神已经不是那么一回事了。割股疗亲的事固然现在没人鼓励，纵然有，也不会被认为合理。所以精神文化不是简单地复现祖先所曾做，曾以为是天经地义的事，必得有个理性来维系它，批评它，才可以。民族所遗留下来的好精神，若离开理智的指导，结果必流入虚伪和夸张。古时没有报纸，交通方法也不完备，如须"俾众周知"的事，在文书的布告所不能用时，除掉举行大典礼、大宴会以外，没有更简便的方法。所以一个大人物的殡仪或婚礼，非得铺张扬厉不可。现在的人见闻广了，生活方式繁杂了，时间宝贵了，长时间的礼仪固然是浪费，就是在大街上吹吹打打，做着夸大的自我宣传，也没有人理会了。所谓遵守古礼的丧家，就此地说，雇了一班搽脂荡粉的尼姑来拜忏，到冥衣库去定做纸洋房，纸汽车乃至纸飞机；在丧期里，聚起亲朋大赌大吃，鼓乐喧天，夜以继日。试问这是保存国粹么？这简直是民族文化的渣滓，沉淀在知识落后与理智昏愦的社会里。在香港湾仔市场边，一到黄昏后，每见许多女人在那里"集团叫惊"，这也是文化的沉淀现象。有现代的治病方法，她们不会去用，偏要去用那无利益的俗道。评定一个地方的文化高低不在看那里的社会能够保存多少样国粹，只要看他们保留了多少外国的与本国的国渣便可以知道。屈原时代的楚国，在他看是醉了的，我们当前的中国在我看是疯了。疯狂是行为与思想回到祖先的不合理的生活，无系统的思想与无意识的行为的状态。疯狂的人没有批评自己的悟性，没有解决问题的能力，从天才说，他也许是个很好的艺术家或思想家，但决不是文化的保存者或创造者。

要清除文化的渣滓不能以感情或意气用事，须要用冷静的头脑去仔细评量我们民族的文化遗产。假如我们发现我们的文化是陈腐了，我们也不应当为它隐讳，愣说我们所有的一切都是优越的。好的固然要留，不好的就应当改进。翻造古人的遗物是极大的罪恶，如果我们认识这一点，才配谈保存国粹。国粹在许多进步的国家中也是很讲究的，不过他们不说是"粹"，只说是"国家的承继物"或"国家的遗产"而已（这两个辞的英文是National inheritance，及Legacy of the Nation）。文化学家把一国优越的遗制与思想述说出来给后辈的国民知道，目的并不在"赛宝"或"献宝"，像我们目前许多国粹保存家所做的，只是要把祖先的好的故事与遗物说出来与拿出来，使他们知道民族过去的成就，刺激他们更加努力向更成功的途程上迈步。所以知识与辨别是很需要的。如果我们知道唐诗，做诗就十足地仿少陵，拟香山，了解宋画，动笔就得意地摹北苑，法南宫，那有什么用处？纵然所拟的足以乱真，也不如真的好。所以我看这全是渣，全是无生命的尸体，全是有臭味的干屎橛。

我们认识古人的成就和遗留下来的优越事物，目的在温故知新，绝不是要我们守残复古。学术本无所谓新旧，只问其能否适应时代的需要。谈到这里，我们就检讨一下国学的价值与路向了。

钱宾四先生指出现代中国学者"以乱世之人而慕治世之业"，所学的结果便致"内部未能激发个人之真血性，外部未能针对时代之真问题"。这话，在现象方面是千真万确，但在解释方面，我却有些不同意见。我看中国"学术界无创辟新路之志趣与勇气"的原因，是自古以来我们就没有真学术。退一步讲，只有真学术的起头，而无真学术的成就。所谓"通经致用"只是"做官技术"的另一个说法，除了学做官以外，没有学问。做事人才与为学人才未尝被分别出来。"学而优则仕"，显然是鼓励为仕大夫之学。这只是治人之学，谈不到是治事之学，更谈不到是治物之学。现代学问的精神是从治物之学出发的。从自然界各种现象的研究，把一切分出条理而成为各种科学，再用所谓科学方法去治事而成为严密的机构。知识基础既经稳固，社会机构日趋完密，用来对付人，没有不就范的。治人是很难的，人在知识理性之外还有自己的意志，与自己的感情意气，不像实验室里的研究者对付他的研究对象，可以随意处置的。所以如不从治物与治事之学做起，则治人之学必贵因循，仍旧贯，法先王。因循比变法维新来得更有把握，代表高度发展的祖先崇拜的儒家思想，尤其要鼓励这一层。所谓学问，每每是因袭前人而不敢另辟新途。因为新途径的走得通与否，学者本身没有绝对的把握，纵然有，一般人的智慧，知识，乃至感情意气也未必能容忍，倒不如向着那已经有了权证而被承认的康庄大道走去，既不会碰钉，又可以生活得顺利些。这样一来，学问当然看不出是人格的结晶，而只为私人在社会上博名誉，占地位的凭借。被认为有学问的，不管他有的是否真学问或哪一门的知识，便有资格做官。许多为学者写的传记或墓志，如果那文中的主人是未尝出仕的，作者必会做"可惜他未做官，不然必定是个廊庙之器"的感叹，好像一个人生平若没做过官就不算做过人似地。这是"学而优则仕"的理想的恶果。再看一般所谓文学家所做的诗文多是有形式无内容的"社交文艺"，和贵人的诗词，撰死人的墓志，题友朋或友朋所有的书画的签头跋尾。这样地做文辞才真是一种博名誉占地位的凭借。我们没有伟大的文学家，因为好话都给前人说尽了，作者只要写些成语，用些典故，再也没有可用的工夫了。这样情形，不产生"文抄公"与"訾文公"，难道还会笃生天才的文豪，诞降天纵的诗圣么？

　　学术原不怕分得细密，只问对于某种学术有分得这样细密的必要没有。学术界不能创辟新路，是因没有认识问题，在故纸堆里率尔拿起一两件不成问题而自己以为有趣味的事情便洋洋洒洒地做起"文章"来。学术上的问题不在新旧而在需要，需要是一切学问与发明的基础。如果为学而看不见所需要的在哪里，他所求的便不会发生什么问题，也不会有什么用处。没有问题的学问就是死学问，就是不能创辟新途径的书本知识。没有用处的学问就不算是真学问，只能说是个人趣味，与养金鱼、栽盆景，一样地无关大旨，非人生日用所必需的。学术问题固然由于学者的知识的高低与悟力的大小而生，但在用途上与范围的大小上也有不同。"一只在园里爬行的龟，对于一块小石头便可以成为一个不可克服的障碍物，设计铁道线的工程师，只主要地注意到山谷广狭的轮廓；但对于想着用无线电来联络大西洋的马可尼，他的主要的考虑只是地球的曲度，因为从他的目的看来，地形上种种详细情形是可以被忽视的。"这是我最近在一本关于生物化学的书（W.O.Kermock and P.Eggleton; The Stuff we're of. pp. 15—16）里头所读到的一句话。同一样的交通问题，因为知识与需要的不同便可以相差得那么远。钱先生所举出的"平世"与"乱世"之学的不同点，在前者注重学问本身，后者贵在能造就人才与事业者。其实前者为后者的根本，没有根本，枝干便无从生长出来。我们不必问平世与乱世，只问需要与不需要。如有需要，不妨把学术分门别类，讲到极窄狭处，讲到极精到处；如无所需，就是把问题提出来也嫌他多此一举。一到郊外走走，就看见有许多草木我们连名字都不知道，其中未必没有有用的植物，只因目前我们未感觉须要知道它们，对于它们毫无知识还可以原谅。如果我们是植物学家，那就有知道它们的需要了。在欧美有一种种草专家，知道用哪种草与哪种草配合着种便可以使草场更显得美观，和耐于践踏，易于管理，冬天还可以用方法教草不黄萎。这种专门学问在目前的中国当然是不需要，因为我们的生活程度还没达到那么高，稻粱还种不好，哪能讲究到草要怎样种呢？天文学是最老的学问，却也是最幼稚的和最新的学术。我们在天文学上的学识缺乏，也是因为我们还没曾需要到那么迫切。对于日中黑点的增减，云气变化的现象，虽然与我们有关系，因为生活方式未发展到与天文学发生密切关系的那步田地，便不觉得它有什么问题，也不觉得有研求的需要了。一旦我们在农业上，航海航空上，物理学上，乃至哲学上，需要涉及天文学的，我们便觉得需要，因为应用到日常生活上，那时，我们就不能说天文学是没有的了。所以不需要就没有学问，没有学问就没有技术。"不需无学，不学无术"，我想这八个字应为学者的金言；但要注意后四个字的新解说是不学问就没有技术，不是骂人的话。

中国学术的支离破碎，一方面是由于"社交学问"的过度讲究，一方面是为学人才的无出路。我所谓社交学问就是钱先生所谓私人在社会博名誉占地位的学问。这样的"学者"对于学问多半没有真兴趣，也不求深入，说起来，样样都懂，门门都通，但一问起来，却只能作皮相之谈。这只能称为"为说说而学问"，还够不上说"为学问而学问"。我们到书坊去看看，太专门的书的滞销，与什么ABC，易知、易通之类的书的格外旺市，便可以理会"讲专门窄狭之学者"太少了。为学人才与做事人才的分不开，弄到学与事都做不好。做事人才只须其人对于所事有基本学识，在操业的进程上随着经验去求改进，从那里也有达到高深学识的可能，但不必个个人都需要如此的。为学人才注重在一般事业上所不能解决或无暇解决的问题的探究。譬如电子的探究，数理的追寻，乃至人类与宇宙的来源，是一般事业所谈不到的，若没有为学人才去做工夫，我们的知识是不完备的。欧美各国都有公私方面设立的研究所、学院，予学者以生活上相当的保障。各大学都有"学侣"的制度，使新进的学人能安心从事于学业。在中国呢？要研究学问，除非有钱、有闲，最低限度也得当上大学教授，才可说得上能够为学。在欧美的余剩学者最少还有教会可投；在中国，这大学教授也有吃不饱的忧虑。这样情形，繁难的学术当然研究不起，就是轻可的也得自寻方便，不知不觉地就会跑到所谓国学的途程上。这样的学者，因为吃不饱，身上是贫血的，怎能激发什么"真血性"；因为是温故不知新，知识上也是贫血的，又怎能针对什么"真问题"呢？今日中国学术界的弊在人人以为他可以治国学，为学的方法与目的还未弄清，便想写"不朽之作"，对于时下流行的研究题目，自己一以为有新发现或见解，不管对不对，便武断地写文章。在发掘安阳，发现许多真龟甲文字之后，章太炎老先生还楞说甲骨文都是假的！以章先生的博学多闻还有执着，别人更不足责了。还有，社交学问本来是为社交，做文章是得朋友们给作者一个大拇指看，称赞他几句，所以流行的学术问题他总得猎涉，以资谈助；讨论龟甲文的时候，他也来谈龟甲文，讨论中西文化的潮流高涨时，他也说说中西文化，人家谈佛学，他就吃起斋来，人家称赞中国画，他就来几笔松竹梅，这就是所谓"学风"的坏现象，这就是"社交学问"的特征。

钱先生所说"学者各榜门户，自命传统"，在国学界可以说相当地真。"学有师承"与"家学渊源"是在印板书流行之前，学者不容易看到典籍，谁家有书他们便负笈前去拜门。因为书的钞本不同，解释也随着歧异，随学的徒弟们从师傅所得的默记起来或加以疏说，由此互相传授成为一家一派的学问，这就是"师承"所由来。书籍流行不广的时代，家有藏书，自然容易传授给自己的子孙，某家传诗，某家传礼，成为独门学问，拥有的甚可引以为荣，因此为利，婚宦甚至可以占便宜，所以"家学渊源"的金字招牌，在当时是很可以挂得出来的。自印板书流行以后，典籍伸手可得，学问再不能由私家独占，只要有读书的兴趣，便可以多看比一家多至百倍千部的书，对于从前治一经只凭数卷抄本甚至依于口授乃不能不有抱残守阙的感想。现在的学问是讲不清"师承"的，因为"师"太多了，承谁的为是呢？我在广州曾于韶舞讲习所从龙积之先生学，在随宦学堂受过龙伯纯先生的教，二位都是康有为先生的高足，但我不敢说我师承了康先生的学统。在大学里的洋师博也有许多是直接或间接承传着西洋大学者的学问的，但我也不敢自称为哲姆斯，斯宾塞，柏格森，马克思，幕乐诸位的学裔。在尊师重道的时代，出身要老师推荐，婚姻要问家学，所以为学贵有师承和有渊源，现在的学者是学无常师，他向古今中外乃至自然界求学问，师傅只站在指导与介绍知识的地位，不能都像古时当做严君严父看。印板书籍流行以后，聚徒讲学容易，在学问上所需指导的不如在人格上所需熏陶的多，所以自程朱以后，修身养性变为从师授徒的主要目标，格物致知退于次要地位。这一点，我觉得是很重要的。从师若不注意怎样做人的问题，纵然学有师承，也只能得到老师的死的知识，不能得到他的活的能力。我希望讲师承的学者们注意到这一层。

至于学问为个人私利主义，竞求温饱的话，我以为现在还是说得太早。在中国，社交学问除外，以真学问得温饱算起来还是极少数，而且这样的学者多数还是与"洋机关"有关系的。我们看高深学术的书籍的稀罕，以及研究风气的偏颇，便可理会竞求温饱的事实还有重新调查的余地。到外国去出卖中国文化的学者，若非社交的学问家便是新闻事业家。他们当然是为温饱而出卖关于中国的学问的。我们不要把外国人士对于中国文化的了解力估量得太高，他们所要的正是一般社交的学问家与新闻事业家所能供给的。一个多与欧美一般的人士接触的人，每理会到他们所要知道的中国文化不过是像缠足的起源，龙到底是什么动物，姨太太怎样娶法，风水怎样看法之类，只要你有话对他们说，他们便信以为真，便以为你是中国学者。许多人到中国来访这位，问那位，归根只是要买几件骨董或几幅旧画。多数人的意向并不在研究中国文化，只在带些中国东西回去可以炫耀于人。在外国批发中国文化的学者，他们的地位是和卖山东蓝绸或汕头抽纱的商人差不多，不过斯文一点而已。

在欧美的学者可以收费讲学，但在中国，不收费的讲学会，来听讲还属寥寥，以学问求温饱简直是不容易谈。这样为学只求得过且过，只要社会承认他是学者，他便拿着这个当敲门砖，管什么人格的结晶与不结晶。这也许是中国学者在社会国家上多不能为国士国师而成为国贼国狗，在学问上多不能成为先觉先知而成为学棍学蠹的一个原因罢。我取的是"衣食足而后知礼义"的看法，所以要说："得温饱才能讲人格。"中国学术界中许多人正在饥寒线底下挣扎着，要责备他们在人格上有什么好榜样，在学问上有什么新贡献，这要求未免太苛了。还有，得温饱并不见得就是食前方丈，广厦万间，只求学者在生活上有保障，研究材料的供给方便与充足就够了。须知极度满足的生活，也不是有识的学者所追求的。

学术除掉民族特有的经史之外是没有国界的。民族文化与思想的渊源，固然要由本国的经史中寻觅，但我们不能保证新学术绝对可以从其中产生出来。新学术要依学术上的问题的有无，与人间的需要的缓急而产生，决不是无端从天外飞来的。一个民族的文化的高低是看那民族能产生多少有用的知识与人物，而不是历史的久远与经典的充斥。牛津大学每年间所收的新刊图书可以排出几十里长，若说典籍的数量，我们现在更不如人家。钱先生假定自道咸而下，向使中国学术思想乃至政治制度社会风俗在与西洋潮流相接触之前先变成一个样子，则中国人可以立定脚跟，而对此新潮，加以辨认与选择，而分别迎拒与蓄泄。这话也有讨论的必要。我上头讲过现代学问的精神是从治物之学出发的，治物之学也可以说是格物之学，而中国学术一向是被社交学问、社交文艺，最多也不过是做人之学所盘据，所谓"朴学"不过为少数人所攻治，且不能保证其必为进身之阶。朴学家除掉典章制度的考据而外，还有多少人知道什么格物之学呢？医学是读不成书的人们所入的行；老农老圃之业为孔门弟子所不屑谈；建筑是梓人匠人的事；兵器自来是各人找与自己合式的去用；蚕桑纺织是妇人的本务；这衣，食，住，行，卫五种民族必要的知识，中国学者一向就没曾感觉到应当括入学术的范围，操知识与智慧源泉的纯粹科学更谈不到了。治物之学导源于求生活上安适的享受的理想和试要探求宇宙根源的谜。学者在实验室里用心去想，用手去做，才能有所成就。中国学术岂但与人生分成两橛，与时代失却联系，甚至心不应手，因此，多半是纸上谈得好、场上栽筋斗的把戏。不动手做，就不能有新发现，就不能有新学术。假如中国的学术思想乃至政治制度社会风俗会自己变更的话，乾嘉以前有千多年的机会，乾嘉以后也不见得就绝对没有。

日本的维新怎么就能成功，中国的改革怎么就屡次失败呢？化学是从中国道家的炼丹术发展的，怎么在中国本土，会由外丹变成内丹了？对的思想落在不对的实验上，结果是造成神秘的迷信，不能产出利用厚生的学问。医学并不见得不行，可是所谓国医，多半未尝研究过本草里所载的药物，只读两三本汤头歌诀之类便挂起牌来。千年来，我们的医学在生理，药物，病理等学问上曾有什么贡献呢？近年来从事提炼中国药物的也是具有科学知识的西医的功劳。在学问的认识上，中国人还是倾向道家的。道家不重知与行，也不信进步，改革自然是谈不到的。我想乾嘉以后，中国学术纵然会变，也不会变到自己能站得住而能分别迎拒与蓄泄西洋学潮的地步，纵然会，也许会把人家的好处扔掉，把人家的坏处留起来。像明末的西洋教士介绍了科学知识和他们宗教制度，试问我们迎的是什么呢？中华文化，可怜得很，真是一泓死水呀！这话十年前我不这样说，五年前我不忍这样说，最近我真不能不这样说了。不过死水还不是绝可悲的，只要水不涸，还可以想方法增加水量，使之澄清，使之溢出。这工夫要靠学术界的治水者的努力才有希望。世间无不死之人，也无不变的文化，只要做出来的事物合乎国民的需要，能解决民生日用的问题的就是那民族的文化了。

要知道中国现在的境遇的真相和寻求解决中国目前的种种问题，归根还是要从中国历史与其社会组织，经济制度的研究入手。不过研究者必要有世界学术的常识，审慎择别，不可抱着"花子吃死蟹，只只好"的态度。那么，外国那几套把戏自然也能够辨认与选择，不致于随波逐流，终被狂涛怒浪所吞咽。中国学术不进步的原因，文字的障碍也是其中最大的一个。我提出这一点，许多国学大师必定要伸舌头的。但真理自是真理，稍微用冷静的头脑去思维一下便可以看出中国文字问题的严重。我们到现在用的还不是拼音文字，难学难记难速写，想用它来表达思想，非用上几十年的工夫不可。读三五年书，简直等于没读过。许多大学毕业生自从出来做事之后便不去摩书本。他们尚且如此，程度低些的更可知。繁难的文字束缚了思想，限制了读书人，所以中国文化最大的毒害便是自己的文字。一翻古籍便理会几十万言的书已很少见，百万千万言的书更属稀罕了。到现在，不说入学之门的百科全书没有，连一部比较完备的字典都没有。国人不理会这是文化低落的病根，反而自诩为简洁。不知道简洁文字只能表现简单思想，像用来做诗词，写游记是很够的。从前学问的范围有限，用简洁的文体，把许多不应当省掉的字眼省略掉还不觉得意义很晦涩，读者可用自己的理会力来补足文中的意思。现代的科学记载把一个字错放了地位都不成，简省更不用说了。我们的命不加长，而所要知要学的东西太多，如果写作不从时间上节省是不成的。我们自己的文化担负已是够重的了，现在还要担负上欧美的文化，这就是钱先生所谓"两水斗啮"的现象，其实是中国人挣扎于两重文化的压迫底下的现象。欧美的文化，我们不能不担负，欧美人却不必要担负我们的文化，人家可以不学汉文而得所需的知识，我们不学外国文成么？这显然是我们的文化落后所给的刑罚，目前是没法摆脱的。要文化的水平线提高，非得采用易于学习的拼音文字不可。千字课或基本汉字不能解决这个严重问题，因为在学术上与思想表现上是须要创造新字的，如果到了思想繁杂的阶段，几千字终会不够用，结果还是要孳乳出很多很多的方块字。现在有人用"圕"表示"图书馆"，用"簿"表示"博物院"，一个字读成三个音，若是这类字多起来，中国六书的系统更要出乱子。拼音字的好处在以音达意，不是以形表意，有什么话就写出什么话，直截了当，不用计较某字该省，某句应缩，意思明白，头脑就可以训练得更缜密。虽然拼音文字中如英文法文等还不能算是真正拼音的，但我们须以拼音法则为归依，不是欧美文字为归依。表达思想的工具不好，自然不能很快地使国民的知识提高。人家做十年，我们非得加上五六倍的时间不可。日本维新的成功，好在他们有"假名"，教育普及得快，使他们的文化能追踪欧美。我们一向不理会这一点，因为我们对于汉字有很深切的敬爱，几十年来的拼音字母运动每被学者们所藐视与反对。许多人只看文字是用来做诗写文的，能摇头摆脚哼出百几十字便自以为满足了。改良文字对于这种人固然没有多大的益处，但为学术的进步着想，我们不能那么浪费时间来用难写难记的文字。古人惜寸阴分阴，现代的中国人更应当爱惜丝毫光阴。因为用高速度来成就事物是现代民族生存的必要条件。

德国这次向东方进兵，事实上是以血换油。油是使速度增进的重要材料。不但在战争上，即如在其他事业上，如果着手或成功稍微慢了些，便等于失败。所以人家以一切来换时间，我们现在还想以时间来换一切，这种守株待兔的精神是要不得的。国民智力的低下，中国文字要负很重的责任。智力的高低就是发现问题与解决问题的能力的速度的高低。我以为汉字不改革，则一切都是没有希望的。用文字记载思想本来和用针来缝布成衣服差不多，从前的针一端是针口，另一端是穿线的针鼻。缝纫的人一针一针地做，不觉得不方便。但是缝衣机发明了，许多不需要的劳动不但可以节省而且能很快地缝了许多衣服。缝衣机的成功只在将针鼻移到与针口同在一端上。拼音文字运动也是试要把音与义打成一片。不过要移动一下这"文字的针鼻"，虽然只是分寸的距离，若用的人不了悟，纵然经过千百年也不能成功。旧工具不适于创造新学术，就像旧式的针不能做更快更整齐的衣服一样。有使中国文化被西方民族吸收愿望的先当注意汉字的改革，然后去求学术上的新贡献，光靠残缺的骨董此后是卖不出去的。

中国目前的问题，不怕新学术呼不出，也不怕没人去做专门名家之业，所怕的是知识不普及。一般人的常识不足，凡有新来的吃的用的享受的，不管青红皂白，胡乱地赶时髦。读书人变成士大夫，把一般群众放在脑后，不但不肯帮助他们，反而压迫他们。从农村出来的读书人不肯回到农村去，弄到每个村都现出经济与精神破产的现象。在都市的人们，尤其是懂得吹洋号筒的官人贵女们，整个生活都沉在花天酒地里，批评家说他们是在"象牙之塔"里过日子。其实中国哪里来的"象牙之塔"？我所见的都是一幢幢的"牛骨之楼"罢了。我们希望于学术界的是在各部门里加紧努力，要做优等人而不厌恶劣等的温饱，切莫做劣等人而去享受优等的温饱。那么，平世之学与乱世之学就不必加以分别了。现在国内的大学教授，他们的薪俸还不如运输工人所得的多，我们当然不忍说他们是藏身一曲，做着与私人温饱相宜的名山事业。不用说生存上，即如生活上必须的温饱，是谁都有权利要求的。读书人将来会归入劳动阶级，成为"智力劳动者"，要恢复到四民之首的领导地位，除非现在正在膨胀着的资产制度被铲除，恐怕是不容易了。

论"反新式风花雪月"

"新式风花雪月"是我最近听见底新名词。依杨刚先生底见解是说：在"我"字统率下所写底抒情散文，充满了怀乡病底叹息和悲哀，文章底内容不外是故乡底种种，与爸爸，妈妈，爱人，姐姐等，最后是把情绪寄在行云流水和清风明月上头。杨先生要反对这类新型的作品，以为这些都是太空洞，太不着边际，充其量只是风花雪月式的自我娱乐，所以统名之为"新式风花雪月"。这名辞如何讲法可由杨先生自己去说，此地不妨拿文艺里底怀乡，个人抒情，堆砌词藻，无病呻吟等，来讨论一下。

我先要承认我不是文学家，也不是批评家，只把自己率直的见解来说几句外行话，说得不对，还求大家指教。

我以为文艺是讲情感而不是讲办法底。讲办法底是科学，是技术。所以整匹文艺底锦只是从一丝一丝底叹息，怀念，呐喊，愤恨，讥讽等等，组织出来。经验不丰的作者要告诉人他自己的感情与见解，当然要从自己讲起，从故乡出发。故乡也不是一个人底故乡，假如作者真正爱它，他必会不由自主地把它描写出来。作者如能激动读者，使他们想方法怎样去保存那对于故乡底爱，那就算尽了他底任务。杨先生怕底是作者害了乡思病，这固然是应有底远虑。但我要请她放心，因为乡思病也和相思病一样地不容易发作。一说起爱情就害起相思病底男女，那一定是疯人院里底住客。同样地，一说起故乡，什么都是好的，什么都是可恋可爱的，恐怕世间也少有这样的人。他也会不喜欢那只扒满蝇蚋底癞狗，或是隔邻二婶子爱说人闲话底那张嘴，或是住在别处底地主派来收利息底管家罢。在故乡里，他所喜欢底人物有时也会述说尽底。到了说净尽底时候，如果他还要从事于文艺底时候，就不能不去找新的描写对象，他也许会永远不再提起"故乡"，不再提起妈妈姊姊了。不会作文章和没有人生经验底人，他们底世界自然只是自己家里底一厅一室那么狭窄，能够描写故乡底柳丝蝉儿和飞灾横祸底，他们底眼光已是看见了一个稍微大一点的世界了。看来，问题还是在怎样了解故乡底柳丝，蝉儿等等，不一定是值得费工夫去描写，爸爸，妈妈，爱人，姊姊底遭遇也不一定是比别人底遭遇更可叹息，更可悲伤。无病的呻吟固然不对，有病的呻吟也是一样地不应当。永不呻吟底才是最有勇气底。但这不是指着那些麻木没有痛苦感觉底喘气傀儡，因为在他们底头脑里找不出一颗活动的细胞，他们也不会咬着牙龈为弥补境遇上的缺陷而戮力地向前工作。永不呻吟底当是极能忍耐最擅于视察事态底人。他们底笔尖所吐底绝不会和嚼饭来哺人一样恶心，乃如春蚕所吐底锦绣底原料。若是如此，那做成这种原料底柳丝，蝉儿，爸爸、妈妈等，就应当让作者消化在他们底笔尖上头。

其次，关于感情底真伪问题。我以为一个人对于某事有真经验，他对于那事当然会有真感情。未经过战场生活底人，你如要他写炮火是怎样厉害，死伤是何等痛苦，他凭着想象来写，虽然不能写得过真，也许会写得毕肖。这样描写虽没有真经验，却不能说完全没有真感情。所谓文艺本是用描写底手段来引人去理解他们所未经历过底事物，只要读者对作品起了共鸣作用，作者底感情底真伪是不必深究底。实在地说，在文艺上只能论感情底浓淡，不能论感情底真伪，因为伪感情根本就够不上写文艺。感情发表得不得当也可以说虚伪，所以不必是对于风花雪月，就是对于灵、光、铁、血，也可以变做虚伪的呐喊。人对于人事底感情每不如对于自然底感情浓厚，因为后者是比较固定比较恒久的。当他说爱某人某事时，他未必是真爱，他未必敢用发誓来保证他能爱到底。可是他一说爱月亮，因为这爱是片面的，永远是片面的，对方永不会与他有何等空间上，时间上，人事上的冲突，因而他底感情也不容易变化或消失。无情的月对着有情的人，月也会变做有情的了。所忌底是他并不爱月亮，偏要说月亮是多么可爱，而没能把月亮底所以可爱底理由说出来，使读者可以在最低限度上佩服他。撒底谎不圆，就会令人起不快的感想，随着也觉得作者底感情是虚伪的。读书，工作，体验，思索，只可以培养作者的感情，却不一定使他写成充满真情底文章，这里头还有人格修养底条件。从前的文人每多"无行"，所以写出来底纵然是真，也不能动人。至于叙述某生和狐狸精底这样那样，善读文艺底人读过之后，忘却底云自然会把它遮盖了底。

其三，关于作风问题。作风是作者在文心上所走底路和他底表现方法。文艺底进行顺序是从神坛走到人间底饭桌上底。最原始的文艺是祭司巫祝们写给神看或念给神听；后来是君王所豢养底文士写来给英雄，统治者，或闲人欣赏；最后才是人写给人看。作风每跟着理想中各等级底读者转变方向。青年作家底作品所以会落在"风花雪月"底型范里底原故，我想是由于他们所用底表现工具——文字与章法——还是给有闲阶级所用底那一套，无怪他们要堆砌词藻，铺排些在常人饭碗里和饭桌上用不着底材料。他们所写底只希望给生活和经验与他们相同底人们看，而那些人所认识底也只是些中看不中用的词藻。"到民间去"，

"上前线去"，只要带一张嘴，一双手，就够了，现在还谈不到带文房四宝。所以要改变作风，须先把话说明白了，把话底内容与涵义使人了解才能够达到目的。会说明白话底人自然擅于认识现实，而具有开条新路让人走底可能力量。话说得不明白才会用到堆砌词藻底方法，使人在云里雾中看神仙，越模糊越秘密。这还是士大夫意识底遗留，是应当摒除底。

怡情文学与养性文学

　　文学底种类，依愚见，以为大体上可分为两种：一是怡情文学；二是养性文学。怡情文学是静止的，是在太平时代或在纷乱时代底超现实作品，文章底内容基于想象，美化了男女相悦或英雄事迹，乃至作者自己混进自然，忘掉他底形骸，只求自己欣赏，他人理解与否，在所不问。这样底作品多少含有唯我独尊底气概，作者可以当他底作品为没弦琴，为无孔笛。养性文学就不然，它是活动的，是对于人间种种的不平所发出底轰天雷，作者着实地把人性在受窘压底状态底下怎样挣扎底情形写出来，为底是教读者能把更坚定的性格培养出来。在这电气与煤油时代，人间生活已不像往古么优游，人们不但要忙着寻求生活的资料，并且要时刻预防着生命被人有意和无意地掠夺。信义公理所维持底理想人生已陷入危险的境地，人们除掉回到穴居生活，再把坚甲披起，把锐牙露出以外，好像没有别的方法。处在这种时势底下，人们底精神的资粮当然不能再是行云流水，没弦琴，无孔笛。这些都教现代的机器与炮弹轰毁了。我们现时实在不是读怡情文学底时候。我们只能读那从这样时代产生出来底养性文学。养性文学底种类也可以分出好几样，其中一样是带汗臭底，一样是带弹腥底。因为这类作品都是切实地描写群众，表现得很朴实，容易了解，所以也可以叫做群众文学。

前人为文以为当如弹没弦琴，要求弦外底妙音，当如吹无孔笛，来赏心中底奥义。这只能被少数人赏识，似乎不是群众养性底资粮。像太华烈士所集译底军事小说《硬汉》等篇，实是唤醒国民求生底法螺。作者从实际经验写来，非是徒托空言来向拥书城底缙绅先生献媚，或守宝库底富豪员外乞怜，乃是指导群众一条为生而奋斗而牺牲底道路，所以这种弹腥文学是爱国爱群底人们底资粮，不是富翁贵人底消遣品。富翁贵人说来也不会欣赏像《硬汉》这一类底作品，因为现代的国家好像与他们无关。没有国家，他们仍可以避到世外桃源去弹没弦琴和吹无孔笛。但是一般的群众呢？国家若是没有了，他们便要立刻变成牛马，供人驱策。所以他们没有工夫去欣赏怡情文学，他们须要培养他们底真性，使他们具有坚如金刚底民族性，虽在任何情境底下，也不致有何等变动。但是群众文学家底任务，不是要将群众底卤莽言动激励起来，乃是指示他们人类高尚的言动应当怎样，虽然卤莽不文，也能表出天赋的性情。无论是农夫，或是工人，或是兵士，都可以读像《便汉》这样底文艺。他们若是当篇中所记底便是他们同伴或他们自己底事情，那就是译者底功德了。

一九三八年十二月香港

创作底三宝和鉴赏底四依

雁冰，圣陶，振铎诸君发起创作讨论，叫我也加入。我知道凡关于创作底理论他们一定说得很周到，不必我再提起，我对于这个讨论只能用个人如豆的眼光写些少出来。

现代文学界虽有理想主义（Idealism）和写实主义（Realism）两大倾向，但不论如何，在创作者这方面写出来底文字总要具有"创作三宝"才能参得文坛底上禅。创作底三宝不是佛、法、僧，乃是与此佛、法、僧同一范畴底智慧、人生和美丽。所谓创作三宝不是我底创意，从前西欧的文学家也曾主张过。我很赞许创作有这三种宝贝，所以要略略地将自己底见解陈述一下。

（一）智慧宝：创作者个人的经验，是他的作品底无上根基。他要受经验底默示，然后所创作底方能有感力达到鉴赏者那方面。他底经验，不论是由直接方面得来，或者由间接方面得来，只要从他理性的评度，选出那最玄妙的段落——就是个人特殊的经验有裨益于智慧或识见底片段——描写出来。这就是创作底第一宝。

（二）人生宝：创作者底生活和经验既是人间的，所以他底作品需含有人生的元素。人间生活不能离开道德的形式。创作者所描写底纵然是一种不道德的事实，但他底笔力要使鉴赏者有"见不肖而内自省"底反感，才能算为佳作。即使他是一位神秘派、象征派，或唯美派底作家，他也需将所描那些虚无缥缈的，或超越人间生活的事情化为人间的，使之和现实或理想的道德生活相表里。这就是创作底第二宝。

（三）美丽宝：美丽本是不能独立的，他要有所附丽才能充分地表现出来。所以要有乐器、歌喉，才能表现声音美；要有光暗、油彩，才能表现颜色美；要有绮语、丽词，才能表现思想美。若是没有乐器，光暗，言文等，那所谓美就无着落，也就不能存在。单纯的文艺创作——如小说、诗歌之类——底审美限度只在文字底组织上头；至于戏剧，非得具有上述三种美丽不可。因为美有附丽的性质，故此，列它为创作底第三宝。

虽然，这三宝也是不能彼此分离底。一篇作品，若缺乏第二、第三宝，必定成为一种哲学或科学底记载；若是只有第二宝，便成为劝善文；只有第三宝，便成为一种六朝式的文章。所以我说这三宝是三是一，不能分离。换句话说，这就是创作界底三位一体。

已经说完创作底三宝，那鉴赏底四依是什么呢？佛教古德说过一句话："心如工画师，善画诸世间。"文艺的创作就是用心描画诸世间底事物。冷热诸色，在画片上本是一样地好看，一样地当用。不论什么派底画家，有等擅于用热色，喜欢用热色；有等擅于用冷色，喜欢用冷色。设若鉴赏者是喜欢热色底，他自然不能赏识那爱用冷色底画家底作品。他要批评（批评就是鉴赏后底自感）时，必须了解那主观方面底习性、用意和手法才成。对于文艺底鉴赏，亦复如是。

现在有些人还有那种批评的刚愎性，他们对于一种作品若不了解，或不合自己意见时，不说自己不懂，或说不符我见，便尔下一个强烈的否定。说这个不好，那个不妙。这等人物，鉴赏还够不上，自然不能有什么好批评。我对于鉴赏方面，很久就想发表些鄙见，现在因为讲起创作，就联到这问题上头。不过这里篇幅有限，不能容尽量陈说，只能将那常存在我心里底鉴赏四依提出些少便了。

佛家底四依是："依义不依语；依法不依人；依智不依识；依了义经不依不了义经。"鉴赏家底四依也和这个差不多。现时就在每依之下说一两句话——

（一）依义：对于一种作品，不管他是用什么方言，篇内有什么言参杂在内，只要令人了解或感受作者所要标明底义谛，便可以过得去。鉴赏者不必指摘这句是土话、那句不雅驯，当知真理有时会从土话里表现出来。

（二）依法：须要明了主观——作者——方面底世界观和人生观，看他能够在艺术作品上充分地表现出来不能，他底思想在作品上是否有系统。至于个人感情需要暂时搁开，凡有褒贬不及人，不受感情转移。

（三）依智：凡有描写不外是人间的生活，而生活底一段一落，难保没合约莫相同之点，鉴赏者不能因其相像而遂说他是落了旧者窠臼底。约莫相同的事物很多，不过看创作者怎样把他们表现出来。譬如一件很平常的事情，在常人视若无足轻重，然而一到创作者眼里便能将自己底观念和那事情融化，经他一番地洗染，便成为新奇动听的创作。所以鉴赏创作，要依智慧，不要依赖一般识见。

（四）依了义：有时创作者底表现力过于超迈，或所记情节出乎鉴赏者经验之外，那么，鉴赏者须在细心推究之后才可以下批评。不然，就不妨自谦一点，说声，"不知所谓，不敢强解。"对于一种作品，若是自己还不大懂得，那所批评底，怎能有彻底的论断呢？

　　总之，批评是一种专门工夫，我也不大在行，不过随缘诉说几句罢了。有的人用批八股文或才子书底方法来批评创作，甚至毁誉于作者自身。若是了解鉴赏四依，哪会酿成许多笔墨官司！